JN038927

シナリオブック

脚本：大島里美

角川書店

人物相関図

おもちゃ会社モンキーパス

猿渡富彦（さるわたりとみひこ）
【草刈正雄】

夫婦

猿渡菜々子（さるわたりななこ）
【キムラ緑子】

認めない

溺愛

猿彦（さるひこ）【サルー】

ペット

営業部

教育係

興味あり

猿渡慶太（さるわたりけいた）【三浦春馬】

元恋人

聖徳まりあ（せいとくまりあ）
【星蘭ひとみ】

???

気が合う

?

板垣　純（いたがきじゅん）【北村匠海】

鶴屋春人（つるやはると）
【河井ゆずる】

鮫島ひかり（さめじまひかり）
【八木優希】

離婚

桃田保男（ももたやすお）
【石丸幹二】

九鬼サチ（くきサチ）
【南 果歩】

?

心配

早乙女 健（さおとめけん）
【三浦翔平】

初恋相手

15年間片思い

経理部

好き？

牛島瑠璃（うしじまるり）
【大友花恋】

うざい

好き？

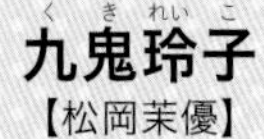

九鬼玲子（くきれいこ）
【松岡茉優】

猪ノ口 保（いのぐちたもつ）
【稲田直樹】

鮎川美月（あゆかわみづき）
【中村里帆】

白兎吉明（しらとよしあき）
【池田成志】

鴨志田芽衣子（かもしだめいこ）
【ファーストサマーウイカ】

目次

まえがき

まずは、本書を出版するにあたり、ご尽力いただきました関係者の皆様に心より感謝申し上げます。そして、本書を手に取っていただいた皆様、本当にありがとうございます。

今作は、「お金と恋」をテーマにしたお話です。

一見すると全く異なる二つですし、これを一緒にして話すといけすかないやつだなと思われがちなものです。でも、例えば結婚する時。

相手がどれくらいお金を稼いでいるかはすごく大きな問題になってきます。つまり、二つは切っても切り離せない関係で、深く繋(つな)がっていると感じました。でも、人にはなかなか言えない。そんなテーマを着想したのがドラマにしようと思ったきっかけです。

というのも、今作は、もともとオリンピックの時期に放送される予定でした。オリンピックが終わり、日本が高揚感に満ち溢(あふ)れている中、慶太(けいた)みたいな浪費家が増えているだろうなと思い、そんな世の流れとは正反対の清貧な主人公を描くのだったら、とても意味のある作品になると思いました。

そんな話を脚本家の大島さんと詰めていく中で、主人公の設定や舞台ができていきました。

そして、そういう二人がどう恋愛していくんだろうと物語を考えていたら、恋はしていくけども、それを通して、正反対の価値観を持った二人が時にはぶつかりあいながら、時には寄り添いながら、お互いに成長していく様子がとても愛おしい話になっていきました。出てくる登場人物もそれぞれほころびがあり、完璧じゃないんだけど、だからこそ愛おしい。完璧じゃなくても「居てもいいんだよ」って優しく背中を押してくれる、元気にしてくれる話になりました。そして、玲子と慶太が少しずつお互いを認め合い、近づいていく恋愛模様、それを通して自分の過去や持ち続けた劣等感と向き合い、人として成長していく様子を丁寧に描いていきました。

今作は、もともと8話放送する予定でした。

玲子と慶太が不器用ながらも近づいていき、愛を育む様子は、それくらいかけて丁寧に描いていきたい。そう思って、台本を作成していました。

そんな中で、三浦春馬さんの訃報があり、物語の短縮を決めました。

ただ、すでに撮影していた中で、確実に「玲子」という存在がいて、「慶太」という存在が大きく根付いていました。だから、物語を再構築する時も、常にあったのは「慶太」という存在でした。慶太がいるから、玲子は変わっていき、周りの人たちも影響されていく。そんな物語だからこそ、慶太という存在をずっと感じていられる話にしたいという中で、改めて第4話を書き直しました。

そして、第4話を書き終えた時、感じたことがあります。やっぱり玲子と慶太の物語はまだ続いているんだということを。というのも、私も大島さんもこの先、二人が迎える紆余曲折、そして恋愛していく様子をすでに描いていたので、玲子と慶太の物語がどこかでずっと続いているんです。

もし、4話までの放送をみていただいた方に、もっと玲子と慶太の話をみたいと思ってもらえたとしたら、もともと作っていた二人のちょっと先の未来の話をお届けしたい。

そういう想いで、本書を出版させてもらいました。

どうか、皆様の心の中で動き回る、玲子と慶太をお楽しみいただき、二人の最後までのささやかなお話を見届けてあげてください。

東仲恵吾

第1話

私たちは日々、お金に振り回されている

1 鎌倉・玲子の家・外観〜庭（朝）

朝。鎌倉の古民家に朝日が差し込んでいる。
庭の池には、ししおどし。

猿渡富彦の声「ゆく河の流れは絶えずして、しかももとの水にあらず」

離れには、小さな庵。

富彦の声「淀みに浮かぶうたかたは、かつ消えかつ結びて、久しくとどまりたるためしなし」

2 玲子の部屋・中（朝）

その庵の中。四畳半ほどの部屋。
窓際に置かれている1冊の本、鴨長明『方丈記』と、猿がテニスをしている古びたおもちゃ。

富彦の声「世の中にある人とすみかと、またかくのごとし」

目覚まし時計が午前6時を指すと同時に、近くの寺から鐘の音がゴーンと鳴る。布団で寝ていた九鬼玲子（27）が目をさます。

3 鎌倉・人気菓子店（朝）

土曜日。
開店前から店の前に行列ができている。
歩いてきた玲子、列の後ろに並ぶ。

4 同・店内（朝）

ようやく順番が来たお客たちが、大量に注文をする。

客 1「おまんじゅう6個入りを3つと、クッキー、その24枚入りのちょうだい」

客 2「詰め合わせセット、一番大きいの2つに、真ん中のを4つ、手土産用の袋、数ぶんつけてね」

アルバイトの高校生、鮫島ひかり、

ひかり「お次のお客様〜」

玲　子「はい。くるみクッキーを、ばらで1枚」

ひかり「はい、くるみクッキーを1枚。それから」

玲　子「以上で」

ひかり「以上で?」

玲　子「以上で」

ひかり「……ありがとうございます！　１３０円で

す」

玲子、小さながま口を開け、仕切りで小分けされた小銭を取り出し、支払い、去っていく。

ひかり「（玲子が気になり……）」

5 寺（朝）

玲子、木陰のベンチに座ると、手作りの布バッグからマグを取り出し、蓋（ふた）になっているコップ部分にアイスのほうじ茶を注ぐ。
玲子、満を持して、くるみクッキーを一口。
心地よい風が吹く。

玲　子「……良き」

玲子の声「土曜の午前中におめざのおやつとアイスほうじ茶。金曜までの私にお疲れ様、二連休にこんにちは。ああ、良き。ありがとう、くるみクッキー。ありがとう、１３０円」

チャリーンという心の中の音とともに、自分に幸せを運んでくれた１３０円に、心から感謝をする玲子。
ゴーンと鐘の音。

6 東京・表参道・道（モンタージュ）

『プリティ・ウーマン』のテーマをスマホで聴きながら、猿渡慶太（けいた）（33）が、踊るようなステップで機嫌良く歩いている。
集まって写真を撮っている観光客を見つけると、人懐こく声をかけ、撮影係を買って出る。
撮り終えると、全員とハイタッチ。
手を振り、また歩いていく慶太、高級ブランドのショーウィンドウを通り過ぎ、戻ってくる。

7 高級ブランド店（モンタージュ）

いくつもの服を試着している慶太。

慶　太「ね、さっきのとどっち似合うと思う?」

店　員「どちらもとてもお似合いです」

慶　太「俺もそう思ってた！　両方ちょうだい。このシャツ、色違いある?」

店　員「ブラック、グレー、ネイビー、パープルの4色ございます」

慶　太「全部くださーい」
　差し出されるクレジットカード。

8　東京・表参道・道（モンタージュ）

　着替えた慶太。

　ブランドショップのウィンドウに目を奪われて吸い込まれる。

　次々に服装が変わり、ショップの紙袋が増えていき、いつのまにか、コーヒー店の飲み物を3つ持っている。

　と、ウェディングのサロンから、彼氏の山鹿眞一郎（やまがしんいちろう）と腕を組んで出てくる元カノの聖徳まりあ（せいとく）（29）を見かける。

慶　太「！」

9　鎌倉・実景（朝、日替わり）

10　鎌倉・玲子の部屋（朝）

　玲子、部屋を隅々まで清掃している。

　ものが少ない部屋。

　質素でシンプルながら、なにやら思い入れのありそうなものたちが、独特の美学で配置されている。

　玲子、窓際の棚の上に、手作りの10センチ四方ほどの布のコースターのようなものを配置。

玲　子「……よし」
　玲子、ピン札の千円札と680円を大事そうに、包装紙で作った手作りの封筒に入れる。

11　玲子の家・庭～縁側

　玲子が庵から出てくると、母のサチが洗濯物を干している。

サ　チ「だいぶ念入りに掃除してたわね」
玲　子「今日は『お迎え』の日だから」
サ　チ「あら、とうとう決めたの？　一年越しの恋の相手とやっと結ばれるのね」
玲　子「行ってきます」

12　鎌倉・古道具屋・外

日傘を差した玲子が歩いてくる。
外の窓から店内を見て、猿の絵が描かれた豆皿（1680円）を見つめる。

玲　子「……」

× × ×

1年前の夏。店の前を通りかかり、豆皿に一目惚れした玲子。

× × ×

秋。外の通りから豆皿を見つめる玲子。

× × ×

冬。外の通りから豆皿を見つめる玲子。

× × ×

春。外の通りから豆皿を見つめる玲子。

× × ×

庵。豆皿を置く用の布のコースターを手作りする玲子。

× × ×

現在。外の通りから豆皿を見つめる玲子、

玲　子「……（微笑む）」
玲子、服紗に包んだ封筒を取り出し、

玲　子「（見つめ）……」
心の準備が全て整い、店に入ろうとすると、

慶太の声「バーベキューの皿忘れた？」
女　1「（スマホ見て）買ってきてだって」
女　2「近くにコンビニないかなー」
慶　太「あ、ここで買っちゃえば？」
女を二人連れた慶太が玲子を追い抜き、店の中に入っていく。

13　同・中

慶太、手当たり次第に皿をどんどん重ねていく。

女　1「ここ骨董品のお店じゃないの？」
慶　太「いーでしょ皿ならなんでも」
慶太、重ねた皿の上に、玲子が見ていた豆皿をちょこんと載せる。

玲　子「！」
慶　太「すみません、これくださーい。あ、カードで」
玲　子「……」
慶　太「あ、すぐ使うんで包みとかいーです」
慶太、皿を持ち、あっという間に去っていく。

慶　太「あー、お腹減ったー。お肉♪」
玲　子「……」

14　同・外

呆然（ぼうせん）と外に出ていた玲子。
封筒を握りしめたまま、豆皿が置いてあった場所を切なく見つめる。

玲　子「……」

慶太、そんなことはつゆ知らず、ご機嫌で歩いて行き……

玲　子「……心静かに……心静かに」

玲子、自らに言い聞かせるように。

タイトル『おカネの切れ目が恋のはじまり』①

15　玲子の家・居間（日替わり、朝）

出勤用の格好で朝食を食べている玲子。
目の前では見知らぬ外国人が朝食を食べているが、玲子は慣れた様子。
玲子の実家の古民家では、観光客向けの民宿を営んでいるのだ。

サチ、お盆を運んできて、

サ　チ「は～い、お肉が焼けましたー」
外国人「ワオ！　アリガトゴザイマス！」
サ　チ「はい、玲子も」
玲　子「お母さん。朝から大盤振舞し過ぎ」

テーブルには所狭しとおかずが並んでいる。

サ　チ「久々のお客さんじゃない（お客に）オカワリ、アルカラ、イッパイタベテネー！」
玲　子「（ふう、とため息）」
サ　チ「落ち込まないで」
玲　子「落ち込んでないから」
サ　チ「まあ落ち込むわよね、一目惚れして、1年も想いを募らせて、ようやく一緒になれるって時に」
玲　子「落ち込んでないから。あのお皿には縁がなかったの」
サ　チ「ほら、玲子。健ちゃん、出てきた！　健ちゃん見て、元気出して」

玲子、テレビに目をやると、朝の情報番組に、コメンテーターの早乙女（さおとめ）健（けん）。

テロップ『お金のスペシャリスト公認会計士　早乙女クリス健（33）』
早乙女『そうですね、お金というのは使い方に人間性が表れますから。つまりは、お金の使い方、イコール、生き方そのもの。美しく生きるためには、美しく使いたいですよね』

司会者『なんて語る早乙女さんを見て、今、世の奥様方の目がハートになってると思うんですけど』

早乙女『（笑って）いやいや、勘弁してください』

玲　子「（早乙女を見つめ）……」

16　おもちゃ会社『モンキーパス』の前の道（朝）

慶太がキックボードに乗り、アイスを食べながら出勤中。
手に提げたコンビニ袋から、ポテトチップスが覗（のぞ）いている。

女子社員「おはようございます」

慶　太「おはよー！　あ、髪切った？　かわいー」

入っていくのは、猿のキャラクターが描かれたおもちゃ会社。

17　モンキーパス・営業部（朝）

慶太が入ってくる。

慶　太「ガッキー、おはよー」

営業部のエース・板垣純（いたがきじゅん）（25）、京都出張の交通費と宿泊費の申請書を書きながら、そっけなく、

純「おはようございます」

慶　太「バウムクーヘンあげる（と、コンビニの袋から取り出し勝手に置く）」

部長の羽鳥（はとり）、待ち構えていて、

羽　鳥「猿渡くん」

慶　太「羽鳥さん、おはようございます。あ、ネクタイかわいー。バウムクーヘンどうぞ、朝ごはんに」

羽　鳥「（受け取り）ちょっと、まずいよ」

慶　太「今日はギリ遅刻してないですよ？」

羽　鳥「いや、社長が呼んでる。かなり……ご立腹の様子で」

慶　太「えー、朝からテンションかなり下がるんですけど」

羽　鳥「今度は何やらかした？　心当たりは？」

慶　太「心当たり……」

18　同・社長室（朝）

慶　太「失礼しまー……す」

慶太が様子を窺（うかが）うように入ってくる。社長

の猿渡富彦が背を向け、外を見つめている。
その威圧感。

慶太「社長がお呼びと言われまして……」
富彦「……」
慶太「……バウムクーヘン、食べます？」
富彦「……」
慶太「最近コンビニで出たやつなんだけど、チョコでコーティングされてて、めちゃ美味（おい）しくて、ハマっちゃってて」
富彦「お前もう会社辞めろ」
慶太「え？」
富彦、手にしているのは何かの明細書。
富彦「先月出張でアメリカ行ったよな？」
慶太「はい、おもちゃショーの視察に」
富彦「いくら使った？」
慶太「……」
富彦「いくら使った？」
慶太「いくら、使っちゃいました？」
富彦「こっちが質問してるんだ！」
富彦、明細書を投げつける、慶太、見ると、カードの請求額は、
慶太「77万6000円……」
富彦「よく見ろ、よく。776万だ！」

慶太「思ったより、行っちゃいましたね……」
富彦「一体、何買ったんだ？　それともカジノか？」
慶太「買い物もしたし、カジノも負けました」
富彦「お前もう会社辞めろっ！」
慶太「……お言葉ですが社長、僕が買い物とカジノに行ったのは、仕事が終わった後の自由時間ですし、家族名義のカードで少しお金を使いすぎてしまったとしても、会社の業務とは無関係ですよね？　もしそれを理由に社長が社員である僕を解雇するならそれって、えっと、『不当解雇』ですよね？」
富彦「なんだその用意してきたような屁理屈は。お前みたいなのが会社にいるだけで、こっちの寿命が縮まるんだよ！」
慶太「……」
慶太、恐る恐る近づき、コンビニの袋を机の上に置くと、
慶太「ごめんなさい、お父さん」
富彦「……」
慶太「心の底から反省してます。二度としません」
富彦「……」
慶太「……でも、あと1万円使えば、スリーセブンだったのにねっ」

慶太、富彦の笑いを誘うように、ヘラッと笑う。

富　彦「……」

富彦、無言で慶太にバウムクーヘンを投げつける。

慶　太「ちょっ！　待っ！　痛っ！　食べ物！　食べ物！」

慶太、逃げるように去っていく。

富彦、一人になると、ひどく疲れた様子で、腰を下ろす。

富　彦「バカ息子が……（ため息）」

と、足元に寄ってきたのは、猿型の癒し ロボット、サルー（名前・猿之助）。

猿之助「（つぶらな瞳で富彦を見つめる）」

富　彦「……猿之助」

猿之助「（大丈夫？）」

富　彦「……大丈夫だ。なんとかする」

富彦、猿之助を抱きしめる。

棚に陳列してある歴代のおもちゃの中には、玲子の部屋にあった猿がテニスをするおもちゃ『モンキーサーブ』が飾られている。

19　同・経理部

メガネをかけた玲子がテキパキと領収書の整理をしている。

営業部からの領収書は、人によってまとめ方が様々。

玲子、不備のあるものには、その旨を容赦なくポストイットに書き込み、再提出ボックスに仕分け。

と、とても美しくまとめられた領収書。

玲　子「……（無表情だが嬉しい）」

玲子、仕事を続けていると、経理部長の白兎吉明（51）、

白　兎「えー、みんな、ちょっといいかな？　急遽ですが、うちに今日から一人、新しい人が入ることになって」

経理部の鴨志田芽衣子（33）、

芽衣子「え？　今日からですか？」

経理部の鮎川美月（23）、

美　月「こんな時期にですか？」

経理部の猪ノ口保（35）、

猪ノ口「うち、別に人手足りてますよね」

白　兎「ま、ちょっといろいろあってね」
慶　太「どうも」
芽衣子
猪ノ口「！」
美　月
慶　太「営業から左遷になりました猿渡です」
白　兎「猿渡くん、左遷じゃなくて、異動ね」
美　月「（小声で）あれって」
芽衣子「うん、うちのバカジュニア」
　慶太のすぐそばにいる玲子、慶太のジャケットの袖のボタンがほつれているのが気にかかる。
玲　子「……」
慶　太「禊がすむまでの期間、よろしくお願いします」
猪ノ口「何やらかしたんだ……」
白　兎「あ、じゃ、猿渡くん、こっちね、はい、みんな道あけて。九鬼さん、猿渡くんに経理部の仕事、教えてあげてくれるかな？」
玲　子「え？」
　そこでようやく慶太の顔を見た玲子。
玲　子「！」
　玲子、気づく。豆皿を雑に買っていったあの男だと。

白　兎「（慶太に）こちら、九鬼玲子さん」
慶　太「よろしく」
玲　子「（無表情）……」
慶　太「よろしくね！」
玲　子「（無表情）……」
白　兎「く、九鬼さん、ちょ、ちょっと」
　白兎、玲子を隅に連れて行き、
白　兎「愛想よくしてとは言わないけど、知らない？　猿渡くん。社長の息子」
玲　子「社長の息子さん？」
白　兎「そう、しばらくお灸すえたら営業に戻すんだって。九鬼さん、新人教育係でしょ？　猿渡くんにお金のこと、ゼロから百まで教えてあげて」
玲　子「お金のこと……」
白　兎「彼、お金の計算全くできないらしくて、経理でお金の修行させてっていうのよ。頼むよ、社長のお達し」
玲　子「……（慶太を見る）」
慶　太「（能天気に手を振る）」
玲　子「……」

20　同・営業部

ひとつ空いた席。
企画開発部の鶴屋春人(38)、純、忙しそうに仕事をしながら、

鶴　屋「ジュニア、親父さんにクレジットカード取り上げられたらしい」
純　「そうなんですか」
鶴　屋「あの猿並みの浪費グセちょっとは治るといいけど」
純　「これまでも、あの人のお金の処理、全部僕らがやってたんですよ。もう33歳ですよ。人間変わりませんよ」
鶴　屋「だよなー。あ、またださ（と、スマホ見て）フリマアプリ」
純　「……」
鶴　屋「(画面見せて) うちの非売品のグッズ売ってるやついるんだけど、これなんか販促用に最近作ったばっかだし、絶対社内のやつの仕業。板垣、なんか知らない？」
純　「誰ですかね、そんなバカなことすんの。外回り行ってきます（と、去る）」

21　同・経理部

玲子、慶太に経理部を案内。

玲　子「経理部の仕事は、会社のお金を正確に把握し、管理することです」
慶　太「はいはい、なるほどね」
玲　子「主な業務は、帳簿の作成、伝票整理、経費の精算、給与や社会保険料の計算、決算書の作成」
慶　太「(眠くなってくる)」
玲　子「聞いてますか？」
慶　太「(ハッとして) うん、聞いてる聞いてる！」
玲　子「あちらが主任の鴨志田さん、入社以来経理部一筋、経理部の主です」

芽衣子、すごい速さで伝票を処理している。

玲　子「あちらが鮎川さん。1年めの新人さんです」

美月、お菓子を食べながらのんびり仕事。

玲　子「あちらが猪ノ口さん。元企画部で、今は企画部社員の領収書の不備を指摘することを生きがいにしてらっしゃいます」
猪ノ口「(電話に) 打ち合わせ代二名って書いてありますけど、ちょい飲みセット×1っておかしくないですか？　これ絶対一人で飲んでますよね？」

慶　太「（あくび）」
玲　子「……。まずは経費の精算を覚えていただきます」

×　　　×　　　×

玲子、慶太と領収書を仕分けしている。

慶　太「九鬼さん、営業二課担当してくれてたんだ。でも初めましてだよね？」
玲　子「私、猿渡さんから領収書をいただいたことがありませんので」
慶　太「だってさー、何が経費で何が経費じゃないって、謎じゃない？　申告するのもめんどいし、なんかケチくさいし、全部自腹よ」
玲　子「客観性、収益性、必要性」
慶　太「はい？」
玲　子「経費の定義は、仕事に直接関わるお金です。条件は、以下の3つを満たすもの。客観性。領収書など、それを証明できるものがあること。収益性。そのお金を使うことで、実際の収益に影響があること。必要性。その経費を使う必要がある場所、ものだったということ。詳しくは社のガイドラインがありますのでご確認を（と、書類を渡そうとすると）」
慶　太「（半目で寝ている）」
玲　子「……」
慶　太「ごめん、俺細かい話されると眠くなっちゃう人なんで」
玲　子「……（無表情だがイラっとしている）」

お昼の可愛らしい音楽が流れる。

22　同・外のランチスペース

お弁当を食べ終えた玲子。和菓子屋の小さな包みをほどいて草餅（くさもち）を食べる。
心地よい風が吹く。

玲　子「……良き」
玲子の声「照りつける太陽の下、鼻に抜ける草原の香り。ああ、良き。ありがとう、草餅。ありがとう、60円」

心の中で鐘の音とチャリンという小銭の音。

玲　子「（お金に感謝）」

その静寂を打ち消すように、

慶　太「お待たせ〜！」

やたらと紙袋を抱えた慶太が来る。

慶　太「九鬼さんお弁当なんだもん。美味しいランチご馳走（ちそう）しようと思ったのに」
玲　子「奢（おご）っていただく理由がありません」

慶　太「あれ、もう食べ終わっちゃったの？　待っててよー、寂しいじゃん（と、玲子に寄りかかる）」
玲　子「（距離をとる）」
慶　太「待って今追いつくから」
慶太、テーブルに次々に食べ物や飲み物を並べていく。
玲　子「これは……何人分？」
慶　太「最初、ガパオライス食べたいなって。それ買った直後にエビチリ丼見つけちゃって。でコーヒー買って、帰りに屋台からシーフードカレーのいい匂いして」
玲　子「これ全部食べられるんですか？」
慶　太「食べられるわけないじゃん、おいしそー、いただきまーす（食べ始める）」
玲　子「……そして、なぜ、一人なのにコーヒーが3つ」
フラペチーノ、アイスコーヒー、ホットコーヒー。
慶　太「甘いの、冷たいの、あったかいの、全部飲みたいじゃん、トライアングルで飲みたいじゃん？」
玲　子「……」
玲子の声「この人は多分……」
慶　太「（ニコッと笑顔）」
玲　子「……」
玲子の声「これまで出会ったことのない種類の、バカ！」
慶　太「九鬼さんって顔かわいいのにポーカーフェイスだよね」
玲子の声「こんな人がもし、次期社長になったらうちの会社は……」
玲子、猿のキャラクターが描かれた会社を見つめる。
（妄想）猿のキャラクター。
お金を吸い取られ、瘦せていき、倒れる。
玲子の声「私の、平穏で静かなる暮らしは……」
玲　子「……猿渡さん」
慶　太「うん？」
玲　子「このランチにかかったお金、いくらですか？」
慶　太「え？　えっと……」
玲　子「計算してください、今すぐ。カレーは後でいいから」
慶　太「えー」
玲　子「レシート出して」
玲子に言われ、渋々レシートを探る慶太。
そんな様子を遠くから心配そうに見つめる上品な婦人・猿渡菜々子（57）。
菜々子「……」

23　同・経理部

玲　子「辞退させてください」
白　兎「え?」
玲　子「ランチに5800円も使う人の教育係なんて私にはできません。どうか他の方に」
白　兎「ま、待って、九鬼さん、会社の将来のためだと思って！　ね!?」
慶　太「(来て) デザート買ってきました (と皆に配り始める)」
玲　子「！」
美　月「うわー、ありがとうございます」
芽衣子「あの、カード止められてるって大丈夫なんですか?」
慶　太「そ、忘れてて、これで財布にお金なくなっちゃったんですよ、どうしよー、イノッチ (と、猪ノ口に抱きつく)」
猪ノ口「ちょっ」
慶　太「あ、部長、チーズケーキとベリータルトどっちがいいですか? (と、白兎の方へ)」
猪ノ口「(玲子に) あの人なんか僕のこと年下だと勘違いしてんですけど！　年次3つも上だぞ」
玲　子「……」
白　兎「猿渡くん、あのね、さっきお母様がいらして」
慶　太「え、母さんが?」
白　兎「これ、お預かりして (と、箱を渡す)」

玲子、席に戻って気づく。廊下の奥から慶太を見つめている女性、菜々子。

玲　子「?」

慶太も菜々子に気づき、

慶　太「あ、母さん」
玲　子「母さん?」
慶　太「ていうか、仕事場に来ないでって言ってるでしょ！」
菜々子「(し！　というジェスチャー)」
慶　太「(し?)」
菜々子「(箱の蓋を開けてというジェスチャー)」
慶　太「?」
玲　子

慶太、蓋を開けると、中には最中。

菜々子「(上の段を外してというジェスチャー)」

慶太、上の段の最中を外すと、

慶　太「！」

下の段に一万円札が敷き詰められている。

玲　子「……越後屋(えちごや)！」

慶　太「だからこういうのやめてって。俺、自立した男よ？」
菜々子「（頑張ってね！）」
去っていく菜々子。
慶　太「まったく！　いつまでも子離れできないんだから」
慶太、言いつつ、お金を見ると目を輝かせて懐に入れる。
玲　子「……（席を立つ）」
慶　太「あれ？　九鬼さん？」

24　同・廊下

人目を忍んで、去っていく菜々子。
そんな様子を富彦が苦々しく見つめている。
富　彦「……」
と、経理部から出てきた玲子、
玲　子「（小声で）イライラしない、人は人、よそはよそ、心静かに、静かに……」
富彦、通り過ぎた玲子を見送り、
富　彦「……ご迷惑をおかけします」
慶太の声「ねえねえ、九鬼さんって、どういう人？」

25　同・経理部

慶太、最中を食べながら。
芽衣子「九鬼さんねえ。まぁ、一言で言うなら『世捨て人』？」
慶　太「世捨て人？」

26　会社近くの川沿い

玲子、気分転換にストレッチをしている。
芽衣子の声「うちの会社入ってきた時からあんな感じ？　毎日淡々と仕事して、はしゃいでるとこ見たことないし。仲いい社員もいなそうだし」
美月の声「お昼もいつも一人ですよね」

27　モンキーパス・経理部

玲子のデスクに並ぶ文房具など。
中学生の頃から使っていそうな品々。
美　月「持ってるものも独特だし、お金ぜんぜん使わなそう」
猪ノ口「相当貯めこんでると見たな、あれは」

芽衣子「まあ、自分の世界っていうか、人とも世間とも距離とって生きてるって感じ?」
美　月「あ、鎌倉の寺の近くの古民家に住んでるらしいですよ」
慶　太「鎌倉?」
美　月「確かお母さんが民宿やってて」
慶　太「世捨て人……（気づき）!」
　いつのまにか玲子が戻ってきてすぐ近くにいる。
慶　太「俺は何にも言ってないよ?　もー、イノッチ!　うわさ好きなんだから!」
　慶太、猪ノ口を前に差し出し、
猪ノ口「は?」
玲　子「……」
　玲子、無言で仕事に戻る。

28　同・廊下（夕）

　帰宅しようとしている純。
　スマホで見ているのは、金券ショップのサイト。
羽　鳥「板垣」
純　「はい（と、スマホを隠す）」
羽　鳥「ちょっと、付き合え」
純　「あ、すいません僕これからちょっと」
羽　鳥「軽く飯くらい、いいだろ?　気になることがあってな」
純　「……」

29　居酒屋（夕）

　羽鳥に連れてこられた純。
純　「あの、何かお話でも」
羽　鳥「心配でさ。ルールを守って、ちゃんとやってるか」
純　「（少しドキッとして）」
羽　鳥「猿のやつ」
純　「え?」
　純、羽鳥の視線の先を見ると、
白　兎「えー、今月も無事金額の齟齬なく締めることができました、お疲れ様でした。並びに猿渡くんの歓迎会も兼ねて、乾杯!」
経理部一同「乾杯!」
　経理部が宴会をしている。
慶　太「あー!　ガッキー!　羽鳥さんも!」
羽　鳥「（偶然出会ったふりで）おお、あーどうも、たまたまね」

純「……」

慶太「えー。じゃ、一緒に飲もうよ、ガッキー、こっち！　俺の後輩で営業のエース！　めちゃ可愛いでしょ（と抱きつき寄りかかる）」

純「（迷惑だが羽鳥にも後を押され、席に着く）」

玲子、近くに来て、

玲子「2時間飲み放題3000円ですがよろしいでしょうか？」

羽鳥「あー、はいはい」

純「……」

純の声「……おごりなら、いいか」

と、羽鳥、財布を開き、3000円だけ出す。

純「……」

純の声「おごりじゃないのかよ！」

純、仕方なく3000円を出す。

玲子「すみません、こちらの宴会コース、2名追加でお願いいたします」

×　　　×　　　×

時間経過。慶太、スマホを見て、

慶太「えー、誰よこういうことしちゃうやつ。イベント用のハッピまで売ってるじゃん。ケチくせー」

皆、会社グッズの非売品を売っているアカウントを回し見ている。

羽鳥「小遣い稼ぎか知らんが、困ったもんだな」

玲子「（にも回ってきて一応見る）」

白兎「でも、販促グッズ扱ってるのは」

羽鳥「営業ってことになっちゃうのか、参るな」

純「（スマホが回ってくるがスルーして隣へ）」

慶太「（スマホを受け取り）調べといてあげるよ、ほら俺、顔広いし。今仕事暇だからさ」

芽衣子
美月「（何か言いたげに慶太を見る）」
猪ノ口

純、オレンジジュースを飲みながら、

純「……」

純の声「2時間飲み放題3000円。酒が飲めない人間はせいぜい380円のソフトドリンクが2杯。なのに割り勘。そもそもこの2時間、残業していれば2404円稼げるのに。夕飯なんか一食500円以内に抑えられるのに」

美月「板垣さん仕事できるって評判ですよね」

純「いえいえ」

芽衣子「モテるでしょ？　彼女とかいるの－？」
純「あー、たまにデートする子がいるくらいですかねー」
猪ノ口「くそ、その余裕ムカつくわー」
純の声「好きでもない人たちと好きでもない食べ物飲み物を飲食し、無駄にプライベートを探られる時間を過ごす意味」
玲子「（そんな純をじっと見ている）」

30 同・外（夜）

外に出てきた一同。
羽鳥「頼むよ、白兎ちゃん。うちの可愛いジュニアを！」
白兎「精一杯やらせていただきます」
羽鳥「もう一軒行っちゃう？」
慶太「えー、羽鳥さんしつこいからなあー」
羽鳥「相手してくれんの猿ちゃんだけなのよー、娘なんかインスタブロックされてるし」
慶太「じゃ、1杯だけだよ？」
純、さりげなく後ずさり、
純「じゃ、僕はこれで……」
玲子「あ、待ってください、板垣さん」
純「いえ、あの、僕、来週の出張の準備とかいろいろ」
玲子「これ」
玲子、封筒を差し出す。
純、中を見ると、１０００円と小銭。
玲子「お釣りです」
純「！」
玲子「お見かけしたところ、ウーロン茶とオレンジジュース、1杯ずつ。焼き鳥2本、サラダ少しと、もずく酢しか召し上がっていらっしゃいませんでしたので」
純「！……あのでも」
玲子「幹事の裁量です。追加注文の時に、酔った部長たちから少し多めに徴収しておきましたのでご心配なく」
純「……」
玲子「では、お疲れ様でした」
純「あ、お疲れ様でした」
純、去っていく玲子の背中を見つめる。
純「……」

31　まりあの会社の前（夜）

まりあが出てくる。と、

声「まりあ」

まりあ、振り向くと、

慶　太「ひさしぶり！（スマホをみせて）何回もLINE送ったのに既読スルー、ひどくない？」

32　バー（夜）

慶　太「会社の飲みがあったんだけど、酔ったら、会いたくなっちゃって待ってたら会えるかな、って。で、会えた」

まりあ「……」

慶　太「結婚するの？　こないだウェディングサロンから出てくるの見た」

まりあ「そう。するの。秋に」

慶　太「相手どんな人？」

まりあ「いい人」

慶　太「……なんで俺じゃダメだったの？」

まりあ「顔タイプだし。可愛いし。でもお金の使い方？」

慶　太「はー？　またそれ？　そういうのって重要？」

まりあ「重要。欲しいものなんでも買うでしょ、考えなしに」

慶　太「俺が消費するから日本経済回ってるんでしょうが！」

まりあ「違う。あんたのは消費じゃなくて浪費」

慶　太「それどう違うの？」

まりあ「付き合うだけならいいけど、結婚したら、人生、崩壊する」

慶　太「……」

慶太、まりあの肩に寄りかかり、

慶　太「傷ついた……」

まりあ「甘えないで」

慶　太「だって、会いたかったら会えたんだもん。すごい嬉しかったんだもん」

慶太、ぐっとまりあに顔を寄せる。

慶　太「ダメだ。やっぱ、好き」

まりあ「……」

慶　太「今夜だけ」

33　慶太のマンション・廊下（夜）

慶太とまりあが激しく絡み合いながら来る。

まりあ、待ちきれないように慶太のジャケ

ットを脱がせる。慶太、部屋の鍵を開けようとするが、開かない。
慶　太「ん？」
まりあ「なんなの」
慶　太「え、いや、なんで？」
と、慶太、気づく。
廊下から慶太のサルー（名前・猿彦）が来る。
慶　太「猿彦っ!!　どうしたの？　どうしてお外出されちゃったの？（抱き上げて）かわいそうに、おー、よしよし、もう大丈夫だからね、パパがいるからね！」
まりあ「……」
と、猿彦、巻紙を背負っている。
慶　太「ん？」
慶太、巻紙を開くと、
『マンションは売却しました。
これからは、自分の力で、家賃を払って、
生きていってください　父』
慶　太「……」
まりあ「（すっかり冷めた様子で）帰る」
慶　太「え？」
猿彦を抱いた慶太、取り残され……

34　鎌倉の寺・街並み（日替わり、朝）

ゴーンと鐘が鳴る。

35　玲子の部屋（朝）

玲子、目をさます。
午前6時。土曜日。
玲子、起き上がり、窓を開け、小皿のために用意したスペースを切なげに見る。

36　玲子の家・居間（朝）

サ　チ「おはよう」
玲　子「おはよう。お母さん、これは何？」
テーブルに見慣れぬ機械。
サ　チ「ゆで卵作り器。可愛いでしょ」
玲　子「またテレビショッピングで買ったの？」
サ　チ「だってー、安かったのよ？　ほら、今ならもう1つって（もう1つ見せる）」
玲　子「2つもいらないでしょう」
玲子、ため息をつき、朝食を食べ始める。

慶　太「(ゆで卵を食べながら) おはよう」
玲　子「！(むせる)」
　慶太、外国人観光客に混じって、膝(ひざ)に猿彦を抱いて、朝食を食べている。
玲　子「な、なんで、何を」
慶　太「サーフィンしにきた。好きなの、鎌倉。一回住んでみたいなって」
玲　子「は？」
慶　太「お父さんにうちのマンション追い出されちゃって。あ、そういえば九鬼さんち民宿やってるって言ってたなーって。来てみたらママがタダでロングステイしてもいいよって」
玲　子「ママ？」
サ　チ「私」
玲　子「タダ？」
サ　チ「玲子がお世話になってるんだもの。(慶太に) お金はあるときでいいからね」
慶　太「(サチにしなだれかかり) ねー」
サ　チ「ねー」
玲　子「……(苛立(いらだ)って)」
玲子の声「30超えた男がくねくねと。体幹すこぶる弱し！」
玲　子「……お母さん、ちょっと話が」
サ　チ「んー？(慶太の食器を片付けようと)」
慶　太「あ、いーよ、ママ、俺自分でやるし (と食器を持って立ち上がり) 手伝えることあったら何でも言って」
サ　チ「えー。助かっちゃう！」
外国人「ココカラ、コマチドオリハ、トオイデスカ？」
慶　太「あ、あとで案内してあげる。一緒に行こ」
　台所の方に消える慶太とサチ。
　一人残った玲子、
玲　子「……(しんどい)」
　と、玲子、茶碗の欠けに気づく。

37　同・庭～庵

　布団を取り込んでいる慶太。
慶　太「あそこの離れは？」
サ　チ「庵？　玲子の部屋」
　襖(ふすま)がすべて開いて風が通っている。
サ　チ「(玲子の布団) これ運んで」
慶　太「はーい」
　慶太、布団を運び入れて、
慶　太「え？　持ち物これだけ？」
　慶太、部屋を見回し、

慶　太「世捨て人……あ、これうちの昔の　（と、猿のおもちゃを手に取る）」
サ　チ「（来て）あんまりジロジロ見ると怒られるわよ」
慶　太「玲子さんって生まれた時からあんな感じ？」
サ　チ「いーえ」
慶　太「え？」
　サチ、方丈記を手に取る。
慶　太「方丈記……？」
サ　チ「清貧（せいひん）、って言葉知ってる？」
慶　太「清貧」
サ　チ「清く、貧しく、心静かに生きていくのが理想なんですって（と、首をすくめる）変わった子よねえー」

38　同・家の前

　慶太、来ると、玲子が何か作業をしている。
慶　太「何してんの？」
玲　子「集中したいので邪魔しないで頂けますか？」
慶　太「……（我慢できず）何して（んの？）」
玲　子「金つぎです」
慶　太「きんつぎ？」
玲　子「お茶碗の欠けを直してるんです。昔の人は食器が欠けてもこうして直して大事に使ったんですよ」
慶　太「へー」
　慶太、珍しげに見つめて、
慶　太「でも、手間かかりそうだし、新しいの買ったほうが早くない？」
玲　子「そうですね、新しいものと出会う楽しみもあるけど、使い続ける喜びもあると思うんです」
慶　太「……」
玲　子「ものって繕（つくろ）うほどに、愛着が湧くものだと思うので」
慶　太「繕う……」
　と、部屋に次々に運ばれてくる段ボール。
業　者「すみませーん、猿渡慶太さんにお荷物を」
玲　子「（見つめ、無表情）」
慶　太「今ちょっとイラっとしたでしょ」
玲　子「え？」
　玲子、振り向くと、すぐ前に慶太の顔。
玲　子「！」
慶　太「俺ちょっとわかってきた（と、笑う）」
玲　子「……」

39 慶太の部屋

運び込まれる大量の段ボール。

玲　子「あの、本当にうちに住むんですか?」
慶　太「うん、気に入っちゃった、ここ」
玲　子「……」
慶　太「(その表情に) わかったよ! 部屋が見つかるまでね。さてと、久々、やりますか」
玲　子「? 何を」
慶　太「仕事」

慶太、段ボールを開ける。
中に入っていたのは、大量のおもちゃ。

玲　子「!」

慶太、おもちゃを取り出し、並べると、分厚いリングファイルを取り出す。

玲　子「それは」
慶　太「見る?」

玲子、開くと、それはおもちゃの商品企画ファイル。
めくると、子供の落書きのようなページも。

慶　太「子供の頃からずっと書いてんの。父さんに駄目出しされまくって、まだ実現したことはないけど」

玲子、次々にファイルをめくっていく。

玲　子「……好きなんですね。おもちゃが」
慶　太「あ、完全にコネ入社と思ってたでしょ?」
玲　子「はい」

慶太、段ボールからおもちゃを取り出しながら、

慶　太「うちの会社、じいちゃんが立ち上げたんだけど、その一人娘がうちの母さんでさ」

40 モンキーパス・社長室

働いている富彦。
業績の数字を見つめ、厳しい表情。

慶太の声「父さんは普通に高卒でうち入ったたたき上げで婿養子なわけ。だから実力主義? 息子に会社継がせるとか大反対で」

41 慶太の部屋

慶　太「だから俺、一般で普通に受けたんだよね、会社の採用試験。そういうわけでガチで実力で受かってるから」

玲子「……でも猿渡って名前見たら、面接官は、社長の息子さんってわかりますよね？」
慶太「……（おもちゃを取り出し）あ、これ懐かしー」
玲子「それは実力ではなく、忖度なのでは？」
慶太「このデザイン最高だよね」
玲子「都合の悪いことは聞こえないタイプですか」
慶太「あそうだ、ひどいんだよ、父さん、役員面接で俺の顔見たらなんでいるんだって激怒して。でも、その頃じいちゃん生きてたから鶴の一声？　で入社できたけど」
玲子「それは完全にコネ入社ですよね」
慶太「今でも父さんはことあるごとに会社辞めろって。俺、昔からあの人に信用されてないんだよね……」
玲子「……信用されたいですか？　お父さんに」
慶太「え？」
玲子「この夢、実現させたいですか？」
慶太「……うん」
玲子、部屋を出て行く。
慶太「え？……そこで放置？」
玲子、戻ってくる。
慶太に差し出すのは、子供用のおこづかい帳。
玲子「なら、お金の勉強をしましょう」
慶太「……」
慶太、微笑み、受け取る。

42　大学・講義室（日替わり）

早乙女「みなさんは1日に何回、お金のことを考えますか？」
『大人のためのマネー講座
講師　早乙女クリス健』
大人のためのお金にまつわる教養講座。
早乙女「出勤中に考える。コンビニの100円コーヒーを買うか、コーヒーチェーンの300円のコーヒーを買うか。ランチで考える。いつもの880円のパスタセットかそれともご褒美に1680円でお肉とデザートもつけちゃおうか。夕飯の買い物をすれば、お刺身に20パーセントオフのシールが貼られるのをちょっと待つ」
講義室は早乙女ファンの奥様方でいっぱい。
早乙女「私たちは無意識にお金の選択をしながら、日々の暮らしを送っています。言い換えれば、私たちは、思った以上にお金に振り回されて人生を生きているわけです」
玲子、うっとりと聴き入っている。
と、隣から寝息。
見ると、慶太、居眠りをしている。
開かれたノートには最初の数語のメモと、飽きたのか落書き。
慶　太「(起きる)」
玲　子「(慶太を肘でつく)」
早乙女「(見る)」
慶太、しぶしぶメモを取りながら、気づく。
玲子の早乙女を見る視線。
それは恋する視線。
慶　太「……(笑う)」
慶太、玲子の表情を微笑ましく見つめる。

×　　×　　×

講義後。取り巻きの奥様方に囲まれている早乙女、玲子と目が合うと、軽く手を挙げる。
玲　子「(手を挙げる)」
慶　太「お、特別扱い?」
玲　子「幼馴染なんです。昔通っていたテニススクールの先輩で」
慶　太「へー、もしかして初恋の人?」
玲　子「……!」
早乙女のアシスタント、牛島瑠璃(25)、
瑠　璃「先生、そろそろお時間です」
取り巻きたちから引き離すように早乙女を連れて行く瑠璃。
玲　子「私、ちょっと用事がありますんで」
玲子、大きめのバッグを持って、廊下の方へ。
慶　太「?」

43　スーパー(夕)

純、安い野菜を選んで買っている。
眠そうにあくび。疲れている様子。

44　純の実家の工場(夕)

小さな町工場と住居が一緒になった実家。
純が帰ってくる。
機械は稼働しておらず、父親がタバコを吸っている。
純　「……」
まだ小さい妹と弟がいて、

妹「お兄ちゃん、ご飯」
純「はいはい、すぐ作るよ」
母「ありがとね。（弟妹に）じゃ、お母さんおばあちゃんの病院行ってから、パート行ってくるから。あ、お兄ちゃん、ちょっといい？」
純「うん」
母「今月の工場の支払いなんだけど……」

×　　×　　×

夜。居間に寝転がって書類を見ている純。
大学の奨学金の残り返済額が２００万円近く。
純「……」
純、起き上がり、ノートパソコンを開くと、キーボードを打ち始める。

45　モンキーパス・経理部（日替わり）

慶太「あ、また！」
玲子「どうかしましたか」
慶太「（スマホを見せて）非売品のグッズ、また出品されてる。ったく、こんなことまでして金かせぐなんてさ」
玲子「『横領』ですね、厳密には」
慶太「横領⁉　犯罪じゃゃん！　俺、ちょっと、ガッキーに聞き込みしてくるわ」
玲子「猿渡さん。まだ経費の精算が」
慶太、もういない。
玲子「……」
玲子、手にしている領収書を見る。
それは純が提出したもの。
お菓子の『ひよこ』一箱。
『京都出張に使う手土産代として』
玲子「ひよこ……」
何かが気になった玲子。
立ち上がり、過去の領収書を調べ始める。

×　　×　　×

玲子、テーブルに純が過去に提出した領収書を並べていく。
玲子、その中から、ひよこの領収書を抜いていき、
玲子「ひよこ……ひよこ……ひよこ……ひよこ」
玲子、１枚の領収書を手に取る。
玲子「『ショコラひよこ』……」

46 同・廊下

純が紙袋を抱えて歩いている。
だいぶ疲れている様子。

慶　太「ガッキー」
と、正面から元気いっぱいの慶太が来る。
純、面倒くさそうにわきによける。
だが、正面に回り込まれる。
反対側によけるが、同じく。

純「なんですか」
慶　太「いや、聞きたいことがあって」
純「すみません、急いでるんで」
慶　太「待ってって」
慶太が腕を摑むと、紙袋が落ち、そこからこぼれるのは、たくさんの販促グッズ。
慶　太「……お前だったのか」
純「は?」
慶　太「どケチな横領の犯人だよ!」
純「……何言ってんすか、京都出張に持っていくだけですよ」
純、グッズを拾い集めると、逃げるように去っていく。

慶　太「あ、ちょっと!」

47 東京駅

昼休憩の玲子。ひよこの売店を見つめている。

玲　子「……。(店員に) あの。お聞きしたいことがありまして。ショコラひよこについてなのですが」

48 新宿・バス停(夜)

玲子、佇んでいる。(時刻表を見ている)

玲　子「……」

49 玲子の家・居間(夜)

慶　太「くそー。逃げられた」
夕飯を食べている玲子たち。
玲　子「……」
慶　太「あの真面目なガッキーが、こんなしょうもない小遣い稼ぎするなんてなあ」
玲　子「猿渡さん。お金の悩みの一番の切なさって、なんだと思います？」

慶太「え？」
玲子「人に相談できないということです」
慶太「……」
サチ「……」
玲子「恥ずかしくて、後ろめたくて、頼れなくて、だから一人で抱え込んで。それで……もっと苦しくなる」

50　新宿・ベンチ（深夜）

純がグッズの入った紙袋と手土産らしき紙袋を抱えて座っている。

51　玲子の部屋（夜）

パジャマ姿の玲子、猿のおもちゃを見つめている。

玲子「……」

×　　×　　×

フラッシュ。
中学生の玲子、テニスラケットのケースを背負い、アイスを食べながら家に帰ると、玄関前にパトカーが停まっている。

玲子「……」

×　　×　　×

玲子「……」

52　モンキーパス・営業部（日替わり）

玲子、やってきた。
販促グッズの棚を見つめる。

玲子「……」

純のデスクに目をやる。
整理整頓（せいとん）されたデスク。
漫画喫茶など各種割引券、栄養ドリンクが置いてある。

羽鳥「君、経理部の」
玲子「九鬼です」
羽鳥「どうかした？　板垣なら出張だけど」
玲子「羽鳥部長。大事なお話がございます」

53　鎌倉・寺（日替わり）

54　慶太の部屋（早朝）

眠っている慶太。襖がビシッと開く。

玲　子「猿渡さん！」
慶　太「なっ何⁉」
玲　子「おはようございます」
慶　太「……今何時」
玲　子「午前4時です」
慶　太「はあ?」
玲　子「横領犯を捕まえに行きますよ」
慶　太「……」

55　新宿（早朝）

長距離バスから乗客が降りてくる。
純、疲れた様子で降りてくる。
と、目の前には、玲子と慶太。

純　「……なんで」
玲　子「ほころびが、気になってしまいまして」
純　「ほころび?」
玲　子「『ショコラひよこ』です」
純　「……」

玲　子「領収書から拝見するに、板垣さんがこれまで、出張に持って行かれる定番の手土産は『ショコラひよこ』でした」

×　　×　　×

東京駅。ひよこの売店の店員に質問する玲子。

玲子の声「東京駅構内でしか販売されていない限定品」

×　　×　　×

玲　子「さすが営業部エースさんならではのお気遣いです」
純　「……」
玲　子「それが半年ほど前から、違うものになりました」

×　　×　　×

玲子、過去の純の領収書を広げている。

玲子の声「新宿駅の深夜の駅ナカのコンビニで買った普通の『ひよこ』に」

×　　×　　×

玲　子「それが、気になって」
純　「……」
慶　太「ちょっと待って、その、ひよこがフリマアプリでグッズ売ってるのとどういう関係が」
玲　子「グッズ転売の犯人は板垣さんではありません」

慶　太「え？」
玲　子「商品画像と同じ画像をあるインスタアカウントで見つけました」
スマホを差し出す玲子。
女子中学生のインスタ。
『パパからまたぬいぐるみもらった。うざ』
慶　太「これ」
玲　子「羽鳥部長の娘さんです」
慶　太「はあ？」

×　　×　　×

フラッシュ。経理部の飲み会。
羽　鳥「相手してくれんの猿ちゃんだけなのよー、娘なんかインスタブロックされてるし」

×　　×　　×

玲　子「部長、娘さんにインスタブロックされてるとおっしゃっていたので、お気づきにならなかったのかと」
慶　太「じゃあ、ガッキー無実じゃん。横領犯捕まえに行くって」
純　「……」
玲　子「板垣さんは……」
純が立ちくらみのように倒れるのを、玲子、支える。
玲　子「大丈夫ですか？」

56　公園

慶　太「ガッキー、大丈夫？」
玲子、純にマグから注いだお茶を渡す。
純　「……」
慶　太「もー、どういうことよ？」
純　「……俺のは、新幹線代」
慶　太「え？」
純　「出張の新幹線のチケット買って領収書もらって経理に提出してから金券ショップに売って。移動は新宿駅から格安の深夜バス。その差額を懐に入れて。……ケチな横領ですよね」
玲　子「1泊2日の出張、京都まで新幹線なら往復4時間半のところを深夜バスで15時間。しかも今日はこのまま出勤されるおつもりですよね」
純　「……」
慶　太「ね、それでいくらになんの？」
純　「1万円ちょい」
慶　太「はあ？　1万にそこまでする？」
純　「……ついでに言うなら定期代も。新古河（しんこが）の実家まで3万3340円。それ買わないで、平日は会社とか漫喫とか女の子の家泊まらせてもらって、それで懐に」
慶　太「は？　意味わかんないんだけど。なんかだっせえよガッキー」
純　「あんたにはわかんねえよっ」
慶　太「！……だからわかんないって言ってんじゃん！……俺と違ってエリートなんだからさ、エースなんだから、期待されてんだからさ。もっと……かっこよくいてくれよ」
純　「……」
玲　子「……何かご事情がお有りなんですよね」
純　「……」
玲　子「でも、お金を貯めるために、板垣さん自身がボロボロになってしまっては、本末転倒ではないでしょうか」
純　「ご事情って……別にそんな大した話じゃないすよ。……普通に親の商売がうまくいってなくて、普通に奨学金の返済がまだ200万近くあって、普通に弟と妹がまだ小さいだけで……それだけで……毎日、胃が痛いくらい金のことばっかり考えてる」
玲　子「……」
慶　太「……」
純　「暇さえあれば、パソコン開いてデータ入力のバイトして」

×　×　×

純の実家。パソコンで入力作業している純。

×　×　×

純　「でも、どれだけ稼いでも不安なんですよ、将来が、見えなくて」
玲　子「……」
純　「人生ってなんなんすかね。頭ん中にあるのは、金、金、金。一生、金のことで悩んで、振り回されて、死んでくんだ」
慶　太「……」
玲　子「……」
慶　太「ガッキー。そんなやぶれかぶれやめようよ、ポジティブ大事よ、ポジ」
玲　子「（割り込み）ガッキーさん、お腹減ってません？」
純　「え？」
玲　子「朝ごはん、食べませんか？」
純　「……」

57　立ち食いそば屋（朝）

玲　子「ここ、いろいろ食べた中でも美味しくて。たまに来るんです」
純「……」
玲　子「私、好きなんです。ガッキーさんが出される領収書」
純「え」

×　　×　　×

経理部。几帳面（きちょうめん）にまとめられた領収書を見る玲子。
玲子の声「細かすぎるくらい細かく、きちんと説明が書いてあって。客観的で。あいまいさは微塵（みじん）もない」

×　　×　　×

玲　子「いつも、処理するのを一日の最後に回してました。清くて、美しくて、癒されるから」
純「……」
玲　子「だから……お金を嫌いにならないでください」
純「……」
玲　子「これだけ毎日、近くにあるものだからこそ、仲良くしたいじゃないですか」
慶　太「……」
玲　子「きっとあると思います。ガッキーさんらしい、お金との仲良くなり方が」
純「……」
店　主「はい、かけ蕎麦（そば）3丁！」
三人、かけ蕎麦をすする。
純「……うま」
玲　子「180円でこの幸せは、ちょっと驚きですよね」
純「……（そばをすする）」
慶　太「……」
慶太、ポケットからこっそりおこづかい帳を取り出し、『かけそば　180円』と書く。
慶太、黙ってそばをすする玲子と純を見つめ、
慶　太「……（微笑み）」
慶太、そばをすする。
チャリン、と心の中の音。

58　鎌倉の道（夕）

歩いている玲子、慶太。

慶　太「(スマホ見て) あ、あのフリマアプリのアカウント消えてる」
玲　子「そうですか」
慶　太「ガッキーの件は、どうなんの?」
玲　子「厳重注意、といったところじゃないでしょうか。ガッキーさんの事情は、私から部長に口添えしておきます」
慶太、足を止める。
慶　太「……九鬼さんってさ。世捨て人と思いきや」
玲　子「世捨て人?」
慶　太「実は、めちゃめちゃ面倒見いいでしょ?」
玲　子「……いえ。ちょっとしたほころびが気になるだけです」
玲子、スタスタと先に行く。
慶　太「ふーん」
と、通りがかるのは、古道具屋の前。
玲　子「あの……猿渡さん、一つ聞きたいことが」
慶　太「何、何」
玲　子「あの豆皿、元気ですか?」
慶　太「は? 豆?」
玲　子「ここで買われた小さな、猿の絵柄が描かれた」
慶　太「ここ? あー! ここ来たことある、買ったわ! あったな、ちっちゃい皿、あー、あれね」
玲　子「ええ、どこかで元気なら、私はそれで」
慶　太「あれマヨの皿にして、フライドポテトとか食べて」
玲　子「マヨ?」
慶　太「バーベキューした公園のゴミ箱に捨てたと思うけど」
玲　子「……」
玲子、走り出す。

59　公園(夕)

慶太、汗だくで追いつき、
慶　太「はあ、何、どうしたの?」
玲子、燃えないゴミ箱の前で固まっている。
中身は、空。
慶　太「九鬼さん?」
玲　子「……ほころびだらけなんです」
慶　太「はい?」
玲　子「ほころびだらけなんですよ、あなたの生き方は! 何もかも! 私が繕ってみせます」
慶　太「え?」
玲子、慶太に近づき、
玲　子「脱ぎなさい」

慶　太「え？　え？」

　　玲子、慶太のジャケットを無理やり脱がせる。

　　玲子、ほつれたボタンを見つめ、慶太を見る。

玲　子「少なくともこの夏の間に、猿から人間にしてみせます！　覚悟しといてください！」

　　玲子、慶太のジャケットを持ったまま、怒りながら去っていく。

慶　太「……」

　　ゴーンと鐘の音。

　　慶太、嬉しそうな表情になる。

慶　太「……」

60　玲子の部屋（夜）

　　玲子、怒りながら、慶太の袖のボタンを縫い付け直している。
　　ボタンを縫い付け終わると、
玲　子「……」
　　玲子、落ち着いたようにホッと息を吐く。
　　正座する玲子。心の静寂。

61　モンキーパス（日替わり）

　　慶太が歩いている。
　　と、正面から、富彦。
　　富彦、通り過ぎるが立ち止まり、
富　彦「……食えてるのか？」
慶　太「……父さん。俺、なんかこの夏、いいことあるかも」
　　慶太、ジャケットの袖のボタンを見て、歩いていく。
富　彦「……」

62　大学（日替わり）

　　早乙女の公開講座を受けている玲子、慶太。
　　慶太、玲子を気にしている。
　　玲子と目が合うと、
慶　太「（笑顔）」
玲　子「（無表情）」
　　　　×　　　　×　　　　×
　　講義後。取り巻きの奥様方に囲まれている早乙女、玲子と目が合うと、軽く手を挙げる。

玲　子「（手を挙げる）」
瑠　璃「先生、そろそろお時間です」
　　取り巻きたちから引き離すように早乙女を連れて行く瑠璃。
玲　子「私、ちょっと用事がありますんで」
　　玲子、大きめのバッグを持って、廊下の方へ。
慶　太「また？」

63　同・廊下

　　玲子を探して歩いてきた慶太。
慶　太「あ、いた」
　　玲子、早乙女に追いつき、
玲　子「早乙女さん、お疲れ様でした」
早乙女「今日、最後の方駆け足になっちゃったな」
玲　子「すごく勉強になりました。２時間の講義で頭もお疲れかと思って」
　　玲子がバッグから取り出したのは、高級チョコレート。
慶　太「ん？」
早乙女「いいのに」
　　早乙女、受け取り、慣れた様子で後ろ手にアシスタントの瑠璃に渡す。
玲　子「あとこれ、チョコにも合うらしいんです」
　　玲子がバッグから取り出したのは、ワイン。
慶　太「ん？」
　　興奮した玲子の脳内で、鐘の音がアップビートを刻みだす。
玲　子「お忙しいと思いますけど、たまには息抜きしてくださいね」
早乙女「そんな気をつかわないで」
　　早乙女、受け取り、慣れた様子で後ろ手にアシスタントの瑠璃に渡す。
玲　子「でも飲みすぎたら、次の日に響くから」
　　玲子がバッグから取り出し差し出すのはウコンと大量のサプリメント。
慶　太「……」
玲　子「こないだ街を歩いてたら、これ、早乙女さんに似合いそうだなって。最近日差しも強いし」
　　玲子が差し出したのは、仕立ての良さそうなシャツとハット。
早乙女「いつもありがとう」
玲　子「ううん」
早乙女「じゃまた来週ね」

早乙女、玲子の頭に手を乗せる。

玲　子「！」

早乙女、笑顔で去っていく。

玲子、恋する視線で早乙女を見送る。

玲子の脳内でチャリーンと音が鳴る。

玲子の声「早乙女さんの笑顔。プライスレス！」

慶　太「いや、めっちゃ貢いでるし！」

慶太、玲子を呆然と見つめ、

慶　太「ほころびまくってんのは、そっちでしょ……」

玲　子「……」

第2話

その恋、投資する価値アリですか？

1話のリフレイン

世捨て清貧女子・玲子と浪費ジュニア・慶太との出会い。

1　鎌倉・海（朝）

ヤドカリがのんびり歩いている。

富彦の声「かむな（ヤドカリ）は小さき貝を好む。これ事知れるによりてなり。みさごは荒磯にいる。すなはち人を恐るるがゆえなり」

2　同・海の近くのサロン（朝）

玲子がヘッドマッサージを受けている。

富彦の声「我またかくのごとし」
玲　子「(目を閉じ、気持ち良さそう)」
富彦の声「事を知り、世を知れれば、願はず、走(わし)らず、ただ静かなるを望みとし、憂へ無きを楽しみとす」
玲　子「(心が落ち着いていく)」
セラピスト「だいぶ凝ってますねー、何かお疲れになることでも、ありました？」
玲　子「お疲れになること……」

アラームが鳴る。

セラピスト「お時間ですが、よろしければ延長」
玲　子「(パッと目を開け) いえ、結構です」

3　玲子の家・縁側

玲子、マグからアイスほうじ茶を飲む。
そよ風に玲子の髪がなびく。

玲　子「……良き」
玲子の声「ほぐれた頭皮に抜けるそよ風と潮の香り。ああ、良き。ありがとう、お試しヘッドマッサージ15分。ありがとう、980円」

チャリーンという心の中の音とともに、お金に感謝する玲子。と、

慶太の声「あ、玲子さん、おかえりー！」

慶太がコーヒー3つ持ちで満面の笑みで現れる。

玲　子「(頭皮がピキと固まり)」
慶　太「お休みの日も朝はやいんだね。にしてもさ（と、隣に座り玲子を肘(ひじ)でつついて）もー、世捨て人とか言っちゃって、煩悩全開じゃん！」

玲子「……なんの話ですか？」
サチ「（茶の間から）玲子、健ちゃんよ！」
猿彦とテレビを見ているサチ。
テレビに映る早乙女。
慶太「もー、照れないでいいから！　こないだ、めっちゃ貢いでたじゃん、早乙女さんに」
玲子「貢いでいた？　私が？」

×　　×　　×

1話。早乙女にプレゼントを渡しまくる玲子。

×　　×　　×

玲子「何を言ってるんですか、あれはただの差し入れですよ」
慶太「またまたー、玲子さんの恋のほころび、見つけたり！」
玲子「私の……恋の……ほころび？」
慶太「いや、ダメだよ。気持ちはわかるけど、どんなに好きでも女の子から貢いじゃダメ」
玲子「……ですから私はただ早乙女さんの心の癒しのために差し入れを」
慶太「だってあれじゃホストに貢ぐガチの客だもん」
玲子「！（立ち上がり）私は貢いでませんし、早乙女さんはホストではありません！」
サチ「ホスト？」
玲子、サンダルをはいて俺の方へ、
慶太「いや玲子さん違うの俺はただ」
玲子「これ以上、私の頭皮をカチカチにさせないでください!!」
玲子、俺に消える。
サチ「どうしたの？」
慶太「いや、ただアドバイスしてあげようと……もしかして、玲子さんって恋愛に関して、かなりのポンコツ？」
サチ「小6で健ちゃんに出会って、そこから15年の片思い」
慶太「15年？　それはさすがに物持ち良すぎるでしょ！」

4　モンキーパス・会議室（日替わり）

重役会議。
ベンチャー会社『ディール』社長・山鹿眞一郎、
山鹿「私がご提案させていただくのは、最先端のデジタル技術を駆使した、未来型の遊園地です」
資料映像が流される。

山　鹿「昨年行われました豊洲のイベントでは前年度に比べて、来場者が65パーセントアップの90万人、売り上げは10億円を達成いたしました。このコンセプトをそのままに、御社の『わくわくスポーツランド』のリニューアルをご提案いたします」
　専務の鷹野、
鷹　野「素晴らしいね。うちも山鹿さんにお力を貸していただけるなら、こんなにありがたいことはない」
富　彦「(資料を見て) うちのキャラクターを活用した、未来型遊園地……大変魅力的なご提案ですが、あのスポーツランドでは毎年、ジュニアのテニス大会が開かれていてね」
山　鹿「失礼ながら、年に一度のテニス大会のために、あの立地で毎年5億円の赤字を出し続けるのは非常にもったいない。より新しい、未来を担う世代への知育にもつながる施設を造ってこそ、本当の意味での、ジュニア世代への投資かと」
富　彦「……」

5　同・経理部

慶　太「鴨志田さん、これよくわかんないんだけど」
芽衣子「あ、これ請求書なんで早めに処理してください」
慶　太「えー、わかんない、できない、怖い、鴨志田さーん、鴨しぃー (と、袖を引っ張る)」
芽衣子「…… (受け取り) 今回だけですよ」
慶　太「あ、イノッチ、指サックどっか飛んでっちゃった。新しいのちょーだい」
猪ノ口「またですか? (箱ごと持ってきて) 飛んでったのどこ? どんな使い方してたら飛んでくの (と、探してやる)」
玲　子「あの」
美　月「チョコでいいですか?」
慶　太「お腹減った! あゆあゆ、おやつない?」
玲　子「あの、皆さん。猿渡さんを少し甘やかしすぎじゃないでしょうか?」
芽衣子「いや、その……うまいのよ、頼み方が」
美　月「イケメンかける甘えん坊、なにげに最強説」
玲　子「猿渡さんのためにならないと思います」
慶　太「(猪ノ口に指サックをはめてもらい) ありが

白　兎「まあまあ、九鬼さん！　いいじゃない、まだ猿渡くん経理部来たばかりなんだから。皆さん、新人さんには優しく！　ね？」

とー、イノッチ」

お昼の音楽が鳴る。

×　　×　　×

玲子、慶太のおこづかい帳をチェック。

玲　子「猿渡さん、まだ月初め1週間も経たないうちに、使ったお金がひとつきの手取り給料額を上回っています」

慶　太「うわ、ほんとだ、怖！　なんで？」

玲　子「お金の使い方は3つです。消費、浪費、投資」

慶　太「消費、浪費、投資……」

玲　子「お金を使うごとに3つのどれに当てはまるか分類して浪費を減らす。それがあなたのやるべきことです」

慶　太「……。よくわかんない。とりあえず、現場で教えて！」

慶太、玲子を引っ張り、外へ連れて行く。

6　高級焼肉屋の前

店　員「いつもありがとうございます（と、弁当を渡す）」

慶太、早速焼肉弁当を買った。

慶　太「『消費』って生活に必要なお金だよね。お昼ご飯は、食べないと死んじゃうから消費だよね」

玲　子「浪費です。1つ2500円の焼肉弁当である必要がありますか？　380円のシャケ弁当でも死にません」

慶　太「死ぬよ？　お肉食べたい時にお肉食べないと心が死ぬよ⁉」

380円のシャケ弁を持った純、二人に気づき、

純　「（玲子が気になり）……」

7　道

慶太、コーヒー3つとお菓子をたくさん買った。

慶　太「コーヒー飲まないと午後の仕事寝ちゃうから消費、いやむしろ、経費（だよね）」

玲　子「浪費です。会社で淹れれば100円以内」

慶　太「えー、（ショーウィンドウの服を見て）あ！」

8　セレクトショップ

慶太、猿柄のビンテージアロハを試着した。

慶　太「シャツは着ないと乳首見えちゃうから消費だよね？」
玲　子「（かぶせるように）浪費です」
玲子、焼肉弁当とコーヒーなどを持たされている。
玲　子「8万8800円のビンテージアロハである必要が？」
慶　太「8万8800円なの？　うわ、末広がりじゃん！」
玲　子「値段も見ないで買おうとしていたんですか」
慶　太「あ、わかった、これ『投資』だ！」
玲　子「投資？」
慶　太「かっこいい服着ると、センスが磨かれるでしょ？　それって、将来おもちゃの開発に生きてくると思うんだよね。だからこれは未来の自分への」
玲　子「投資というからにはリターンが見込めないといけません」
慶　太「リターン？」
玲　子「具体的にお答えください。このアロハが、いつ、どこで、いくらの利益となって返ってくるのか」
慶　太「それは……いつか、どこかで、思わぬ形でだよ！」
玲　子「お話になりませんね」
慶　太「わかってないんだから」
慶太、言いつつ、アクセサリーに目をやる。
イルカのモチーフのブレスレットを見て、
慶　太「あ（手を伸ばそうとすると）」
山鹿の声「どう？」
山鹿、ジャケットを試着している。
店　員「お似合いです！　サイズもぴったりですね」
山　鹿「そう？」
慶　太「！　あいつ……」

×　　×　　×

1話。まりあと腕を組んでウェディングサロンから出てきた山鹿。

×　　×　　×

玲　子「知り合いですか？」
慶　太「元カノの今カレ、確か近々結婚するって」
店　員「こちらのビンテージアロハも、人気でお求めになりやすく」
山　鹿「俺、時間ないの。高いものから順番に持ってきて」

山鹿のもとに集められた服やハット。

山　鹿「これ全部ちょうだい」

山鹿、自分と買い物を自撮り。

合計金額は100万超え。

山鹿、ブラックカードで支払う。

山　鹿「領収書くださーい。じゃ、また」

山鹿、颯爽と帰ろうとすると、目の前に慶太。

山鹿、慶太のアロハの肩を叩き、

山　鹿「いいじゃん、お似合い」

山鹿、去っていく。

慶　太「……バカの買い物の仕方でしょ！」

玲　子「あなたが言いますか。そろそろお昼休み終わりです。戻りましょう」

慶　太「やだこれ買う。（財布を取り出し）あ、お金ない。貸して」

玲　子「先に戻ります」

慶　太「ちょっと！」

9　モンキーパス・廊下

玲　子「猿渡さんは自分の行動を客観的に把握して、現実を直視する必要がありますね」

慶　太「じゃあさ、玲子さんは現実を直視してるの？」

玲　子「え？」

慶　太「あれだけ貢いでリターンはあったわけ？　早乙女さんとの恋愛に」

玲　子「……ですから私は」

慶　太「デートにこぎつけたことは？」

玲　子「……」

慶　太「二人でご飯ぐらい」

玲　子「……」

慶　太「映画も？　お茶も？　一度もなし？　15年も片思いしてノーリターン？　しんどくない？」

玲　子「！」

慶　太「しょうがないなあ！」

慶太、玲子の肩に手を置き、

慶　太「俺が一肌脱いであげる！」

10　レストラン

ランチミーティングをしている早乙女。

慶太の声「その恋が、投資する価値アリか」

11 モンキーパス・営業部

シャケ弁当を食べる純に、女性から映画デートのお誘いLINE。

12 カフェ

慶太の声「ナシか」

まりあ、サラダのみのランチを食べながら、結婚式の招待客リストを作っている。

13 モンキーパス・廊下

慶　太「一緒に、見極めよ?」
玲　子「……はい?」

タイトル『お金の切れ目が恋のはじまり』②

14 大学・講義室（日替わり）

早乙女「本日は、投資の一つの目安についてお話をしましょう」
玲　子「(早乙女を恋する視線で見つめている)」
早乙女「有意水準。統計学では、5パーセント以上の確率で起こることを意味のある数字とみなします。20回に1回以上の確率でリターンがないのであれば、それはもうゼロと同じとみなされてしまうんですね」
慶　太「(早乙女を見つめる玲子をニヤニヤと見ている)」
玲　子「(その視線に気づき、イラッと)」
早乙女「例えば愛する人に20回、告白をして20回、断られれば、それは投資としては脈がない。相手を変えたほうがいい」
　　冗談めかして言う早乙女に笑うファンの奥様方。
慶　太「先生。じゃあ、愛する人に告白もせずに、十何年もずーっと一人で片思いしてる場合は?」
玲　子「!」
早乙女「それは投資をせずにただ資金を貯め込んでいる状態ですね。ある意味、不健全です」
玲　子「不健全……」
早乙女「大事なのは、流れを作ること。マネー、イズ、フロー。投じましょう。投じれば、動き出します。お金も、愛も」

玲　子「……」

15　アパレルメーカー・会議室

広報部のまりあ、後輩の沙世（22）、大手デパート社員男性・鈴木らと打ち合わせ。

まりあ「こちら、今年の秋冬の新製品です」
鈴　木「いいじゃない。去年のイベントも盛況だったからね。聖徳さんのおかげで」
まりあ「いえいえ、そんな。今年のポップアップイベントも精一杯やらせていただきます！」

×　　×　　×

帰り際、

鈴　木「あ、そうだ、これ。うちの女子社員に聞いて。若い子に人気っていうから」
まりあ「わー、ありが（とうございます）」

鈴木、紙袋を沙世に渡す。

沙　世「うわぁ、ありがとうございます！」
まりあ「……」

16　カフェ

まりあ、広報部の後輩たちとのランチ。

沙　世「結婚、ですか」
まりあ「うん。秋に」

まりあ、さりげなく自分の指の婚約指輪に目をやる。

沙　世「うわぁ～、おめでとうございますー！」
加　奈「わ、指輪、すごっ！」
沙　世「ほんとだー！　さっきはつけてなかったのに」
まりあ「（微笑む）」
沙　世「いいなあ、私も30歳くらいで結婚したい」
まりあ「まだ29なんだけどな」
沙　世「お相手、どんな方ですか」
まりあ「あぁ……まだ言えないんだけど」
加　奈「え？　もしかして有名人とか？」
まりあ「まぁ、ちょっとだけね」
一　同「えー！」
まりあ「彼が今度みなさんご招待してランチ会でもって」
沙　世「はい、ぜひ！」
まりあ「私先に戻るね。（伝票を持ち）あー、いいのいいの」

まりあ、勝ち誇った顔で歩いていく。と、スマホが鳴る。慶太から。
『今夜会えない？』

まりあ「……しつこ」
スマホ画面には、連日、慶太からの一方的なLINE。

17 モンキーパス・経理部

慶太、スマホを見ている。
慶　太「また既読無視か……照れちゃって！」
その隣で淡々と仕事をしている玲子。
卓上のカレンダー。謎の『祝』の書き込み。
玲　子「……」

18 会社の近くの本屋（夕）

早足で来た玲子、新刊の早乙女の本を手に取る。
玲　子「（表紙の早乙女の写真を見て微笑み）……新刊発売、おめでとうございます」
帯には、『投じれば、動く。お金も、恋も』。
玲　子「……」

19 ウェディングサロン前の道（夕）

山鹿とまりあが出てくる。
まりあ「帰ったら招待客のリスト、データで送るね」
山　鹿「（スマホをいじりながら）俺この後会食あるから」
まりあ「うん、私地下鉄で帰るね」
山　鹿「また？　タクシー乗れよ」
まりあ「まだ終電あるし。４００円は違うよ」
山　鹿「４００円って（と笑って）まあ、そういうとこなんだよなあ。俺に寄ってくる女にはいないタイプ（とハグして）じゃ」
山鹿、去っていく。
笑顔で手を振るまりあ。地下鉄に降りる。
その数秒後、地下鉄から上がってきたまりあ。
山鹿がいなくなったのを確認すると、タクシーに手を挙げる。
まりあ「（スマホに）もしもし、フェイシャルエステ予約していたものですけれど、ええ、すみません10分で着きますので」

20　映画館（夕）

会社帰りの純が来る。

純「お待たせ」

会社帰りのデート相手・美結(みゆ)が手を挙げる。

純「チケット予約しておいたから発券してくるね。あ、マイルも貯めとく」

美結「ありがとう（と、マイレージカードを渡す）」

純、チケットの機械を操作しながら、

純の声「老後に2000万円を貯めるには、夫婦共働きは必須」

純、美結をチラッと見て、

純の声「彼女は公務員。パートナーとしては理想の安定職。マイレージデーに映画割引料金1200円とポップコーンペアセット1060円、計、3460円。痛い。財布には痛い、けど、これは彼女が将来共に稼いでくれる板垣家の財産への投資。割り勘にしてケチと思われ振られるリスクを考えたらここでの投資は間違いなく……ん？　何故、マイレージの残りがゼロに？」

純、美結をチラッと見る。

純の声「僕がおごったマイレージで勝手に映画を？……え？　それ違くない？　え？　絶対違くない？　6回見たら1回無料だから今日はタダで見られるねって、二人で行くのが筋ってもんじゃない？　そのくらいの空気読めない？」

美結「大丈夫？」

純「うん」

純の声「いいのか？」

純「はい（と、チケットを渡し）マイレージも貯めといた」

美結「ありがとー」

純の声「いいのか？　本当にこの女に投資していいのか？」

美結「ポップコーン食べたい」

純の声「ポップコーンくらい自分で買えよ！」

21　モンキーパス・経理部（日替わり）

お昼近く、玲子、カバーをかけた新刊をこっそり手作りのエコバッグに入れる。

お使いから帰ってきた慶太、

慶太「ただいま～！　お金なくて、何もお土産買えなかった、ごめんね」

白兎「あー、猿渡くん、今、お母様がいらしてて」

慶　太「え？　また母さん来たの？」
芽衣子「差し入れにアイスクリームいただいちゃって」
美　月「いただいてまーす」
芽衣子たち、クーラーボックスに入ったアイスを配っている。
慶太、廊下から覗いている菜々子と視線を合わせると、
慶　太「あ、それ俺が！　はいイノッチ（と、たくさん渡す）」
猪ノ口「そんな3つも4つも食べられませんよっ」
慶　太「いいじゃん、イノッチアイス似合うし、かわい～」
慶太、アイスを雑に配り終えるが、底には何も入っていない。
慶　太「（入ってないよ？）」
菜々子「（チャックを開けてというジェスチャー）」
慶　太「？」
慶太、上蓋を開けると、保冷剤と保冷剤の間に札束。
慶　太「！」
菜々子「（頑張ってね！）」
玲　子「……」
慶　太「まったくもう、こういうのやめてって言ってんじゃん、過保護なんだから。俺自立した男よ？」
慶太、言いながら札束を懐に入れていく。
玲　子「（そんな様子を横目に、こっそり出て行く）」
慶　太「あれ？　玲子さんは？」

22　セレクトショップ・前の道

慶太、店から出てくると、あのビンテージアロハを着ていて決めポーズ。
そして、手には小さなプレゼントの箱。

23　モンキーパス・社長室

猿之助を抱いた富彦、山鹿の企画書を見つめ、思案中。
菜々子「聞いたわよ」
いつのまにか菜々子が来ている。
菜々子「富彦さん、ネットかなんかの会社の若者と組むんですって？　自分の息子には酷い仕打ちをしておいて。慶ちゃんがかわいそう。あの子ファザコンなのに」

富　彦「どう見てもマザコンだろ。知ってるぞ、あいつにこっそり金を渡しに行ってるだろ」

菜々子「お金がなきゃあの子死んじゃうじゃない！　自分の息子が死んでもいいの⁉」

富　彦「ママ。もう慶太を甘やかすのはやめよう。俺たちだって、いつまでも生きてるわけじゃないんだ」

菜々子「……」

富　彦「わかるだろ？　な？　あいつだって、どこかでちゃんと大人にならなきゃ」

菜々子「パパァ〜！」

菜々子、創業者の実父・慶一郎（けいいちろう）の写真に向かって、

菜々子「（涙ながらに）富彦さんったらひどいのよぉ、パパがいなくなったら、すっかり変わってしまったのぉ！」

富　彦「よしなさい、泣くのは」

菜々子「パパァ、私一人じゃ、会社も慶ちゃんも守りきれない、どうしたらいいのぉ〜、どうして死んじゃったのよぉ！」

富　彦「よしなさい、人が来るから」

菜々子「パパァ〜、慶ちゃんがかわいそうー！　あの子、ファザコンなのに〜！」

富　彦「よしなさい！……ファザコンでいいから！」

24　パン屋

玲　子「オレンジジュースを1つ、イートインで。それから、このポンデケージョ1袋6個入りのうち、3つをイートインで、もう3つを持ち帰りたいのですが」

店　員「（戸惑い）え？　え？」

純　「（入ってきて、気付く）」

玲　子「ですから、半分の3つを持ち帰り軽減税率の8パーセント、もう半分をイートインの10パーセントで計算していただけますか？　6つ全部をイートインで食べるのは多すぎますので」

純　「……」

店　員「あの……1袋を分けては計算できないので、持ち帰り用の8パーセントにしておきますので、こっそりイートインで食べてもいいですよ」

玲　子「それでは脱税になってしまいます」

純、思わず割って入り、

純　「あの！　そのパン、3個、僕が買い取りますので、一緒にイートインで食べませんか？」

玲　子「……」

×　　×　　×

イートインスペースに玲子と純。沈黙。

純「……ここ、よく、来るんですか？」

玲子「いえ、いつもはお弁当なんですが、今日は何だか、一人になりたくて。その……猿渡さんが来てから」

純「ああ、僕も毎日ランチ付きまとわれて、しんどかったです」

玲子「！　そ、そうですよね？　あの人、やっぱり、ちょっとしんどいですよね」

純「ですよ。無邪気に人のプライベートに踏み込んでくるし、サルハラですよ、サルハラ」

玲子「サルハラ……（ふっと表情が和らぎ）それを聞いて少し心が休まりました……」

純「無理しないでくださいね」

玲子、ポンデケージョを手にする。

玲子「ポンデケージョってブラジルのチーズのパンらしいです」

純「そうなんですか」

玲子「2年ほど前にこのお店を通りかかった時からずっと気になっていて。ガッキーさんも、温かいうちに」

純「はい、いただきます」

ポンデケージョを食べる二人。

純「うわ、もちもち、美味（おい）しいですね、これ！」

玲子「もちもち……良き」

玲子の声「ポンデケージョ、6個入り120円をシェア、3個で60円。もちもちの食感とチーズの香り。ストレスからのつかの間の解放。ああ、良き。ありがとう、ポンデケージョ。ありがとう60円」

チャリーンと言う心の中の音。

目をつぶり、お金に感謝する玲子。

純「（玲子を見つめ）……」

純の声「なんだろ……この居心地の良さ」

×　　×　　×

純のイメージ。

外の道から見た、パン屋のカウンターで並んでパンを食べる純と玲子。

そのまま並んでパンを食べるおじいちゃんとおばあちゃんの姿に変わる。

×　　×　　×

純「！」

純、運命を感じて、玲子を見る。

純の声「この人だ」

玲子、嬉（うれ）しそうにポンデケージョを味わっている。

純の声「僕が老後2000万円を一緒に貯めたいのは、この人だ」

純、玲子への恋心を確信した。

25 モンキーパス・廊下（夕）

アロハを着た慶太、おもちゃの企画書を企画目安箱に入れる。

慶　太「(柏手を打ち）今度こそ、届け！」

と、富彦と歩く山鹿の姿を目にする。

富　彦「いやあ、お若いのに立派なもんですな」
山　鹿「いえいえ、とんでもないです」
富　彦「山鹿さんには私も大いに刺激をもらってましてね」
慶　太「！……（ジェラシー）」

慶太、まっすぐに富彦の元へ。

慶　太「どーも！　お世話になっております！」

慶太、富彦と山鹿の間に無理に割り込む。

富　彦「お前なんだその格好は」
慶　太「(名刺を山鹿に差し出し）経理部の猿渡です」
山　鹿「経理部？　え、あ、猿渡ってことは、社長の……」
富　彦「(しぶしぶ）……息子です」

26 同・経理部（日替わり）

慶　太「わくわくスポーツランドのリニューアル？」

慶太に集められた純と鶴屋。

鶴　屋「(企画書差し出し)そ。ま、立地はいいからね」
慶　太「もー、何考えてんだよ、父さんは！」

純、近くで黙々と伝票を処理している玲子に、

純　「九鬼さん、どう思います？」
玲　子「採算が取れていない施設ならリニューアル話が出ても仕方ないんじゃないでしょうか」
純　「ですよね」
慶　太「違うの！　あそこはじいちゃんが大事にしてた場所だし。毎年うち主催で子供たちのテニスの大会だってやってるし」

慶太、スポーツランドのパンフレットの写真を見せる。笑顔の子供達。

玲　子「(チラッと見て）……すべてのものは移り変わっていきますから」
慶　太「変わっちゃいけないものもあるでしょ？　しかも、あんな金遣いがクレイジーなやつに任せ

るなんて。そう、俺が、経理部として、山鹿を調査する！」
猪ノ口「（遠くで）頼むから経理の仕事をしてくれ……」
芽衣子
美月「（頷く）」
慶太「ってことで。土曜日、わくわくスポーツランド集合ね」
玲子「あの、なんの話を」
慶太「テニスコンペ。山鹿誘ったらホイホイ乗ってきてさ」
玲子「私は関係ありませんので」
慶太「早乙女さんも来るけど？」
慶太、早乙女とのLINE画面を見せる。
玲子「！」

27 テニスコート（日替わり）

ジャージ姿の玲子、ドキドキと、待っている。
スポーツウェアーの早乙女が来る。
玲子「！」
早乙女「ちょうどジム行こうと思ってたから。久々、テニスもいいかなって」
玲子「……あの、早乙女さん」
玲子、スポーツバッグのジッパーを開け、
玲子「熱中症対策に、スポーツドリンク。そして、ヒマラヤ産岩塩を。こちらは汗拭きタオルに、替えのTシャツと5本指ソックス（と、次々に渡して）」
早乙女「玲子、いつもありがとう、一旦落ちつこ？」
玲子「それから、新刊、早速読ませていただきました！　素晴らしい内容でした！」
玲子、新刊を3冊取り出す。
早乙女「ありがとう、3冊も？」
玲子「ええ、読む用と、飾る用と、保管用に」
早乙女「本当、いつもありがとう。あとでサインするね」
そんな様子を見ているのは、純。
純「……」
慶太「あ、きたきた！」
山鹿「どーもー、今日はお世話になります」
慶太「どーも、山鹿さん。あ、こちらが噂の」
山鹿「婚約者のまりあです」
まりあ「（笑顔）どうも、初めまして！」
慶太「うわー、お綺麗な方だなぁ、お綺麗すぎて、初めて会った気がしない！」

まりあ「（笑顔）スムージー作ってきたんです、よかったら」

×　×　×

六人、談笑中。まりあ、飲み物を配っている。

慶　太「うちの会社のことなら何でも僕に聞いてください。数年後には経営を任されてると思うんで」
純　「……」
玲　子「……」
山　鹿「息子さんが乗ってくれるとは、心強いなあ。（と、慶太とツーショットを自撮り）早乙女さん、朝の顔！（と、早乙女と自撮り）いつも見てますよ、早乙女さんが映ると視聴率が0・7パーセント上がるとか」
早乙女「いやいや」
純　「あ、営業部の板垣です」
玲　子「経理部の九鬼です」
山　鹿「どーもー（写真は撮らずにスルー）」
純　「……」
玲　子「……」
山　鹿「早乙女さん、ご結婚は？」
玲　子「！」
山　鹿「モテるでしょー。決まった人はいるんですか？」
玲　子「（早乙女を見る）」
早乙女「いたらいいんですけどね」
玲　子「（ホッとして）……」
慶　太「（そんな玲子を見て）……」
山　鹿「まあ、結婚もお金かかりますよね。うちもなんだかんだで、披露宴に1億ですよ」
純　「いちおく？」
玲　子「……」
山　鹿「ははっ、社員に話題作りもいい加減にしろって突っ込まれまくってるんですけどね」

まりあ、保冷ケースから手作りの食べ物を出そうとすると、

山　鹿「あ、来た来た！　今日はね、ケータリング、呼んじゃいました！」

現れる豪華キッチンカー。

まりあ「……」

28　レストハウス

用意したサンドイッチを片付けるまりあ。

慶　太「料理なんかできたっけ？」

それを開けて食べるのは、慶太。

慶　太「ん、んま！　でもこれ何味？　って、これ何

サンド？」
まりあ「スーパーフード」
慶　太「何よスーパーフードって」
まりあ「ケータリング食べなよ」
慶　太「やだ。まりあが作ったの食べる。うまくてもまずくても、全部食べる」
まりあ「(ふっと笑う)」
慶　太「あ、そうだはい」
慶太、ポケットから出した箱をまりあに渡す。
まりあ「何」
慶　太「(開けて) イルカのモチーフ、集めてたよね？　こないだ見つけて、まりあに似合いそうだなって」
まりあ「……ださ」
慶　太「えー」
まりあ「何がしたいの？　こないだのことならただの気まぐれだし」

×　　×　　×

1話。まりあと激しく抱き合っている慶太。

×　　×　　×

まりあ「こういうの、迷惑」
慶　太「まりあのそういう顔好き」
まりあ「は？」
慶　太「キレ顔最高」
まりあ「うざ。あんたのために上げる口角はないから」
慶　太「ひでっ、何よそれー」
まりあ「(つい笑う)」
慶　太「口角。だからか。あいつの前でのまりあの笑顔、なんか嘘くさいのは」
まりあ「……！」
慶　太「……本当にあいつでいいの？」
まりあ「あんたには関係ない」
山　鹿「まりあ～」
まりあ「(笑顔で) はーい」
まりあ、山鹿の下へ駆けていく。
慶　太「……」

29　テニスコート

審判の席に座る慶太。
純　「(来て)なんで僕と猿渡さんがペアなんですか」
慶　太「見りゃわかるでしょ、玲子さんの気持ち」
純　「……あの、早乙女って人」
慶　太「15年越しの片思いの相手だって」
純　「15年越し……」

慶　太「昔テニススクールで一緒だったんだって。でも、玲子さんって運動神経なさそうだよね」
　その後ろで玲子、パッとジャージを脱ぎ捨てる。

純「いや……セリーナ・ウィリアムズみたいな構え見せてますけど」

慶　太「え？」
　スコート姿でラケットを握った玲子。
　低重心で本気の構え。山鹿のサーブに、
　玲子、見事なリターンエース。

玲　子「ハイッッッッッッッ！」

慶　太
純「！」
　玲子、思わぬ運動能力を発揮。
　次々に得点を決める。

まりあ「こわい～」
　まりあ、可愛い仕草。
　テニスは全然ダメな様子で山鹿に頼り切る。

山　鹿「おい、頼むよ」

玲　子「（まりあの手元を見つめ）……」

×　　×　　×

　汗だくでコートに転がる慶太、純。

山　鹿「（審判席から）ゲームセット！　マッチ、ウォンバイ早乙女、玲子ペア！」

早乙女「玲子！」
　早乙女が両手をあげる。

玲　子「……」
　玲子、早乙女とハイタッチ。

玲　子「……（嬉しく）」

30　テニスコート（時間経過、夕）

　着替えた玲子、一人、ベンチに座り、3冊のサイン本を見つめている。

玲　子「……」
　玲子、思い出すのは中学の頃。

×　　×　　×

　ある事件の後、テニスコートのベンチで一人涙する中学生の玲子。
　と、隣に座る早乙女。
　玲子にジュースを渡し、背中に手を置く。

×　　×　　×

玲　子「……」

早乙女の声「投じれば、動き出します。お金も、愛も」

玲　子「……」
　玲子、立ち上がる。

玲子、帰り支度をしている早乙女に。

×　　×　　×

玲　子「あの、早乙女さん」
早乙女「玲子。今日はありがとう、久しぶりに楽しかった」
玲　子「私もです。……あの……それで、もし、あの……」
早乙女「……」
玲　子「あの……この後、も、もし、あの、お時間とか、ありましたら……」
早乙女「……」
瑠　璃「早乙女さん、車まわしてきました」
玲　子「！」
瑠　璃「あ、いつも差し入れありがとうございます。スタッフみんなで美味しくいただいてます」
玲　子「あ……よかったです」
早乙女「この後また仕事に戻らないといけなくて」
玲　子「そうですよね、貴重なお時間をありがとうございました」

そんな様子を見ていた慶太。

早乙女「じゃ、また講座で」
玲　子「はい」
早乙女「猿渡くんも」
慶　太「……早乙女さんって、玲子さんのこと、どう思ってるんですか？」
玲　子「！」
早乙女「……」
慶　太「ほら、二人付き合い長いみたいだし、なんか、気になって」
玲　子「……」
慶　太「今日のテニスも、息ぴったりだったし。ほら、お互いフリーなら？　もういっそ、付き合っちゃえばいいのに！」
玲　子「！」
早乙女「玲子は……」
玲　子「……」
早乙女「妹みたいなもんかな」
玲　子「……！」

31　鎌倉・玲子の家（夜）

夕食の時間。
黙ってしまった玲子。

玲　子「……」
慶　太「……。いやーいろいろあったけど、スポーツっていいよね！」

玲子「……どうして」
慶太「はい」
玲子「どうして勝手に早乙女さんにあんなことを聞くんですか？　何も頼んでいないのに」
慶太「……ごめんって」
玲子「あなた一体、何がしたいんですか」
慶太「俺はただ……玲子さんの恋がハッピーな方向に進めば、いいなって。もしそうじゃないなら、ムカつくし」
玲子「ムカつく？」
慶太「だって、あいつ、絶対気づいてるじゃん、玲子さんの気持ちに。それ気づいてて、気づかないふりして、ヘラヘラのらりくらり15年もやってんなら、俺、そういうの、なんかすっげームカつくんだよね。人の気持ち弄んでるじゃん」
玲子「……」
慶太「ダメならダメってわかった方が次に行けるし」
玲子「望んでません」
慶太「え？」
玲子「付き合いたいとか、デートしたい、とか、そんな大それたこと。別に私はただ、ただ、遠くから見つめて、愛でるだけでよかったのに」
慶太「そんな花見じゃないんだから。好きだったら付き合いたいでしょ？　いろいろしたいでしょ？」
玲子「あなたの言ってることは前時代的だと思います」
慶太「世捨て人に前時代的って言われる俺、何時代の人？」
玲子「いいから、もう放っておいてくださいっ！」
　慶太、気づく。
　玲子が涙目になっていることに。
玲子「そうですよね。いい加減、現実見ないとですよね。早乙女さんが私があげたものを身につけてるところなんて、見たことないですし。早乙女さんからデートに誘ってもらったことなんて一度もないですし。リターンの確率なんて5パーセントどころか、0・000001パーセントもないのに。一方的に押しかけて、いらないプレゼントを押し付けて、私……私、早乙女さんに、ずっと、ご迷惑をかけていたんですよね……」
慶太「……」
　玲子、箸を置き、庵に帰っていく。
サチ「……」

慶　太「……」

32　同・縁側（夜）

慶太、俺を見るが、人の動く気配がない。

慶　太「（猿彦を抱きしめ）俺やらかしちゃった」
サ　チ「まあ、そんな時もあるわよ。玲子と猿君、水と油だし？　でも、猿君だから、あの子が閉じこもった俺にピューって風を吹かせてくれる気がしてるのよね」
慶　太「ねえママ、何したら許してくれるかな？　あ、玲子さんの好きな食べ物は？　欲しいものは？」
サ　チ「欲がない子だからねえ……あ！」

33　玲子の部屋（夜）

玲子、一人ぽつんと座っている。
目をやるのは、猿がテニスをしているおもちゃ。

34　骨董品屋（日替わり、朝）

慶太、駆け込んでくる。

慶　太「あの、ここに前売ってた、小さい皿、猿の絵がついた。あれと同じものありません？」
店　主「どんなんだったっけな」
慶　太「ある女性が1年間遠くから愛でて、やっとおうちに迎えようとした時に、どっかのバカが雑に買って捨てちゃったんですよ！」

35　道

落ち込んで歩いている慶太。

慶　太「……あ」

36　八百屋の軒先

女子高生・ひかりが手作りの陶器のピアスに筆で絵を描いている。足音に顔を上げると、

慶　太「久しぶり」
ひかり「……」

37　玲子の家・庭

玲子がラジオ体操をしている。

サチ、それを見て微笑んで、隣で同じ体操をする。

玲　子「昨日はちょっと想定外のことが起こりすぎて。でも、もう大丈夫だから」

サ　チ「あらそう？」

と、そこに、

声　「こんにちは」

現れたのは、まりあ。

38　同・茶の間

まりあ「慶太がここに住んでるって言ってたから。たまたま近くまで来たから寄ってみた」

玲　子「そうですか。どうぞごゆっくり」

玲子、手縫いでリメイクの服を縫っている。

まりあ「ね、昨日も気になったんだけど、その服、自分で作ってるの？」

玲　子「はい。リメイクで」

まりあ「うちの母もお裁縫得意でね、母が作った可愛いワンピース着て学校に行ったら、みんな私を可愛い子として扱ってくれた。ブランド物でもなんでもなかったのに」

玲　子「……」

まりあ「……これ、あいつに返しといて」

まりあ、イルカのモチーフのブレスレットを置いて、去っていく。

玲　子「……」

39　道

まりあ、歩いていく。

スマホにカード会社からの利用明細通知。

高級エステに化粧品など高額の請求。

まりあ「（ふう、とため息）」

玲子の声「あの」

玲子がサンダルで追いかけてくる。

玲　子「猿渡さんに会いたかったんじゃないいんですか？」

まりあ「……」

玲　子「本当にあの方でいいんですか？」

まりあ「……どういうこと？」

玲　子「ただ……ほころびが気になって」

まりあ「ほころび？」

玲　子「テニスの時。気になりました。まりあさんの手元が」

×　　　×　　　×

回想。まりあがテニスをする様子を見ている玲子。

玲子の声「構える時、自然にグリップを回していました。テニス経験者はラケットの感触を確かめるために、そういう動きをします。トスを上げる時に、何度かボールをつくことも」

トスの前にボールをつくまりあの慣れた様子。

× × ×

玲　子「初心者のふりをして山鹿さんに花をもたせていたけれど、本当は上級者ですよね？」

まりあ「……」

玲　子「山鹿さんは、気づかない。あなたの気遣いには」

× × ×

回想。こっそりサンドイッチを片付けるまりあ。

× × ×

玲　子「見ているのは、スマホか、自分にとってメリットになる人だけ。でも、猿渡さんは」

× × ×

回想。慶太と話している時のまりあの自然な笑顔。
それを見ている玲子。

玲子の声「まりあさんのそのままを見ている気がして」

× × ×

まりあ「……。やってたわよ、テニス、中高がっつり。そうね、一緒にいても、スマホばっか見て、一日一度も目が合わないことなんてしょっちゅう。でもそれが何？」

玲　子「……」

まりあ「3年も費やしたの。バツイチで結婚願望ないっていう彼を、3年かかってやっと、ここまでこぎつけたの。26歳からの3年がどんなに貴重かわかる？　もし、彼と別れたら……次はきっと、もっと落ちる」

玲　子「それは……コンコルド効果ですね」

まりあ「は？」

玲　子「埋没費用効果とも言います。超音速旅客機コンコルドの商業的失敗のように、その投資が、損失につながることがわかっているのに、投資を止められない。……これまでに費やした、お金や、時間や、想いが、ただの浪費だったとは思いたくないから」

まりあ「……」

玲　子「これまでの想いが、ゼロに数えられてしまうのは、悲しいから」

まりあ「……」
玲　子「……」

40　東京・山鹿のマンション（夜）

山鹿と友人たちの内輪のパーティが行われている。

まりあ、笑顔で甲斐甲斐しく動いている。

女　性「でも山鹿さんが結婚するのって、芸能人とかインフルエンサーとかだと思ってた」

山　鹿「いや、そういうのって、ありえすぎて逆に映えないのよ。逆映えよ、逆映え」

まりあ、山鹿を見つめる。

笑顔が、真顔になっていく。

まりあ「……」

まりあ、その場を去っていく。

山鹿は気づかない。

41　会社近くの川沿い（日替わり）

玲子がお弁当を持って歩いてくると、富彦が隅のベンチに座り、考え事をしている。
手にしているのは、猿がテニスをしているおもちゃ『モンキーサーブ』。
と、富彦と目が合った。
玲子、会釈して行こうとすると、
富　彦「君、経理部の……」
玲　子「九鬼と申します」
富　彦「息子が迷惑をおかけしてるね」
玲　子「いえ。いえ、はい」
富　彦「はは。申し訳ない」
玲　子「いえ。あの、そのおもちゃ」
富　彦「これ？　知ってるの？」
玲　子「昔、モンキーパス主催のジュニアのテニス大会に出たことがあって、その時に父が買ってくれました」
富　彦「おお、そうか」
玲　子「私はトロフィーが欲しくて、でも、勝てなくて。帰りに泣きながら、このおもちゃを開けたら」
玲子、『モンキーサーブ』を手に取る。
猿が、何度トスをあげて、サーブを打とうとしても、空振りになるゆるいおもちゃ。
富　彦「くだらないよな。私が初めて作ったおもちゃなんだ。前の社長にお前の発想はつまらん、と言われ続けてね。やけになって出した企画が採用された。全く売れなかったけれど」

玲　子「はい。くだらないです。でも……」
×　　×　　×
子供時代のテニス大会帰りの玲子。
玲子の声「私、笑ってしまって」
玲子、空振りをする猿のおもちゃを見て、涙顔が笑顔になる。そんな玲子を見て、笑う父。
玲子の声「泣いてる私を心配していた父も笑って」
×　　×　　×
富　彦「……嬉しいよ。そんな風に笑ってもらえたら、って思っていたから」
富彦、何かを決意したように立ち上がる。
富　彦「うん。ありがとう」
玲　子「……」

42　モンキーパス・社長室

富　彦「山鹿さん、素晴らしいご提案をありがとう」
山　鹿「ぜひ、御社と一緒に子供達の未来を築いていけたらと思っております」
富　彦「うちの会社に、君が描く未来は、少し、立派すぎるんだ」
山　鹿「え?」
富　彦「なんせ、創業者が『役に立たないものを作れ』という人だったから。このサルーもね、ただそばにいて癒してくれる、それだけ。モンキーパスはそんなものを作っていきたい。申し訳ないが、君が描く未来とは相容れない」
山　鹿「……そうですか。残念です」
山鹿、去っていく。
鷹　野「後悔しますよ」
富　彦「……」
目安箱から取り出した企画書に目を通す富彦。
と、新しいわくわくスポーツランドの企画案。
提出者は『猿渡慶太』。
富　彦「相変わらず計算のできないやつだな」
富彦、どこか嬉しそうに。

43　八百屋の軒先（日替わり）

筆で何かを描いている慶太。
慶　太「できた!」
ひかり「本当にそんなんでいいの?」
慶　太「いいの! じゃ、またね」

急いで去っていく慶太。
ひかりの友人、見ていて、
友　人「ひかり、今の、誰？」
ひかり「……お兄ちゃん」

44 大学

講義が終わり、早乙女が生徒の奥様方に囲まれている。
慶太、来ると、玲子、早乙女を見つめている。
玲　子「猿渡さん。私、やっぱり、この距離がいいみたいです」
慶　太「……」
玲　子「この距離で、いいんです。私のほころびに気づいてくださり、ありがとうございました」
玲子、去っていく。

45 同・外

玲子、歩いていく。
慶　太「あの、玲子さん」
慶太が声をかけようとすると、
声　「玲子！」
早乙女が走り寄ってくる。
早乙女「もう、帰るの？」
玲　子「……はい」
早乙女「そう」
玲　子「……あの……これまで色々と、一方的に、色々押し付けたりして、あの、ご迷惑を」
早乙女「……」
玲　子「すみませんでした」
玲子、帰ろうとすると、
早乙女「俺、いつもホッとしてる。玲子が見つめててくれると」
玲　子「……」
早乙女「玲子は俺にとって特別な人だから」
玲　子「……」
早乙女「今度、よかったらご飯でも。ちゃんと話したい。二人で」
玲　子「……」
早乙女「……」
玲　子「……」
早乙女「もし、気が進まなかったら」
玲　子「はいっっっっっ！」
早乙女、微笑んで、戻っていく。

そんな様子を見ていた慶太。

慶太、手にしていたのは、猿柄のアロハのイラストをヒントにしながら、自分で絵を描き作った、豆皿。

玲子が欲しがっていた豆皿とは似ても似つかないが、玲子のために一生懸命作った手作りの豆皿。

慶太、その豆皿をポケットにしまう。

玲子、日傘を開く。

慶　太「……」

玲子、慶太を振り返り、

玲　子「焼けますよ」

慶　太「ですね」

玲子、慶太を日傘に入れてやる。

玲　子「帰りますよ」

慶　太「帰りますか」

慶太、日傘を持つと、玲子と歩いていく。

46　道（日替わり）

コーヒーを3個持ちで歩いている慶太。

まりあ「慶太」

慶　太「まりあ！」

まりあ、スタイリッシュなパンツスーツ。

慶　太「ん？　ん？　何か感じ違くない？」

腕にイルカのブレスレットをつけている。

まりあ「やめたの、結婚。だから責任取って結婚して」

慶　太「は？」

まりあ「だって、後輩に言っちゃったんだもん！　今からランチ会だから！（と、慶太を引っ張っていく）」

慶　太「え？　え？　え？」

47　イベント会場

子供向けのイベントで仕事をしている純。

男の子を連れた親子連れ。

純　「はい、整理券こちらで頂きます！」

飲み物を持った父親、サングラスにマスク。

純、すぐに去っていった父親を凝視する。

父親、飲み物を子供に渡し、マスクを下げて自分も飲む。

その男、早乙女である。

純　「……!!」

48　鎌倉・庵

そんなことは知らず、早乙女との初デートに着ていく服を、嬉しそうに縫っている玲子。

第3話

恋の終わり。そして、はじまり

2話のリフレイン

15年越しの恋についにリターン。

早乙女にデートに誘われた玲子。

1　鎌倉・街（朝）

玲子、手拭（てぬぐ）いを首にかけウォーキングをしている。
富彦の声「いかにいはむや、常に歩き、常に働くは、養性なるべし」

2　慶太の部屋（朝）

猿彦と一緒に寝ている慶太。

部屋の隅には、玲子に渡せなかった手作りの豆皿。

富彦の声「なんぞいたづらに休みをらん。人を悩ます罪業なり。いかゞ他の力を借るべき」

3　鎌倉・街（朝）

玲子、ウォーキングをしている。
富彦の声「衣食のたぐひ、またおなじ。藤の衣、麻のふすま、得るにしたがひて肌を隠し、野辺のおはぎ、峰の木の実、わづかに命をつぐばかりなり」
玲子、ショーウィンドウに映る自分をふと見る。
富彦の声「人にまじらはざれば、姿を恥づる悔いもなし」
玲子、自分の地味な格好が気にかかり、店の中のワンピースを見つめる。
玲　子「……」

4　レストラン（日替わり）

まりあに無理やり連れてこられた慶太。
慶　太「ちょっと、何、何、結婚って」
まりあ「みんな、お待たせ〜」
待っていた後輩女子たち。
沙　世「え」

加　奈「やばっ、すっごいイケメン」
まりあ「こちら、猿渡慶太さん」
慶　太「あ、ども」
沙　世「この度は、ご結婚おめでとうございます」
慶　太「！　だから、結婚って」
まりあ「（すごい顔で睨む）」
慶　太「……はは、どーも、どーも」
　そんな様子を遠くから見つめるのは菜々子。
菜々子「（まりあを見つめ）……」

5　イベントブース

　ブースで仕事をしている純。
　男の子と父親の親子。
純「はい、整理券こちらで頂きます！」
　純、すぐに去っていった父親を凝視する。
　その男、早乙女である。
純「！」

×　×　×

　純、こっそり早乙女を尾行。
　早乙女と一緒にいる女性・三智瑠とバイオリンのケースを背負った息子の蓮（8）。
蓮「お母さん、バトスピ、見たい」
三智瑠「お母さん近くのカフェでお茶してるから、お父さんに言いなさい。1時間したらレッスンね」
　三智瑠、バイオリンのケースを受け取り、去っていく。
　蓮、少し距離をあけて早乙女についていく。
早乙女「バトスピ……どこだろうな」
純「『おとう、さん』……」

6　会社・経理部近くのランチスペース（日替わり）

　玲子、うっとりとスマホを見ている。
　昨夜の早乙女とのやりとり。
早乙女『お店予約しました。17日19時にカンテサンスで』
玲　子『承知いたしました。楽しみにしております』
玲子の声「……は！　もしかして、スタンプで返信した方が良かったのかしら？（スタンプを表示させ、一人でぶつぶつと）でももう一晩経ってるのに追加でスタンプなんてしつこい？　あり？なし？」
　玲子、押そうとしたりやめようとしたり葛

藤(とう)。

芽衣子「九鬼さん？　何かバグってるけど大丈夫？　九鬼さんっ」

玲　子「えっ？」

玲子、その声に驚き、連続でスタンプを送ってしまう。

玲　子「あああっ！」

芽衣子「(美月に)九鬼さん、最近様子おかしくない？」

美　月「猿渡さんの教育係になってから、何かちょっと人間味が出てきた気が」

慶太がよろよろと歩いてきて玲子の正面に座る。

芽衣子「(気にしつつ、去る)……」

慶太、元気のない様子でおこづかい帳を開き、『ランチ　３５００×６　２１００』と書き、テーブルに突っ伏す。

玲　子「顔色が優れませんが、具合でも悪いんですか？」

慶　太「いやまりあがね、例の社長との結婚やめたらしいんだけど」

玲　子「そうなんですか」

慶　太「後輩に結婚するって自慢しちゃったから、代わりに俺に結婚しろだって！」

玲　子「それは……おめでとうございます」

慶　太「おめでとう？」

玲　子「よかったですね。猿渡さん、まりあさんにかなり未練タラタラのようにお見かけしたので。それにまりあさんもきっと」

慶　太「いや、よくない、全然よくない、俺、利用されてるだけじゃん、そんなの愛じゃないでしょ！」

玲　子「意外と繊細なんですね」

慶　太「そうなの、俺そういうの敏感なの。そもそも恋愛と結婚って違うじゃん」

玲　子「そうなんですか？」

慶　太「恋は毎日誰にでもできるけどさ、結婚って、生涯この人一人を大切にする、そういう運命にゴロゴロピッカーンって稲妻みたいに打たれてするもんでしょ」

玲　子「稲妻……よくわかりませんね」

慶　太「そ、俺もまだよくわかんない。だから33歳独身。なにこれ」

慶太、玲子のノートを手に取ろうとする。

玲　子「あ」

玲子、防ごうとするが、慶太に取られる。ノートには、

『早乙女さんとの初デートに臨んで
　ファッション編』
とあり、服のコーディネートが手書きイラストで詳細にシミュレーションされている。
『ワンピース？　丈は？』『髪はアップ？』
『イアリング？　ネックレス？』
『お店によってはサンダルNG？』などの文字。

慶太「ぶっ！　気合い入りすぎ！」

玲子「……好きな人と二人でご飯を食べに行くというのが、初めてなもので」

慶太「……（微笑み）よかったじゃん。15年の片思い、初めて報われて。早乙女さんが運命の人だといいね」

玲子「（照れつつ）はい」

慶太「……（なんだか少し複雑）」

純「早乙女さんと初デートですか。そうですか……」

慶太「うわ、ガッキー、いつからいたの!?」

純、慶太の隣に座っている。

玲子「ガッキーさん、顔色が優れませんが、具合でも」

純「いえ……あの、玲子さん」

玲子「はい」

純「あの、お話が……」

純、玲子のノートに目を落とす。
玲子の初デートにかける夢いっぱいのイラスト。

純「あの……いえ、あの！……いえ！」

純、立ち上がり、

純「この件は、また後ほど！（と、去る）」

玲子
慶太「……『この件』？」

タイトル『おカネの切れ目が恋のはじまり』③

7　外の道（深夜）

深夜2時。車をつけて運転席で待っている瑠璃。
早乙女が乗り込んでくる。

瑠璃「お疲れ様でした」

早乙女の座席近くには女性誌の特集記事のゲラ。
『元プロテニス選手から公認会計士へ　華

麗なる転身』
『結婚ですか？　運命の人がいればすぐにでも　笑』
などの小見出し。
瑠　璃「赤入れておきましたので、ご確認を」
早乙女「牛島さんがチェックしてくれれば問題ないから。あ、ありがとねカンテサンスの予約。よく取れたね」
瑠　璃「いろいろルートはありますので」
早乙女、スマホでスケジュールアプリを見る。
項目別に色分けされたスケジュール。
早乙女「その日、後ろには仕事入れないでね」
瑠　璃「……はい」
早乙女「あ、バトスピってカードゲームのジークヴルム・ノヴァってカード、手に入れたいんだけどさ。プレミアついてるらしくて入手困難らしくて」
瑠　璃「オークションに出てないか探してみますね」
早乙女「よろしく」
瑠　璃「プレゼントですか？」
早乙女「そ、お得意さんの息子さんが欲しがってて」

8　鎌倉・玲子の家（日替わり、朝）

玲子、ミシンでリメイクワンピースを縫っている。
玲　子「よし」
玲子、自分に当ててみる。
サ　チ「あらー、いいじゃない。デートにぴったり。もぉ～、お母さんまで緊張しちゃう。あ、健ちゃん！」
早乙女が朝の番組に出ている。
早乙女『そうですね、夫婦の間の金銭感覚のズレというのは、家庭内でのトラブルを生みやすいと思います』
司会者『じゃあ、早乙女君の奥さんになる人は、お財布の紐（ひも）、キチッとしてる人じゃないとね』
早乙女『はは、どうでしょ』
玲　子「（微笑んで早乙女を見つめ）……あ」
玲子、ノートパソコンの更新ボタンを押す。
玲　子「（首をかしげる）」
サ　チ「どうしたの？」
玲　子「早乙女さんの恒例の秋のマネー合宿、毎年きっちり3ヶ月前にホテルのイベントページで告知されるんだけど、今年はまだで……」

玲子、画面をじっと見つめる。

玲　子「(ほころびが気になる)……」

サ　チ「健ちゃん、忙しいんじゃない？　玲子とのデートの準備で」

玲　子「！」

慶　太「おはよー、玲子さん」

慶太、オシャレな服で現れる。

慶　太「天気いいし、ちょっと、出かけない？　どうせならそのワンピース着て」

玲　子「え、でもこれは」

慶　太「試着大事、はいはい、着てみて！」

9　鎌倉・道

ストローハットに下駄の慶太。
日傘にワンピースを着た玲子。

慶　太「はい、アイス（と、玲子に一つ渡す）」

玲　子「またすぐに買い食いして」

慶　太「(食べて) 夏はアイスだねー」

玲　子「(も、食べて) ですね。あ、ちゃんとお金は払いますから」

並んで歩く二人。デートのよう。

通りすがりのおばあちゃん「お似合いねえ」

玲　子「は？」

慶　太「え？」

おばあちゃん「若いっていいわねえ（と、去る)」

玲　子「……」

慶　太「……」

玲　子「……で、どこに行くのですか？」

慶　太「あ、そこそこ！　ひかり！」

フリーマーケットをやっているひかりが手を挙げる。

玲　子「……」

10　フリーマーケット

並ぶアクセサリーに目を奪われる玲子。
『ネットショップもあります』など告知の看板も。

玲　子「良き……これも……これも。ああ、これも」

ひかり「(慶太に) 私このお姉さん見たことあるかも」

慶　太「え、どこで」

ひかり「バイトしてるケーキ屋さんに来た気が。１時間半も並んで、１３０円のくるみクッキー１枚だけ買ってた」

慶　太「うん。それ絶対多分この人」

玲　子「良き……（ひかりに）ひかりさん、いい仕事されてますね。丁寧で細やかで」
ひかり「ありがとー。お姉さんの持ってるバッグも手作り？」
玲　子「はい」
ひかり「今度作り方教えて！」
玲　子「え、あ、はい、もちろん」
慶　太「このお姉ちゃん、今度初デートなんだって」
ひかり「えー、そうなんだ」
慶　太「だからさ、このワンピに似合うアクセサリー、選んであげてよ」
玲　子「！（慶太を見る）」
ひかり「よし、任せろ（と、玲子を観察し）絶対、これ！」

ひかり、まだ並んでいないイアリングを出す。

玲　子「!!（一目惚れ）」
ひかり「つけてみてつけてみて」
慶　太「つけてみてつけてみて」

玲子、つけてみる。

玲　子「どう、でしょう？」
慶　太「……かわいい」

慶太、思わず素直に。

玲　子「（照れ）……」
ひかり「めちゃ似合ってる！　即決でしょ」
慶　太「ひかり、さっすが！」
玲　子「いえあの、ちょっとお待ちを！」
ひかり「えー」
慶　太
ひかり「気に入らない？」
玲　子「いえ、とんでもない！　気に入ってます。正直、一目惚れです。ですが」
ひかり「ですが？」
慶　太
玲　子「家に新しい物をお迎えするには、細心の注意を払っているんです。本当に、きちんと、最後まで、大事にできるのか。加えて、アクセサリーなど宝飾品類は3つまでと決めていますので、家に帰って手持ちのアクセサリーと相談しなくてはなりません」
慶　太「手持ちの？　アクセサリーと？　相談？」
玲　子「この子をお迎えするには、別の子とさよならしてからでないと」
慶　太「意味わかんないんだけど」
玲　子「きちんとこの子の居場所を作ってあげてからでないと、せっかく素敵なこの子をきちんと大事にできないかもしれませんから」
慶太「そんなわけわかんないこと言ってる間にデートの日が来ちゃうよ?」
ひかり「(玲子に)うん、なんか、わかる気がする」
慶太「え? わかるの?」
ひかり「じゃあ、こうしようよ。私がお姉さんちに遊びに行く。お姉さんのアクセサリーのうち、私が気に入ったのがあったら、この子と交換。この子はお姉さんに大切にされる。お姉さんの子は私に大切にされる。で、どう?」
玲子「それ……すごく、いいアイデアです!」
玲子、ひかり、手を握り合う。
慶太「よくわかんないけど、よかった!」
玲子「で、あの、ひとつ気になっていたのですが……お二人はどういう」
慶太「あー……ひかりはね、俺の妹」
玲子「妹さん?」

11 都内某所

女性経営者向けのマネーセミナーの看板。

セミナーを終えた早乙女、出てくると、待ち構えていたのは、純。

純「お、お話があります!」
早乙女「……もちろん。一緒にテニスした仲だし、なんでも相談していいよ。お金のことで悩みがあるなら」
純「お金? いや、僕がしたいのはそんな話ではなく」
瑠璃「(純に耳打ち)先生の相談料は1時間30万円からですので、無料で相談できるのは、またとない機会かと」
純「……!」
純の声「1時間30万……が今なら無料?」

12 レストラン

早乙女、純、ランチを食べている。

早乙女「それは大変だね」

純「僕もなるべく生活を切り詰めて家にお金を入れてるんですが、大学の奨学金もまだ200万ほど残ってまして……」

早乙女、タブレットに図を描きながら、
早乙女「収入と支出、お金の仕組みは単純だよね。入ってくるお金が大きく、出て行くお金が小さければ、お金は貯まる。君は日々節約して、支出を減らそうとしている」
純「は、はい」
　純、メモを取り始めている。
早乙女「しかし衣食住まで切り詰めれば、心まで荒む。どんなにケチってても生活に必要なお金はゼロにはできない」
純「そ、そうなんです！」
早乙女「目をこっちに向けてはどうだろう、板垣君」
純「え？」
早乙女「収入だよ。入ってくるお金は君次第で無限に増やせる。若くて能力のある君だ。投資でもいい、会社を起こしてもいい、君が動きさえすれば、お金も、人生さえも流れ始める」
純「……」
早乙女「マネーイズ、フロー。君の人生の流れを作るのは、誰？　君以外の誰か？」
純「……いえ……僕です」
早乙女「じゃあ、いつやるの？　今以外のいつか？」
純「今です！」

×　　×　　×

　すっかり洗脳された純。
　何かの用紙に判子を押そうとしている。
店員「デザートお持ちいたしました」
純「（はっ）」
　純、用紙をよく見ると、
　『早乙女健　秋のマネー合宿申込書
　プレミアムコース　98万円』
　一番高いコースに申し込もうとしている。
純「98万⁉」
瑠璃「（いつの間にか来て隣で用紙を押さえてい て）ええ、人数限定のプレミアムコースですので。ローンもございますよ」
純「……（用紙をカバンにしまい）あの、検討させていただきます、し、しし失礼しますっ‼」
　純、逃げるように去っていく。

13　鎌倉・玲子の庵〜縁側

　玲子のイアリングを身につけたひかり。
ひかり「どう？」
玲子「すごく、お似合いです」
ひかり「だよね、じゃあ、交換成立！　ってことで」
玲子「（ひかりがつけたイアリングに）今まで、本当にお世話になりました。どうか、ひかりさんの下で、末長くお幸せに……」
　玲子、長いお辞儀ののち、受け取った新し

いイアリングに、

玲　子「いらっしゃい。今後ともよろしくお願いします」

ひかり「ねえ、あのバッグの作り方教えて」

　縁側で玲子とひかりの様子を微笑ましく見ているサチと慶太。

サ　チ「あの子、あんな風にお友達できたの、中学生以来じゃないかしら？」

慶　太「えー、まじで」

サ　チ「猿君、やっぱり、玲子の福の神だわ」

慶　太「玲子さんには、なんか、幸せになって欲しいんだよね」

サ　チ「……」

慶　太「あ、お世話になってるし」

サ　チ「ありがと。猿君の妹さん、高校生って、だいぶ年が離れてるのね」

慶　太「ああ……父さんが外に作った子供だから」

サ　チ「え？」

慶　太「高校の時、見ちゃったんだよね。小さな女の子が、父さんのこと、パパ！　って呼んでるの。まあ、母さんには絶対言えない秘密だけど、ひかりに罪はないし、たった一人の妹だし、精一杯面倒見てやりたいなって」

サ　チ「猿君……」

　慶太、たそがれて、

慶　太「俺にもいろいろあるわけよ……」

　一方、庵(いおり)。玲子、ひかりに刺繍(ししゅう)を教えながら、

玲　子「でも、兄妹(きょうだい)にしては猿渡さんと結構年が離れてますよね」

ひかり「あー、あいつなんか勘違いしてんすよ」

玲　子「勘違い？」

ひかり「慶太のお父さん、私のおじいちゃんと学生時代の親友で。おじいちゃん亡くなった後も、私とママの事気にしてよく鎌倉に様子見に来てくれてたんだって」

14　鎌倉・八百屋（回想）

　ひかりの母とひかり（2）の下を訪れる富彦。

　手土産はおもちゃ。

ひかりの声「おもちゃたくさんくれるから私、慶太のパパに懐いて」

　ひかり、富彦に抱きつき、

ひかり「パパ！」

富　彦「お？（ひかりの母と顔を見合わせ苦笑）はは」

ひかりの母「もー、ごめんなさい、この子ったら」
そんな様子を遠巻きに見てショックを受けている慶太（18）。
×　×　×
ひかり（2）、一人、店先で絵を描いている。
ひかりの声「そしたらある日、慶太が現れて『妹よ！』って」
慶太（18）、ひかりを見つめ、感極まった様子で涙ぐみ、ひかりをハグ。
慶　太「これからは、お兄ちゃんが守ってあげるからね」
慶太、ひかりに『おこづかい』と書かれたポチ袋を渡す。

15　鎌倉・玲子の庵（現在）

玲　子「あの……ひかりさんの本当のお父様は」
ひかり「隣町に住んでるらしい。私が赤ちゃんの時に親離婚して、会った事ないけど」
玲　子「あの、今の話を総合すると、ひかりさんと猿渡さんの関係は」
ひかり「うーんと……他人？」
玲子、たそがれている慶太を見る。
玲　子「その話、本人に伝えてあげた方が良いのではないでしょうか？」
ひかり「えー無理。だって、足長お兄さん気取りでいつもお小遣いくれるんだもん。慶太には内緒ね」
玲子、慶太を見る。目があうと、慶太、微笑んで手を振る。
玲　子「……言えません」
慶太のスマホが鳴る。
慶　太「ん？　ガッキー？」
『明日ちょっとお時間もらえますか？』

16　モンキーパス・営業部（日替わり）

鶴　屋「見ろよ、バトスピのジークヴルム・ノヴァのカード、オークションでとうとう5万超え。まだ上がってる」
江　田「数少なかったですもんね」
鶴　屋「にしても子供のおもちゃ、大人が値段つりあげてんの、なんか切ないよなー。お、猿！　どうしたの」
慶　太「ガッキー、いる？……あ」
純、ブースの陰で手招きしている。

慶　太「もー、何？　用事あるなら経理部来いって」

×　　×　　×

会議室。

慶　太「はー⁉」

慶太、純がイベント会場で隠し撮りした早乙女と蓮と三智瑠の写真を見ている。

慶　太「早乙女、結婚してんの⁉」

純　「お母さんらしきこの女性がこの子に、『お父さんと行きなさい』って」

慶　太「お父さん……いやいやいや、でも、独身って言ってたじゃん？　言ってたよね？」

純　「隠してるんじゃないですか？　妻子の存在を」

慶　太「なんでそんなこと」

純　「早乙女さんのファン女性ばかりだし、仕事に都合がいいから？」

慶　太「はあ？　もしそうだとしたら、あいつ最低最悪のクソ野郎じゃん」

純　「真相を探りに行ったら、返り討ちに洗脳されかけました。どうしましょう、このこと、玲子さんに」

慶　太「……言えるわけないでしょ！　あの子、あいつとの初デート、めちゃくちゃ楽しみにしてるのに」

純　「……どうしたら、玲子さんのこと傷つけずに」

慶　太「……」

慶太、写真を見つめ、

慶　太「ん？」

慶太、バイオリンのケースを拡大。

17　同・経理部（夕）

玲子、着替えて帰社するところ。
ワンピースにあのイアリングをつけている。

芽衣子「おつかれー」

玲　子「お疲れ様です」

芽衣子「あれ？　九鬼さん今日なんかめっちゃオシャレしてない？」

美　月「本当だ、かわいー、デートですか？」

玲　子「……はい」

美　月「えー！」

芽衣子「え、もしかして、相手猿渡くん？」

玲　子「全然違います」

慶太、玲子を見つめ、

慶　太「……」

慶太、別方向に歩いていく。

18 同・ロビー（夕）

玲子、芽衣子、美月、出てくると、待っていたのは、早乙女。

芽衣子「え、あれって、朝の番組の、早乙女、クリス」
美　月「健!? 顔、ちっちゃ!!」
早乙女、歩いてくる。
玲　子「！」
美　月「えっ」
早乙女、玲子に、
早乙女「近くにいたから。まだ時間あるし、ちょっと歩こうか」
玲　子「はい……」
早乙女、玲子と歩いていく。
芽衣子
美　月「……ええ？」

19 街（夕）

お店を覗（のぞ）いたりしながら、早乙女と歩く玲子。

玲　子「……」
玲子の声「いつもの帰り道。夕方の涼しい風。新しいワンピース。お迎えしたばかりのイアリング。隣には、早乙女さん」
早乙女「（玲子に微笑む）」
玲　子「……」
玲子の声「花屋と早乙女さん。良き。本屋と早乙女さん。良き。横断歩道と早乙女さん。良き」
横断歩道、玲子、慣れないヒールが脱げてしまう。
玲子が靴を履き直していると、信号が点滅しかける。
早乙女、玲子の手を引く。
玲　子「！」
二人、手をつないで、横断歩道を渡る。
早乙女「焦ったー（と、笑う）足大丈夫？」
玲　子「大丈夫です」
早乙女「なんだー。おんぶしてあげようかと思ったのに」
玲　子「……」
玲子の声「良き。良き良き良き良き良き良き良き良き良き（バグる）」

20　バイオリン専門店（夕）

慶太、店員にスマホの写真を見せている。
蓮のバイオリンケースについたバイオリン型のキーホルダー。店の名前が彫られている。

店　員「確かに、うちのものですね」
慶　太「この子なんですけど」
慶太、写真を広げる。
店　員「ああ、蓮君」
慶　太「れん君」
店　員「早乙女蓮君でしょ？　こないだもコンクールで賞取ってましたよね。小さい頃からうちをご贔屓(ひいき)にしてくださっていて」
三智瑠の声「息子に、何かご用？」
慶太、振り向くと、三智瑠がいる。

21　レストラン（夜）

玲子、緊張の面持ちでいたが、美しく盛られた料理の一皿一皿に感動。
食べてその美味(おい)しさに感動。
玲子の素直な反応に、早乙女、目を細める。
玲　子「（早乙女の視線に気づき、照れる）」
三智瑠の声「あの男、全部が嘘だから」

22　バー（夜）

慶太と三智瑠。
慶　太「嘘……」
三智瑠「バレてんならもう言うけどさ。妊娠きっかけに結婚したのね。でも、あいつちょうどその頃、テレビに出始めた頃で、独身のイケメン会計士ってもてはやされ始めた頃で。あいつが言ったの。落ち着いたら、時期を見て公表しようって。それでお金稼げるならまあいいかって、私もその時は受け入れた」
慶　太「……」
食事をする玲子と早乙女の様子と、適宜カットバック。
三智瑠「でも、そのあとも、もっと有名になって、もっと稼ぐようになって、気づいたら事務所としてマンション買って、仕事を理由にうちには寄り付かなくなった。たまに申し訳程度にあの子と会うだけ。生活費も教育費も惜しみなく入れてくれるわよ。でもあいつ……金さえ払えばそれで、父親の責任果たしてると思ってる」

23　レストラン・外の道（夜）

玲子、早乙女、出てくる。

玲　子「ごちそうさまでした」
早乙女「お腹いっぱいになった?」
玲　子「はい」
早乙女「よかった」
玲　子「あの……今日は、本当に、いろいろ夢のようで……あの、私、今日のこと、墓場まで持っていきます!」
早乙女「玲子……多分日本語、間違ってる」
玲　子「あ、いえ、あの、そういう意味ではなくて」
早乙女「(笑う)」
玲　子「……(笑う)」
早乙女「……あのさ。今日、玲子と話したかったのは……」
玲　子「はい」
早乙女「俺……玲子にずっと言ってなかったことがあって」
玲　子「?」
早乙女「玲子。俺ね」

そんな二人に焚かれるカメラのフラッシュ。

早乙女
玲　子「!」
週刊誌記者「早乙女健さんですよね? デートですか?」
早乙女「なんですか」
記　者「あ、私、週刊ペッパーズの岡田と申します。今夜、デートですか?」
早乙女「なんなんですか、撮らないでください、失礼でしょう」
記　者「早乙女さんの噂を耳にしまして。早乙女さん、ご結婚されてますよね?」
早乙女「!」
玲　子「!」
記　者「独身と偽って、女性を相手に高額なセミナーを開かれるのは、これ、もはや詐欺じゃないですかね?」
早乙女「……」
瑠　璃「(来て、間に入り) やめてください。取材は事務所を通してください。早乙女さん、こちらに」

早乙女、玲子、車に乗り込む。

玲子、早乙女を見る。
早乙女、血の気が失せたように呆然としている。

玲　子「……」

24　玲子の家（日替わり、朝）

慶太、朝ごはんを食べながら玲子を見ている。
玲子、呆然と、朝の番組を見ている。

司会者『さあ、次は「真似してみたい朝マネー」のコーナー。早乙女君は……あれ？　早乙女くーん？』
女性アナウンサー『早乙女先生は、しばらくお休みです』
司会者『早乙女君、反省中です！』
コメンテーター『（笑って）そもそもさあ、既婚者が独身って嘘つくのって、犯罪なの？』
司会者『そのあたり、どうなんでしょ、住田弁護士』
弁護士『独身であると偽って金品をせしめることがあればそれは詐欺罪となりますが、早乙女さんの場合、微妙なところですね』
司会者『まあ、独身ということで多くの女性ファンが付いていたのは事実だろうけど、詐欺ってまではね』
慶　太「（玲子を気にしている）」
玲　子「……」
コメンテーター『でもこれはダメだよね。早乙女クリス健って言って、本当は完全日本人だっていう』
弁護士『それもまあ、学歴詐称などとは異なりますから、ペンネームというかイメージ戦略と言われればそれまでというか』
コメンテーター『いや、人としてのセコさが出ちゃってるじゃない』
司会者『早乙女君、見てるかな？　世の女性は怒ってるかもしれないけど、僕は待ってるからねー！』
玲　子「（テレビを消す）……」
慶　太「……」
サ　チ「……」
玲　子「……」
慶　太「……でもまあ、あれだよね！　早めにわかってよかったよね！　そっちの方が、傷も浅いし！」
玲　子「……」
慶　太「ママ、今日の卵焼き、最高！（玲子のお皿に）一切れあげる！　あ、そうだ、猿彦！　猿彦抱くとね、脳内からなんとかドルフィンってホルモンが出て、癒(いや)し効果があるんだって（サルーを差し出し）ほら、ギューってしてみて、ギューって」
サチ「猿君……」
玲子「お気遣いありがとうございます。でも私、全然平気なので」
玲子、卵焼きを食べる。
サチ「……」
慶太「……」

25 慶太の部屋（朝）

慶太、スーツに着替えながら、ため息。
と、スマホに菜々子からメール。
慶太「ん？　母さん？」

26 モンキーパス・経理部

純、こっそり玲子の様子を見に来る。
玲子、黙々と伝票を処理している。
純「……」
慶太「（玲子を気にして）」
芽衣子と美月が遠巻きに玲子を見ている。
その手には早乙女の記事が載った週刊誌。
白兎「朝のニュースでやってたな。イケメン会計士の独身詐欺」
芽衣子
美月「！」
純
猪ノ口「顔だけの男にホイホイ騙(だま)される女性も女性だと思いますけどねー」
純「猪ノ口さん！　先日の領収書の件でちょっと！」
猪ノ口「え？　何、何？」
玲子「……（黙々と仕事をし）」
慶太「（玲子を気にして）……」

27 レストラン（夜）

慶太が猿彦を小脇に抱えてくる。
菜々子「（駆け寄り）慶ちゃん！」
慶太「俺わりと忙しいんだけど」
菜々子「たまには家族で食事もいいじゃない」
と、猿彦が反応し始める。
慶太、猿彦を床に下ろすと、猿彦、進んでいき、その先には、猿之助を抱えた富彦。

猿之助と猿彦、反応し合う。

慶　太「たまには交信させてあげようと思って」

富　彦「ああ」

×　　　×　　　×

テーブルに揃った富彦、慶太、菜々子。

菜々子、こっそり猿彦のポケットにおこづかいの入った分厚いポチ袋を入れている。

富　彦「どうした、珍しく浮かない顔して」

慶　太「え？　いや……」

富　彦「こないだお前が世話になってる経理部の子と話したぞ」

慶　太「九鬼さん？」

富　彦「ああ、しっかりしたいい女性だな」

慶　太「しっかり、はしてるんだけどさ、どっちかというとほっとけないっていうか」

声　「お待たせしました～」

菜々子「来た来た、こっち！　まりあちゃーん」

まりあ「おかあさーん！」

かわいいファッションに戻ったまりあが来る。

慶　太「はあ？　なんでまりあが」

菜々子「だって、私たち、仲良しだもーん（と、まりあとハグ）二人、やり直すんでしょ？」

慶　太「はあ⁇」

菜々子「慶ちゃんもそろそろ考えなきゃ」

慶　太「何を」

菜々子「結婚よ。ね、パパ」

富　彦「ん？　あ、ああ」

菜々子「もう33歳でしょ？　せっかくこんないいお相手がいるんだし。式は早いほうがいいわね。ハワイ？　ドバイ？」

まりあ「えー、どっちも素敵ー」

慶　太「もー！　何なんだよ、母さんまで巻き込んで！」

まりあ「え？」

菜々子

慶　太「そもそもまりあ俺と本気で結婚したいって思ってないでしょ？　なのに見栄とか、歳とか、世間体とか、そんな適当な気持ちで結婚なんてするから後々ほころびが出てくるんじゃないの？　仕事のために奥さんと子供ないがしろにしたり、妻子あるのに他の女の子デートに誘ったり、それで傷つけたり！　大人の男のやることかよ‼」

まりあ「なんの話？」

菜々子「慶ちゃん、どうしたの？」

慶　太「なんか、話してたら、スッゲー、ムカついてきた！」
菜々子「ストレスよ、（慶太の背中を撫でて）かわいそう！　富彦さんが経理部に異動させたりするから！」
富　彦「俺のせいか？」
慶　太「あーもう、あいつ、マジでぶっ飛ばしてえ！」
富　彦「俺に言ってるのか？」
菜々子「慶ちゃん、落ち着いて。お父さんだって慶ちゃんが嫌いなわけじゃないのよ」
慶　太「（立ち上がり）帰る！」
慶太、猿彦を抱いて帰ろうとする。
富　彦「慶太、いい加減にしろ」
慶　太「……」
富　彦「なんなんだ、その子供じみた態度は」
慶　太「俺、父さんがやらかしたことも知ってるから」
富　彦「……なんの話だ？」
菜々子「え？」
慶　太「鎌倉でだよ！」
富　彦「鎌倉で？」
菜々子
慶　太「母さんに恥ずかしくないのかよ」
富　彦「母さんに？」
慶　太「一生そうやってとぼけるつもりならどうぞご自由に」
慶太、去っていく。
富　彦「おい、なんの話だ？」
菜々子「鎌倉？（富彦に）鎌倉であなた何したの？」

28　同・外（夜）

まりあ「慶太！」
まりあ、歩いていく慶太を追いかけ、
まりあ「誤解してるみたいだけど、お母さんから突然連絡が来たの。私がセッティングしたわけじゃないから」
慶　太「まりあに怒ってるわけじゃない。ごめん」
まりあ「……何かあった？」
慶　太「え？」
まりあ「慶太がそんな風に怒るの、珍しいから」
慶　太「……」
二人の後ろ、レストランの店内で、富彦が激しく菜々子に詰められている。
まりあ「お父さん、大丈夫？」
慶　太「自業自得」

29　鎌倉・玲子の家（夜）

家に帰ってきた玲子。
たくさんの料理、玲子の好物ばかりが並んでいる。

サチ「なんか今日、作りすぎちゃった！」
玲子「（微笑もうとする）」

30　玲子の部屋〜縁側（夜）

寝巻き姿の玲子、ネットニュースを見ている。
早乙女がテレビ・ラジオのレギュラー番組のすべてを降板との記事。
『抗議殺到』『炎上』『退会者続出』などの文字。

玲子「……」
玲子、表示させるのは、早乙女が毎年合宿を行っているホテルのサイト。

玲子「……」
玲子、電話をかける。

玲子「あの、お伺いしたいことがあるんですが」

×　　×　　×

縁側。パジャマ姿の慶太、庵の明かりを気にしている。

31　玲子の家の前の道（日替わり、朝）

歩いていく玲子。慶太、追いかけ、

慶太「玲子さん！　今日も朝からウォーキング？　俺も一緒に歩こうかなー、やっぱ、徒歩最高だよね！」
玲子「……いえ」

32　早乙女事務所・廊下

やってきた玲子。

慶太「なんで」
玲子「……心配で」
慶太「……」
と、早乙女の部屋の前。ビラが貼られている。
『詐欺師』『顔だけの最低男』
『受講料返せ！』

玲子「……」

玲子、ビラを剥がしていると、扉が開き、
瑠璃「すみません、今日のところはご容赦ください」
玲子「あの」
瑠璃「お引き取りください」
と、そこにヒールの音。
三智瑠「話、あるんだけど」

33 同・中

憔悴仕切った様子の早乙女。
三智瑠「ひどい顔」
早乙女「自業自得だな」
三智瑠「そうね」
玲子「……」
慶太「……」
早乙女「今まで待たせて悪かった。会見して本当のことを言う。これからはちゃんと家族三人でやっていきたい」
玲子「……」
慶太「(玲子を見る)……」
三智瑠「ずっと待ってたの、その言葉を。離婚しましょう」
早乙女「え?」
玲子「……」
三智瑠「当たり前でしょ? 今のあなたに夫だ父親だ言われてもこっちになんのメリットもない。慰謝料はそうねえ、あなたが今まで稼いだお金の8割」
早乙女「は? 何を言って」
三智瑠「これまでの精神的苦痛を考えたら、妥当な金額だと思うけど?」
早乙女「……そうか、そういうことか」
三智瑠「何」
早乙女「週刊誌にリークしたのは君か」
三智瑠「……」
早乙女「こんなことして、蓮がどれだけ傷つくと思ってる? 金さえ貰えればそれで満足なのか?」
三智瑠「……(笑って)あなたがそれ言う?……あとは弁護士と話して」
三智瑠、去っていく。
玲子「……」
慶太「……(玲子に)俺らも、もう帰ろう」
玲子「……(早乙女に)あの」
早乙女「ごめん、今日は帰ってくれないか」
玲子「……あの。でもごめんなさい気になってしまって」

慶　太「行こうよ、玲子さん」
早乙女「玲子、頼むから」
玲　子「気になってしまって、ほころびが」
早乙女「ほころび？」
玲　子「リークしたのは、奥さんではないと思います」
早乙女「え」
慶　太「は？」
玲　子「早乙女さんの恒例のマネー合宿。毎年、3ヶ月前には会場のホームページにイベントの告知がされていたんですが、今年はそれがありませんでした。気になって、先ほど問い合わせたんです。そしたら、今年はまだ早乙女さんの事務所から会場の予約がないと」
早乙女「え？　そんなはずは……だってとっくに申し込みも受け付けて」
　早乙女、瑠璃を見る。
瑠　璃「……」
玲　子「（瑠璃に）間違ってたらごめんなさい。でも。いつも完璧（かんぺき）なお仕事をされてる牛島さんが、会場を押さえなかったのは……記事が出ることをあらかじめ、知っていたからではないですか？」
瑠　璃「……」
慶　太「ちょっと待って、それってつまりは」

早乙女「君が、リークを？」
瑠　璃「……（悪びれずに）ええ」
早乙女「！」
瑠　璃「おっしゃる通りです。抗議が殺到して合宿がキャンセルになったら、キャンセル料が発生してしまうので」
早乙女「どうしてそんなこと」
瑠　璃「どうして？……オレンジだったから」
早乙女「オレンジ？」
瑠　璃「先生と共有してるスケジュールアプリ、先生、項目ごとに色で仕分けしますよね、仕事は青、体調管理は緑、プライベートはオレンジ」

×　　　×　　　×

　パソコンで早乙女のスケジュールを作っている瑠璃。瑠璃の方にも共有されるると、瑠璃がスケジュールを更新する。

瑠璃の声「月に一度私を労ってくれる2時間の食事会は青。まあ、それは別にいいんです」

　早乙女、新しいスケジュールを書き込む。

　『15～16時　豊洲』と場所のみ。

瑠璃の声「ご家族と会われる時はオレンジ。まあ、それもいいんです。気づかないふりしてお子さんのおもちゃを手に入れることも。私にとっては先生のすべてを把握してることが嬉しかった。でも」

瑠璃、スケジュールを見ている。
黒字で入れた玲子との食事の予定、お店の予約が早乙女の更新でオレンジに変わる。

瑠　璃「……！」

×　　×　　×

回想・車の中。

瑠　璃「……はい」
早乙女「その日、後ろには仕事入れないでね」

×　　×　　×

瑠　璃「よりによって、いつも謎の差し入れ押し付けてくるこの人が、オレンジ？」
玲　子「……」
瑠　璃「24時間尽くしてる私への労いは、青の2時間。なのにこの人にはオレンジで、時間無制限？……理不尽ですよね」
早乙女「……そんなくだらないことで、こんな」
瑠　璃「くだらない？……まあ、いいです。先生、地に落ちても、私だけは守ってあげますから」
早乙女「……」
瑠　璃「今日のところは、お疲れ様でした」
去っていく瑠璃。

早乙女「……」
玲　子「早乙女さん。ちゃんと話された方がいいと思います。奥様とも、牛島さんとも。ちゃんと向き合えば、早乙女さんならきっと」
慶　太「玲子さんもういい。（早乙女に）あんた、最低だよ。周りの女、全員、泣かせてるじゃん。そんな男、ダサすぎるでしょ」
早乙女「……」
慶　太「あんたに玲子さんはもったいない」
慶太、玲子の手を引き、強引に連れて行く。
早乙女「……」

34　バイオリン教室（夕）

廊下を歩いてくる早乙女。
中の部屋を見ると、蓮がバイオリンのレッスンを受けている。

早乙女「……」
同じく廊下からレッスンを見ている三智瑠に、
早乙女「さっきは」
三智瑠「慰謝料の話は冗談。あなたがどんな反応するか見たかっただけ。でも離婚したいのは、本当」

早乙女「……」

三智瑠「好きな人がいるの」

早乙女「え……」

三智瑠「地元の幼馴染。ずっと支えてくれた人。その人と蓮と三人で、普通の家族を築きたい。あなたとはもう関わりたくないの。あなたのお金はもういらない」

早乙女「何を……蓮はどう」

三智瑠「蓮も彼に懐いてる」

早乙女「……レッスン代はどうする？ 留学の費用は？ この先、もっと高価な楽器が必要になったら」

三智瑠「お金のことは確かに悩みの種だけど。でもね……お金で買える情なんてないのよ」

早乙女「……」

曲を弾き終えた蓮が振り返る。

三智瑠、笑顔で手を振る。

蓮、早乙女がいることに気づく。

早乙女、笑顔を作ろうとする。

だが、蓮、戸惑った顔。

蓮、レッスンを終え、教室の外へ出てくる。

早乙女「……こないだ欲しいって言ってた」

早乙女、プレミアカードを蓮に差し出す。

蓮「（じっと見つめ）……もう、好きじゃないから」

早乙女「……」

蓮「お母さん、行こう」

去っていく三智瑠と蓮。

早乙女「……」

35 帰り道（夜）

慶太、玲子、歩いている。

玲子「……」

雨が降り始める。

玲子「……」

慶太「冷たっ。やば、走ろっ」

玲子「……」

玲子、来た方向に走り出す。

慶太「玲子さん？ どっち行くの！」

玲子「先に帰っててくださいっ」

慶太「はあっ⁉」

36 神奈川・テニススクールのテニスコート（夜）

雨が降っている。

早乙女、一人ベンチに座っている。

差し出される傘。
息を弾ませ、隣に座るのは、玲子。
玲　子「……」
早乙女「……燃え尽きたんだ。23歳で現役引退して。急に目標を失って、人生がわからなくなった」
玲　子「……」
早乙女「近づいてきた大人のおいしい話に乗っかって、選手時代に貯めた金はあっという間になくなった。そこから金の勉強を始めた。公認会計士の資格をとって、投資を始めた。……面白かったよ。いつ、どこで、どうやって勝負をかけるか、明確な勝ち負けがあって、額がでかければでかいほど、ヒリヒリする。興奮した。現役の頃みたいに」
玲　子「……」
早乙女「でも今また……わからなくなった」
玲　子「……」
玲子の後を追ってきた慶太、二人の様子を見て、
慶　太「……」
早乙女「確かなのは……君が昔、憧れ（あこが）てくれてた俺は、もうどこにもいない」
玲　子「それでも私は、早乙女さんが好きなんです」
早乙女「……」
玲　子「早乙女さんは私が一番辛（つら）い時にそばにいてくれたから。だから……そばにいちゃ、だめですか？」
玲子、震える手で、早乙女の腕をぎゅっと握る。
慶　太「……」
早乙女、玲子の手に手を添える。
玲　子「……」
慶　太「……」
慶太、その場を去っていく。
早乙女「……。ごめん」
玲　子「……」
早乙女「玲子の気持ちには応（こた）えられない」
玲　子「……。わかりました。そうですよね」
早乙女「……」
玲　子「……早乙女さん。今がどん底でも、きっと浮き上がれます。私がそうでしたから」
早乙女「……」
玲　子「それに、完璧な早乙女さんより、少しぐらいほころびがあった方が、人間らしくて素敵だと思いますよ」
玲子、笑顔で言うと、早乙女に傘を渡し、

去る。

玲　子「……」
　ずぶ濡れの玲子が呆然としている。

37　江ノ電（夜）

玲　子「……」
　玲子、窓に映る自分の姿を見る。
　雨に濡れた髪。

38　鎌倉・玲子の家・縁側（夜）

　帰ってきた玲子。

玲　子「……」
　玲子、簞笥から何かを取り出して、見つめる。
　それは、ハサミ。きらりと光る刃先。

玲　子「……」
　玲子、意を決したように、髪を切る。

玲　子「……」
　玲子、髪を切っていく。

玲　子「……」
　玲子、髪を切っていくが……

玲　子「……うぅ」
　玲子、泣きそうになる。
　それでも、涙を堪え、どんどん髪を切っていく。

慶　太「ただいま～」
　慶太、ビールを飲みながら、ビールがたくさん入ったコンビニ袋を手に帰ってくる。

慶　太「ん？　玲子さん⁉　な、何やってんの⁉　あぶな！　危ないよ！」

玲　子「（切りながら）いつも自分で切っていますので」

慶　太「っていったって、こんなずぶ濡れで」

玲　子「……」

慶　太「風邪ひいちゃうよ。早くお風呂であったまったほうが……玲子さん？」

玲　子「これで、吹っ切れるはずなのに……」

慶　太「え？」

玲　子「余計、痛い……」
　玲子、ようやくハサミを下ろす。

玲　子「……（胸を押さえ）痛いよう……うぅ……」
　玲子、うつむき、涙してしまう。

慶　太「⁉」

玲　子「……うぅ……」

慶　太「え？　え？　痛いの？　胸？　心臓？　嘘、

　　どうしよ」
玲　子「……」
慶　太「ママ呼ぶ？　病院？　救急車？　あ、そうだ！　痛いの痛いの飛んでけー！」
玲　子「！……」
慶　太「痛いの痛いの痛いの、飛んでけー!!」
玲　子「……」
慶　太「……どう？　飛んでった？」
玲　子「（動かず）……」
慶　太「玲子さんどうなの!?（体を揺すって）おーい!!」
玲　子「振られた……」
慶　太「はい？」
玲　子「早乙女さんに、振られたぁ……！」
　　子供のように泣いてしまう玲子。
慶　太「え？　そっち!?　なんか、いい感じだったじゃん！」
玲　子「うううううううう」
　　玲子、よろよろと、慶太にすがりつく。
慶　太「!!」
玲　子「うううううう、振られたぁ……！」
慶　太「ふっ、はは、そっちか」
玲　子「何がおかしいんですかぁあ!?」
慶　太「いや、おかしくない、おかしくない、全然！　あ、だから髪！」
玲　子「でも早乙女さん、結婚してるの黙ってるなんてひどくないですか!?　嘘つきぃいいい！　人の、人の気持ちをなんだと思ってんのぉおお！！？？？」
慶　太「いや玲子さん、怒るの、遅!!」
玲　子「こ、こ、これからどう生きてけば……」
慶　太「はい？」
玲　子「だ、だって、朝起きたら、早乙女さんのいる方角におはようございますって、夜はお休みなさいって、お寺に行けば、早乙女さんの健康と長生きをお願いしていたし」
慶　太「そんなことしてたの？」
玲　子「と、遠くから見てるだけで幸せって思ってたけど、つ、つい想像しちゃってたし。い、いつか、おじいちゃんおばあちゃん夫婦になって、手をつないで公園をスキップするとか」
慶　太「ベタだなあ、おい！」
玲　子「さおだけやー、さおだけ～、ってトラックが通ると、さおとめー、って聞こえてしまうし、スーパーでとちおとめ見ると、とちおとめ、おとめ、さおとめ？　って反応してしまうし！」

慶　太「想いが、想いが強すぎる‼」
玲　子「だって、だって、好きだったんだもん！　じ、人生の半分以上、大好きだったんだもん‼」
慶　太「……うん」
玲　子「もうだめだ……立ち直れない……人生終わった……ううう……」
慶太、玲子の様子を見て、優しく笑ってしまいつつ、
慶　太「……いや。これからだって。さよならしたならさ、きっと新しい、いい出会いがあるよ。ほら、こないだ、新しいイアリングお迎えしたみたいに」
玲　子「うううううううう」
慶太、玲子の背中をポンポンとする。
慶　太「おーおー、よしよし」
玲　子「……」
慶　太「よしよし。よし、よ……」
その瞬間、稲妻が光り、カミナリが落ちる。
慶　太「うぉ！」
慶太、びっくりして玲子を抱きしめる。
玲　子「！」
慶　太「おお〜、落ちたな」
慶太、気づくと、玲子の顔がすぐ近くにある。
慶　太「……」
玲　子「……」
慶　太「……」
慶太、無意識にチュッとキスをする。
玲　子「……え？」
慶　太「ん？（あれ、今俺何した？）」
玲　子「え？」
慶　太「ん？」
玲　子「え？」
慶　太「ん？」
玲　子「……」
慶　太「……」
玲　子「……」

第4話

過去への旅

3話のリフレイン

早乙女に妻子発覚。
玲子、早乙女に告白するも、想いは届かず。

× × ×

号泣する玲子を励ます慶太。
慶　太「さよならしたならさ、きっと新しい、いい出会いがあるよ」
玲　子「うううううううう」
稲妻が光り、カミナリが落ちる。
慶　太「うぉ！」
慶太、びっくりして玲子を抱きしめる。
玲　子「！」
慶　太「おお〜、落ちたな」
慶太、気づくと、玲子の顔がすぐ近くにある。
慶　太「……」
玲　子「……」
慶　太「……」
慶太、無意識にチュッとキスをする。
玲　子「……え？」
慶　太「ん？（あれ、今俺何した？）」
玲　子「え？」
慶　太「ん？」
玲　子「え？」
慶　太「ん？」
玲　子「……」
慶　太「……」
玲　子「……。では……失礼します」
慶　太「あ……はい」
玲子、部屋の方に去る。
慶　太「……」

1　鎌倉の風景（早朝）

ゴーンと鐘が鳴る。
富彦の声「静かなる暁、このことわりを思ひつづけて、みづから心に問ひて曰く」

2　玲子の家・玲子の庵・外観（早朝）

富彦の声「世をのがれて、山林にまじはるは、心を修めて、道を行はんとなり」

3　玲子の部屋（早朝）

玲子、布団に入っている。

富彦の声「しかるを、汝、姿は聖人にて、心は濁りに染めり」

玲子、目はバッチリと開いていて、

玲　子「……」

4　慶太の部屋（朝）

眠れなかった様子の慶太。

慶　太「……」

サチの声「ごはんよー！」

5　玲子の家・居間（朝）

慶太、納豆をかき混ぜながら、玲子の様子をうかがう。

玲　子「（無表情でぬか漬けを食べている）」

慶　太「……」

テレビの司会者『さぁ！　続いては朝マネーのコーナー。公認会計士の山田くーん！』

会計士『はい、本日からお世話になります！　公認会計士の山田です』

司会者『爽やかですねー！　えー、うちの番組、いろいろありまして。山田君は大丈夫？　何か隠してることない？』

会計士『ないですないです（笑）』

玲子、テレビを消す。

と、玲子と慶太の目が合う。

玲　子「……」

慶　太「……」

玲　子「（ぬか漬けを黙々と食べる）」

慶　太「……（納豆をかき混ぜる）」

ひかり「おはよーございまーす！」

ひかり、縁側に来ている。

慶　太「ひかり！」

サ　チ「あら、いらっしゃい」

ひかり「差し入れ（と、梨を差し出す）」

×　　×　　×

食後、梨を食べてお茶をする四人。

サ　チ「いいわねー、初物（食べて）良き……」

ひかり「（食べて）良き……」

玲　子「……」

慶　太「……」

ひかり「あれ？　お姉さん、梨好きじゃなかった？」
玲　子「え？　あ、はい、好きです、好きですよ、良き、良きです！」
ひかり「お姉さん、なんか変」
玲　子「え？」
サ　チ「猿くんもおとなしいし」
慶　太「え？　俺はほら、元気よ、元気！　いつもと変わらずよ？」
慶太、立ち上がり、グラスなどを片付けながら、
慶　太「ただ、昨日ちょっと眠れな……」
玲　子「……」
慶　太「じゃなくて、寝すぎ？　そ、寝すぎて頭ぼーっとしちゃって、だってこの家すごく居心地いいから！」
と、襖を開けると、菜々子がいる。
慶　太「⁉　母さん⁉」
玲　子「母さん……？」
ひかり
サ　チ「あら、いらっしゃいませ」
菜々子「隠し子ってことね？」
慶　太「えっ」
ひかり「！」
玲　子「……」
菜々子「お父さんが口を割らないから探偵に調べさせたの。慶ちゃん、こっちじゃこの子（ひかり）のこと、自分の妹だって触れ回ってるらしいじゃない」
慶　太「いやあの、それは」
菜々子「（ひかりに）あなた、主人の親友の鮫島さんのお嬢さんのお子さんよね？」
ひかり「は、はい」
菜々子「まさか、富彦さんが、親友のお嬢さんと間違いを起こして、こんな大きな子供まで……」
慶　太「母さん、落ち着いて？　一旦すわろ？」
サ　チ「あ、梨、召し上がります？」
菜々子「召し上がりません！　ひどい裏切りだわ！」
玲　子「あの」
菜々子「鬼畜のなせる業だわ！」
玲　子「あの」
菜々子「昼ドラでもありえないっ！」
玲　子「あの」
菜々子「何よっ⁉」
玲　子「それは、誤解だと思います」
菜々子「え？」
玲　子「ひかりさんは社長の隠し子でも猿渡さんの妹

さんでもありません」
慶　太「えっ」
サ　チ「そうなの？」
慶　太「そうなの？」
菜々子「どういうこと？」
ひかり「……ごめんなさいっ！」

×　　×　　×

ひかり、事情を話した。
ひかり「本当の父親は私が赤ちゃんの時に離婚して、隣町に住んでるらしいです。本当にごめんなさい」
菜々子「いいのよ、全っ然！」
慶太、部屋の隅で猿彦を抱いて落ち込んでいる。
玲子「……」
ひかり「（慶太に）でも、お兄ちゃんが欲しかったのは本当だし。本当のお兄ちゃんみたいに思ってるし」
慶　太「ひかり……」
ひかり「だからお小遣いは今まで通り欲しい」
慶　太「！　それ目当てかよ！」
菜々子「いいじゃないあげなさいよ、お小遣いくらい。それはそうと。慶ちゃん、あなたうちに帰ってらっしゃい」
玲　子「えっ」
慶　太「え？」
菜々子「だってぇ。いつまでも、ええと、経理部の」
玲　子「九鬼です」
菜々子「九鬼さんのお宅にお世話になってるわけにもいかないじゃない。ご迷惑よ」
玲　子「……」
サ　チ「いえ、うちは全然」
菜々子「そういうわけにいは。もし、嫁入り前のお嬢さんのお宅にうちの慶ちゃんが転がり込んでるなんて社内で噂でも立ったら、申し訳が立ちませんから」
慶　太「何言ってんだよ、母さん。俺と玲子さんは別に何にも」
慶太、玲子と目が合う。
慶　太「何にも……」
玲　子「……」
慶　太「何にも……」
玲　子「……」
サ　チ「……」
ひかり「……え？」
玲　子「（立ち上がり）猿渡さん、そろそろ出ないと

慶　太「え？　あ、本当だ！　じゃあ、母さん、また!!」
　二人、あわただしく出かけていく。
　サチ、ひかり、顔を見合わせる。
　一方、菜々子、気に入らない様子で玲子を見つめ、

菜々子「……」

6　モンキーパス・外観

7　同・経理部

　玲子、いつも通り、テキパキと伝票処理。

玲　子「……」
　その後ろで、美月たち、こそこそと、

美　月「髪、切りましたね」
芽衣子「入社してきてからずっと同じだったのに、ここにきて」
猪ノ口「九鬼さんが自分のスタイル崩すなんて、何かあったんですかね」
慶　太「（玲子の様子を気にしていて）……あれ？　これおかしいな？（領収書を持って）ちょっと、

遅刻です」

玲　子「……」

8　同・営業部

営業部に確認してきます」

　応接ブース。

純　「キス!?　玲子さんと？」
　慶太、椅子に体育座りして、くるくると回りながら、

慶　太「もー、朝から気まずくってさー」
　純、その椅子を止めて、

純　「なんで？　いつ？　どうしてそんなことになったんですか？」
慶　太「なんかね、玲子さん早乙女に振られて、えーん、って泣いてて、よしよしってしてたら雷ゴロゴロピッカーンってなって、うわ！　ってギュッってしたら、顔ここにあって。なんかその一瞬さ、可愛いなって思っちゃったんだよね。んで、気付いたらチュッて。もはや無意識だよね」
純　「無意識……」
慶　太「なんつうの、本能？」
純　「本能」
慶　太「いや、野性？」

純「野性……あの、猿渡さん、玲子さんに事前に同意はとったんですか？」

慶太「同意？……なんの？」

純「キスしていいかの同意ですよ！」

慶太「はあ？　キスするときにいちいちキスしてもよろしいですか？　って聞くの？　なにそれ、バッカじゃない？　だっさ！」

純「猿渡さん、同意なきキスはセクハラです」

慶太「はあ？　セクハラ？」

純「玲子さん、嫌だったかもしれないじゃないですか」

慶太「いや……嫌ってことは、ないでしょう？」

純「どうしてそう言えるんですか？」

慶太「え？　だって……俺にキスされて嫌がる女子なんているわけないじゃん？（と言いつつ、少し不安になってくる）」

純「考えてみてください。あの早乙女に15年片思いしていた玲子さんですよ？　下手したら、いや、かなり高い確率で、それ、ファーストキスだったんじゃないですか？」

慶太「ファーストキス⁉……え、嘘」

純「失恋で弱っている時に、初めてのキスを、付き合ってもいない好きでもない猿みたいな男の本能でサクッと奪われて」

慶太「え、嘘、え、どうしよ」

純「玲子さん、すごく傷ついてると思います」

慶太「‼」

9　会社近くのランチスペース

玲子、お弁当を広げている。

スマホで検索している言葉は、

『キス　突然　なぜ？』

玲子「……」

タイトル『おカネの切れ目が恋のはじまり』④

10　海

給料袋から一万円札を5枚抜き出し、現金書留の袋に入れる桃田保男（ももた やすお）（57）の背中。

ペンで書く宛名は、『九鬼玲子様』と。

声「桃ちゃん！」

桃田「はい！　今行きます！」

11　モンキーパス・社長室

富彦「全く、お前には、あきれ果てた！」
　富彦、ほっぺに猿のキャラクターの絆創膏を貼っている。
慶太「いや、俺もね、うっすらおかしいなーとは思ってたんだよね、父さんが隠し子なんて」
富彦「当たり前だろ⁉　お前は俺をなんだと思ってるんだ？」
慶太「あ、剝がれてるよ（絆創膏を直してやる）」
富彦「痛い痛い痛いっ」
慶太「もう、母さんも早とちりなんだから」
富彦「お前が言うな！」
慶太「はい、これでよし。……本当に、すみませんでした。父さんがそんな卑怯なことするわけないもんね」
富彦「……」
慶太「ってことで、この件はおしまいね、じゃ」
　慶太が行こうとすると、
富彦「待て。呼び出したのはそのことじゃない」
慶太「え？」
　富彦、デスクの上に、企画書を出す。
　それは慶太が以前提出した『わくわくスポーツランド』のリニューアル案。
慶太「あ！　それ、俺が出したやつ！　え？　もしかして」
富彦「こんなものが採用できるか。予算も規模もめちゃくちゃだ」
慶太「えー」
富彦「だが、このアイデアは悪くない」
　富彦、指差したのは、
　『Bamu―kuのおやこ食堂』
　くまのキャラクター、Bamu―ku。
富彦「20年前のキャラクターを食育と絡めて復刻させるというアイデアは面白い。料理で子供達を元気にするというアイデアも」
慶太「でしょ？　でしょ？」
富彦「企画開発部に話は投げてある。進めてみろ」
慶太「……」
富彦「どうした？」
慶太「いや……初めて企画、通ったから」
富彦「通ったって、これはただの」
慶太「わかってるよ。あくまで目標は、新しいおもちゃを作ることだけど！　でも、やっぱ、嬉しくて……」

富彦「……」
慶太「父さん。俺、頑張るから」
　慶太、去っていく。
富彦「……」
　富彦、引き出しから取り出すのは決算の書類。
　そこに並ぶ数字を見つめる。
　猿之助が富彦を心配そうに見つめている。

12　同・経理部

玲子「猿渡さんが、ですか？」
白兎「ああ、社長から話があってね。経理部に籍は置きつつだけど、たまに企画部に貸し出してやってくれ。問題ないだろ？」
玲子「はい……」
猪ノ口「うちじゃ全く戦力にはなってないですもんね」
美月「そのまま企画部に行っちゃいそうじゃありません？」
芽衣子「まあ、うちも反省するまでって話だったもんね……九鬼さん？」
玲子「……（席に戻る）」
　淡々と仕事をする玲子。隣の席は空いている。
芽衣子「（玲子を気にして見ている）」
玲子「……」

13　同・企画部

　Ｂａｍｕ－ｋｕ復刻企画のキックオフミーティング。
　企画部の鶴屋、
鶴屋「秋のイベントに向けて、第一弾をリリースできたらいいなと思っております。みなさん、よろしくお願いします！」
慶太「（嬉しそうに拍手）」
純「営業を担当します、板垣です」
慶太「（拍手）」
　まりあ、入ってきて、
まりあ「遅くなりましたー！　聖徳です」
慶太「は⁉」
鶴屋「（デレデレと）おー、どうぞどうぞこちらに」
まりあ「（おやつを配りながら皆に笑顔で）よろしくお願いします。これ、差し入れでーす！　今回のコラボ、とても楽しみです！」
慶太「ちょっ！　なんでいるの？」

まりあ「（小声で）あんたが呼んだんでしょうが？」
純「企画書にもありますけど」
慶太「あ」
慶太の書いた企画書には、まりあの勤める会社とコラボの提案が。
慶太「そうだった！」
まりあ「（笑顔を振りまき）私、子供の頃、このキャラが大好きで。きっと大人の女性にも人気の商品になると思います！　頑張ります！」
慶太「よっ!!（と、拍手）」
鶴屋「今日は大きな方向性をみなさんで共有できればと！（慶太に）発案者、なんかある？」
慶太「え？　え？　えっと、とにかく、楽しみましょう！　俺らが！」
鶴屋「なんだよ、それ」
一同、笑いつつ、拍手。

14　同・経理部（夕）

白兎「九鬼さん、ちょっと」
玲子「はい」
白兎「この請求書の金額」
玲子「（見て）……すみません、間違えました」
白兎「やっぱり!?　俺が間違えてんのかと思った。九鬼さんでも計算間違うなんてあるんだ。大丈夫？　体調悪いとか？」
玲子「いえ、すぐにやり直します」
終業の音楽。一同、帰り支度。

15　同・企画部近くの廊下（夕）

鶴屋の伝票を持ってきた玲子が通りかかる。
玲子、気付く。
慶太が打ち合わせをしている。
ホワイトボードにアイデアをどんどん書いていく慶太。
慶太、積極的に発言し、場の中心になって盛り上げている。
玲子「……」
慶太、玲子に気づかない。
玲子、鶴屋のデスクに伝票を置いて去っていく。

16　玲子の家・居間（夕）

玲子「ただいま～」

テーブルの上にメモ。
『同窓会に行ってきます』

玲　子「あ、同窓会……」
『お泊まりなので、猿君と二人きりで仲良くね！』

玲　子「ふたりきり……？」
玲子、落ち着かず、その場をうろうろする。
と、物音。

玲　子「！　お、おかえりなさい！」
慶太と思いきや、猿彦である。

玲　子「……猿彦さん、ちょっとお話が」
猿　彦「（寄ってくる）」
玲　子「あなたのご主人は、一体、何を考えているんでしょうか？　その……私に、突然、キ……（すごく小さく）ス……をするなんて」
猿　彦「……」
玲　子「……。ご飯にしましょうか」

17　同・台所（夕）

玲子、冷蔵庫を開け、『あっためて食べてね』というメモが貼られたカレーの鍋を取り出すと、コンロに置く。慣れない様子で火をつけようとするが、なかなか点火しない。
何回か繰り返すと、突然、ボッ！　と火がつく。

玲　子「!!……よし。ご飯は（電気釜を開け）炊けてる。お漬物……ぬか漬け、ぬか漬け……」
玲子、ぬか漬けを探し、シンクの下の扉を開ける。

玲　子「あった」
大きな壺を取り出す玲子。
ふたを開ける。と、

玲　子「……！」
中に入っていたのは、大量の現金書留。
宛名は『九鬼玲子様』。差出人は『田中三郎』。

玲　子「……」

18　同・居間（夜）

慶太、帰ってきて、ご機嫌をとるように、

慶　太「ただいまー、玲子さん、スイカ買ってきたけど、食べない？　今年のラストスイカ、名付けてラスイカ！　うぉ！」

玲子、テーブルに並べているのは、大量の現金書留。

慶太「どうしたの、これ」

玲子「私宛の現金書留です。毎月5万円を10年間。静岡県伊豆市山田の田中三郎さんから」

慶太「田中三郎さんって誰?」

玲子「知りません。聞いたこともありません」

慶太「は?」

玲子「母が隠していたんです。台所の下のぬか漬けの壺を装った壺の中に」

慶太「……10年前って玲子さんが高校生の頃からだよね。本当に心当たりないの? その足長おじさんに」

玲子「……」

玲子、リュックに現金書留を詰めていく。

玲子「明日、返しに行ってきます」

慶太「え?」

玲子「見ず知らずの田中三郎さんに、お金をもらういわれはありませんから。ということで、明日は早くに出発しますので、今夜はこれで失礼します。夕食はカレーがありますので温めて食べてください」

慶太「え、あ、はい。あ、スイカ!」

玲子、もういない。

慶太「……」

19 玲子の部屋（夜）

玲子、猿のおもちゃを見つめている。

玲子「……」

20 玲子の家の前の道（日替わり）

リュックを背負った玲子が歩いてくる。

玲子「（緊張の面持ち）……」

と、

慶太「おはよ!」

慶太、出かける準備万端で、

慶太「お弁当作っちゃった! 玲子ママのおかず詰めただけだけど」

玲子「ピクニックでも行かれるんですか?」

慶太「うん、遠足。玲子さんと」

玲子「え?」

慶太、玲子のリュックを手に取り背負って、

慶太「女の子がそんなに現金持ち歩いてちゃ危ないでしょ?」

玲子「結構ですから（とリュックを取り返そうとするが）」

慶太「気になるじゃん、九鬼家のほころび。謎の男・田中三郎からの現金書留」

慶太、玲子にお弁当のバスケットを渡し、

慶太「しゅっぱーつ！」

玲子「……」

21 ローカル線

並んで座っている玲子、慶太。

玲子「……」

慶太「……。伊豆市山田ってどこで降りるの？」

玲子「調べましたが、伊豆に山田という場所はありません」

慶太「え？」

玲子「その住所はデタラメです。ですが、消印があるので、その周辺で聞き込みをすれば見つかるかもしれません」

慶太「田中三郎さんが？」

玲子「その名前も……」

慶太「……お父さんの本名、なんていうの？」

玲子「！」

慶太「お父さんに、会いに行くんでしょ？」

玲子「どうして」

慶太「なんとなく」

玲子「……変なところだけ、鋭いですよね」

慶太「本能で生きてますから」

玲子「本能……」

慶太「！　あ、あのさ、玲子さん、こないだの、あれ」

玲子「……」

慶太「あの……もし、俺、玲子さんのこと、その傷つけ……」

電車が駅に停まる。

アナウンス「時間調整のため、3分間停止いたします」

玲子「……」

慶太「……」

慶太「いや、だから、こないだのあれね」

玲子「……」

慶太「玲子さんはその……どう思ったのかなーなんて」

玲子「猿渡さん！」

慶太「はいっ！」

玲子「向かいのホームにイカめしが売っています！」

慶太「あ、ほんとだ。……え？　で？」

玲子「私、イカめしには目がないんです。急げば、

慶　太　買えるんじゃないでしょうか？」
玲　子「ええっ、だって停車時間3分だよ？」
慶　太「それは重々わかっています。これを逃したら次が1時間後なことも」
玲　子「そうだよ、お弁当だってあるし！」
慶　太「ですよね。そうですよね……」
玲　子「……」
慶　太「……イカめし……」
玲　子「……。あーっ、もう！」
　慶太、玲子の手を引いて、電車を降りる。

22　駅

　階段を駆け上がり、走る玲子、慶太。
　向かいのホームに降りると、
慶　太「イカめし2つっ!!」
イカめし屋「はーい、2つで800円」
慶　太「あれ、財布、財布、財布！（財布が見当たらず現金書留の封筒を1つ差し出し）お釣りいらないっ!!」
玲　子「ちょっ！　それはダメです！　返すんですから！（財布を出し）えっと800（百円玉で出そうとする）」
慶　太「玲子さん早く！」
玲　子「あ、これ十円玉だった」
慶　太「早くって！」
イカめし屋「はい、ありがとね〜」
　イカめしを受け取ると、走って戻る二人。
　発車のベルが鳴る。
慶　太「玲子さんっ、急いで！」
　だが、ドアが閉まり、発車してしまう電車。
慶　太「あーー!!!　もう、だから言ったじゃんっ！　間に合わないって！」
玲　子「……。仕方ありませんね。次の電車を待ちましょう」
　玲子、ベンチに座る。
慶　太「……」

23　鎌倉・玲子の家の前の道

　まりあが来る。
　まりあ、呼び鈴を押そうとすると、
純　「留守みたいです」
まりあ「！」
　純、汗だく。
　しばらく待っていた様子。手には手土産。

24　近くの寺

まりあ、純の手土産を食べながら、

まりあ「キス!?　慶太があの子に？」
純「猿渡さんはいつも通り何も考えてないんでしょうけど、玲子さんが心配で」
まりあ「あの子、今までの慶太の好みと全然違うけどなあ」
純「今までの好みっていうのは」
まりあ「わかりやすく綺麗で、見栄えのいい女？」
純「でも、玲子さんは、わかりにくく、地味で、ややこしい……」
まりあ「そういう子に手、出すからには、あいつ、意外と、ガチかもしれない。自分で気づいてないだけで」
純「でも、玲子さんは猿渡さんに興味ないと思います」
まりあ「そうかな？　慶太ってバカだけどさ、人の気持ちの真ん中に、すっと入り込んでくるんだよね。そばにいたらさ……」
純「……ダメですよ、そんなの」
まりあ「じゃあ、協定組む？」
純「協定？」
まりあ「二人の恋が成就する前に……ブッ潰す」

25　駅のホーム

イカめしを食べている慶太、玲子。

慶太「俺、思ったんだけどさ」
玲子「はい」
慶太「イカめし、これで400円ってめっちゃお得じゃない？」
玲子「！　それはつまり」
慶太「だってほら、一箱にイカ4匹も入ってるじゃん？　ひとイカ100円だよ!?　俺がいつも食べてるシーフードカレーなんて、イカの輪っか4切れくらいしか入ってないのに1680円するし。材料費でいったらこっちのプリプリのイカの方が絶対高いと思うんだよね。なのに、イカめしのお得感、半端ないわー！」
玲子「猿渡さん……」
慶太「うん？」

玲子、感動した様子で慶太の手を握り、

玲子「ついに、原価という概念に気づきましたか！」
慶太「原価？　え、なんかそれ、聞いたことある！」

玲　子「今、猿渡さんの頭の中に浮かんだ材料費の計算が、原価計算の始まりです。他にも設備費や人件費などはかかりますが、とにかく、方向性は間違ってません！」
慶　太「え？　俺、ナチュラルに原価を計算しちゃったの？　それ、すごくない？」
玲　子「すごいです！　今までの猿渡さんでは考えられません！　ミラクルです！　奇跡です！」
慶　太「俺、奇跡の人!?　うぉお！（舞台『奇跡の人』でヘレン・ケラーが水の概念を思い出した時の真似で）ウォオタァアアアア！！！」
子連れの母親が危ない物を見るように通り過ぎる。
慶　太「……」
玲　子「……」

26　伊豆・海沿いのとある町・郵便局前

玲　子「現金書留は、ここから出されたものかと」
慶　太「よし。じゃあ、聞き込みしてみるか！」

27　街

街の人「田中三郎さんねえ……聞いたことないねえ」
玲　子「じゃあ、桃田保男という人は？」
街の人「その人も知らないねえ、ごめんねえ」
慶　太「そっかー、ありがとー」
玲　子「……」
×　　×　　×
慶太が先導して聞き込みをするが空振り。
×　　×　　×
慶　太「やっぱ名前だけだと難しいよなー。写真とかないの？」
玲　子「写真……は、ありません」
慶　太「そっかー。ま、いっか（と、歩いていく）」
玲　子「……あります」
慶　太「あるんかい！」
玲　子「……」
玲子、財布から写真を取り出す。
誕生日ケーキを前に中学生の玲子、サチ、父の保男で写った幸せそうな写真。
慶　太「……いい写真だね」
玲　子「……。あの」

慶　太「うん？」
玲　子「ちょっとお腹が」
慶　太「え？　お腹痛い？」
玲　子「お腹が空いてしまって」
慶　太「は？　さっきイカめし食べたでしょ⁉」

28 魚市場

玲子、慶太、海鮮丼を食べている。
が、玲子、箸（はし）が進んでいない。

慶　太「やっぱお腹いっぱいなんじゃん」
玲　子「いえ、そんなことは（と、食べる）」
慶　太「……。あのさ、玲子さん」
店　主「はい、アジのなめろう、サービス！」
慶　太「わ！　ありがとうございます」
店　主「どっから来たの。デートかい？」
慶　太「東京からです。ちょっと、人を探してまして」
店　主「人？」
慶太、玲子を気にしつつ、写真を差し出す。
慶　太「この男の人なんですけど」
店　主「……おー！　これ、桃ちゃんじゃねーか、だいぶ若いけど」
玲　子「！」
慶　太「知ってるんですか？」

29 港

玲子と慶太が来る。

慶　太「あ、あそこじゃない？　居酒屋朝潮丸（あさしおまる）」
慶太、向かおうとすると、
玲　子「あ、あの！　猿渡さん！」
慶　太「うん？」
玲　子「ちょっと足が」
慶　太「足？」
玲　子「その、しびれてしまって、休憩したいのですが」
慶　太「……。玲子さん。お父さんに会うの、怖いの？」
玲　子「……」
慶　太「わざとでしょ？　イカめしも」
玲　子「……。……あれ以来、会っていないので」
慶　太「あれ以来？」
玲　子「……中学の時、父が逮捕されたんです」
慶　太「！」
玲　子「私のせいで」
慶　太「……」

×　　×　　×

防波堤に座る玲子、慶太。

慶太、マグからお茶を注いで玲子に渡す。

玲　子「(飲んで) 私、昔、猿渡さんみたいだったんです」

慶　太「え」

30　道 (回想)

中学生の玲子、アイスを2個持って食べながら下校。

腕に提げたコンビニの袋にはお菓子がたくさん。

家の前、車で待っていた保男が手を挙げる。

玲子の声「テニススクールへの送り迎えは毎日父がしてくれて」

31　テニスコート (回想)

テニスの練習をしている玲子。見つめる保男。

玲子の声「子供の頃から、レッスンや、合宿や、大会の遠征でお金がかかったけれど、父は応援してくれた」

32　玲子の部屋 (回想)

たくさんの洋服やおもちゃ、ゲーム、漫画などで埋まった玲子の部屋。

玲子、鏡の前で一人ファッションショー。

玲子の声「なんでもやらせてくれたし、なんでも買ってくれた」

玲子、雑誌の欲しいものにマルをつける。

保男、玲子が丸をつけた商品を買ってきて、玲子にプレゼントする。

玲子の声「私はそれを当然のことと思って、いつも父におねだりをしていました」

33　防波堤 (夕)

慶　太「……」

玲　子「中2の時に、アメリカにテニス留学を勧められた時も、父が辞書を片手に全ての手続きをしてくれて。でも、その夏、出発直前に、父が逮捕されたんです」

34　東京・玲子の家の前の道（回想）

アイスを食べながら帰宅する玲子。

玲　子「！」

家の中から、警察官に両脇を抱えられ、出てきたのは、保男。呆然としたサチの姿。

玲子の声「会社で経理の仕事を任されていた父は、長年にわたって横領をしていました。お金はそこから出ていた」

保男と玲子の目が合う。

保男、目をそらし、うずくまるように、警察車両に乗り込む。

玲　子「……」

35　玲子の部屋（回想）

何も無くなった玲子の部屋。

昔、保男がくれた、猿がテニスをするおもちゃ『モンキーサーブ』が隅に転がっている。

玲子、拾って、動かそうとする。

おもちゃ、きちんと動かない。

玲子の声「家も家財道具も全て売って、母が親戚（しんせき）一同に頭を下げてお金を借りて、なんとかお金を返すことができました」

36　防波堤（夕）

玲　子「父は離婚届を置いて、行方が分からなくなりました。私と母は、母方の祖母が住んでいた、あの鎌倉の家に」

慶　太「……」

玲　子「私が望んだから。私が、あれも、これもと望んだから、父は罪を犯してしまった。私が、父の人生を壊してしまったから。だから……会いたくて、会いたくないんです」

慶　太「……玲子さんがそう言うなら。無理して会わなくてもいいとは思うんだよ。日も暮れてきたし、足もしびれたし、お腹もいっぱいだし」

玲　子「……」

慶　太「……でもやっぱり」

玲　子「……」

慶　太「わかった、ここで待ってて」

慶太、立ち上がる。

玲　子「え」

慶　太「俺がお父さんに会ってくる」
玲　子「……」

37　居酒屋（夕）

半分オープンになっている居酒屋。
慶太、入ってくる。

慶　太「どうもー」
大　将「悪いね、まだ開店前なんだ」
慶　太「大将そこをなんとか！　僕観光で来てるんですけど、地元の人に聞いたらみんなここが、めちゃうまだって！」
大　将「……桃ちゃん、あら汁出来てる？」
保　男「はいっ」
大　将「お兄ちゃんに出してやって」
保男があら汁を運んでくる。
保　男「はいお待ち」
慶　太「……ありがとうございます（一口食べて）んんーーんまっ!!」
保　男「（微笑み）ありがとうございます」
保男、仕込みの仕事に戻る。
慶　太「……」

38　居酒屋・前の道（夕）

玲子、気になり、近くまで来た。
玲　子「……」
と、見えるのは、汗を垂らし一生懸命に働く保男の姿。
玲　子「……」
玲子、目を離せない。
と、保男と玲子の目が合う。
保　男「……」
玲　子「……」
保　男「……」
保男、逃げ出す。
玲　子「！」
慶　太「えっ」
保男、網に絡まり転ぶが、それでも逃げる。
慶　太「ちょっ、待ってよ、お父さんっ！」
慶太、保男を追いかける。
玲　子「（見つめ）……」
走る保男、慶太。
慶　太「はあっ、はやっ」
引き離される慶太。と、

玲　子「お父さんっ！」
慶　太「！」
　　玲子、走って、慶太を抜いていく。
玲　子「お父さんっ！　お父さんっ!!」
保　男「……」
玲　子「お父さんっ！　待って！　もう行かないでっ!!」
保　男「……」
　　玲子の声に、保男、立ち止まり、息を切らして、座り込む。
玲　子「……」
保　男「……」
玲　子「……」
保　男「……玲子」
　　保男、土下座をする。
保　男「すまない、申し訳ない」
玲　子「……」
　　玲子、保男の正面に座り、
玲　子「やめて」
慶　太「（追いつき）……」
保　男「……テニススクールで才能があるって、そう言われて……お前の才能を伸ばしてやりたかった。金のせいなんかで諦（あきら）めさせたくなかった。それで……魔が差した」
玲　子「……」
保　男「バカだった。守ってやらなきゃいけなかったのに、父さんが潰した。お前の夢を潰した。お前の人生を、壊してしまった」
玲　子「……」
慶　太「……」
　　保男、頭を下げたまま動かない。
　　玲子、そんな父を見つめ、
玲　子「欲しくなかったよ。私、お父さんに悪いことさせてまで、好きなことなんかしたくなかったよ……これだけで、充分だった」
　　玲子、取り出すのは、猿のおもちゃ『モンキーサーブ』。
保　男「……」
玲　子「覚えてる？　大会で負けて泣いてた私に、お父さんが買ってくれた。壊れてたんだけどね、自分で直したの」

39　鎌倉・庵（回想）

　　引っ越してきたばかりの玲子。
　　何もない部屋。

玲子、『モンキーサーブ』を自分で直し始める。

玲子の声「これを繕うことから、私の人生は、もう一度、始まったの」

40 海

玲子、『モンキーサーブ』を動かしてみせる。

テニスのサーブをしようとして、何度も空振りする猿。

保男「……」

玲子「お父さん、私ね、このおもちゃの会社に就職したの。経理部でお金を扱う仕事をしてる。それでね、今、幸せなの」

保男「……」

慶太「……」

玲子「お金はそんなになくても、毎日、けっこう幸せ。毎日、けっこう楽しく生きてる」

保男「……」

慶太「そうそう。俺、こんなにお金を幸せに使う人、見たことないです」

玲子「……」

慶太「この人ね、130円のクッキーとか180円のかけ蕎麦とかで、世にも嬉しそうな顔するんですよ。それにこないだね、テニス、めちゃ楽しそうにやってましたよ」

玲子「……」

保男「……。いまでも、テニスを……?」

玲子「うん」

玲子、慶太と視線を合わせると、微笑み、

玲子「お父さん。私、もう大丈夫だから。もう大人だから。これからは、お金は自分のために使って。お父さんはお父さんの人生を生きて」

保男「……」

涙をこぼす保男の背中を撫でる玲子。

慶太も保男の背中を撫でる。

保男「君は……」

慶太「はい」

保男「君は、誰だ?」

慶太「お父さん、それ聞いちゃう?」

玲子「(笑う)」

41 鎌倉・道(夜)

鎌倉に帰ってきた玲子、慶太。

慶　太「あ。結局、お父さんにお金返してないじゃん」
玲　子「なんだか言い出せなくて」
慶　太「まいっか」
玲　子「はい。あとで母と話してみます」
慶　太「あれ？」
玲　子「ひかりさん？」
　ひかり、銭湯を覗き込んでいる。
玲　子「何してるんですか？」
ひかり「観察」
玲　子「観察？」
慶　太
ひかり「あれ」
　ボサボサの髪で無精髭（ひげ）のさえない男・和夫（かずお）が、銭湯の壁の絵を描いている。
ひかり「実の父。売れない絵描き。またの名を、養育費不払い男」
慶　太「えー、あれが本物のお父さん？」
ひかり「ねえ。養育費払わないってことはさ、愛がないってことだよね」
慶　太「え？」
　慶太、玲子と目を合わせる。
玲　子「……お金と愛の相関関係は、私にはまだ、わかりかねます。ですが……もし、ひかりさんが傷つけられたら、私が全力で守ります」
慶　太「……」
ひかり「……そっか」
　ひかり、銭湯に入っていく。
ひかり「ちわーす！」
和　夫「！」
　ひかり、刷毛（はけ）を取り、勝手に横で絵を描き始める。
和　夫「ちょっ、なになに」
ひかり「面白そうだから」
和　夫「はぁ？」
　ひかり、和夫の隣で絵を描いていく。
　和夫、戸惑った表情でひかりを見ている。
玲　子「（見つめ）……」
慶　太「（玲子を見つめ）……」

42　家の近くの道（夜）

　玲子、慶太、歩いてくる。
慶　太「あ、スイカ食べようよ。冷蔵庫で冷えてる」
玲　子「いいですね」
慶　太「……あのさ、こないだの、その……キスのことだけど」

玲　子「……」
慶　太「あれって、もしかして、玲子さんのファーストキス？」
玲　子「……」
慶　太「……」
玲　子「……」
慶　太「……そうだとしても俺は謝らないいっ」
玲　子「！」
慶　太「いいよね！」
慶太、玲子の手を握って歩き出す。
玲　子「……」
慶　太「俺、スイカに塩かける派」
玲　子「……私はかけない派です」
慶　太「わかってないなあ！　かけた方が甘さ際立つじゃん！」
玲　子「自然の甘さがいいんです。わかってないですね」
慶　太「(笑う)」
玲　子「(笑う)」
ふたり、手をつなぎ、歩いていく。
玲　子「……猿渡さんは、いつも突然ですね」
慶　太「そうなの。俺、野性で生きてるから」

43　玲子の家・居間（日替わり）

サ　チ「バレましたか」
玲　子「バレました。お母さん、どうして黙ってたの」
サ　チ「だって。知ったら玲子、お父さんからのお金はもういらない、返しに行くって言うでしょ？」
玲　子「うん」
サ　チ「お父さん、玲子への仕送りをやめたら、生きがい失っちゃうんじゃないかって。もし、お金を送ることがお父さんの生きる意味になるなら、生きてて欲しいって、そう思ってた」
玲　子「……」
サ　チ「でもお父さん、玲子と会えたなら、きっともう大丈夫ね」
玲　子「お母さんは、会いたくないの？　お父さんに会ったから」
サ　チ「……お母さん、何にも気づいてあげられなかったから」
玲　子「……」
サ　チ「ま、もう昔のことよ、別れたんだしね！　お金のこと、黙ってたのはごめんね。玲子が結婚するときに渡そうと思ってたの」
玲　子「それに関して、一つ、気になることが」

サチ「え?」
玲子「お母さん、結構、使い込んでるよね?」
サチ「え?」
玲子「空の封筒がちらほら」
サチ「だってー! 何かと入用の時ってあるじゃない!」
廊下で聞いていた慶太、笑って去る。

44 モンキーパス・経理部(日替わり)

仕事をしている玲子、慶太。
慶太「俺、これから企画部で会議なんで」
玲子「あ、どうぞ」
慶太「行ってきまーす!」
慶太、経理部を出ていく。
美月「なんか嬉しそう」
猪ノ口「帰ってこなくてもいいんですけどね」
玲子「……」
芽衣子「(玲子を見つめ)……」
芽衣子、慶太の席に座り、
芽衣子「結局、適材適所ってことよね」
玲子「適材適所?」
芽衣子「経理の仕事って、誰にでも向いてるわけじゃないじゃない? 九鬼さんもわかってるでしょ? 猿渡くんは住む世界が違う人だって」
玲子「……」

45 同・企画部

歩いてくる富彦。足を止める。
生き生きと仕事をしている慶太。
芽衣子の声「彼が輝けるところは、多分別の場所」

46 同・経理部

芽衣子「あまり思い入れないようにね。いつかはいなくなる人だから」
玲子「……」

47 鎌倉・道(夕)

玲子、歩いてくる。
と、スマホが鳴る。慶太から。
『企画詰めたいんで、今日はこっちに泊まります。
ママにご飯いらないって言っといて!』

玲　子「……」

48　早乙女事務所（夜）

早乙女、真っ白になったスケジュールを見ている。パソコン作業をしている瑠璃に、

早乙女「牛島さん。きちんと退職金は出すから、新しい仕事が見つかったらいつでも」
瑠　璃「大丈夫です。秘策がありますので」
早乙女「秘策？」
瑠　璃「私、辞めませんから」

帰っていく瑠璃。

早乙女「（ふう、とため息）」

と、扉が開く。入ってきたのは、慶太。

慶　太「暇？」
早乙女「……暇ですけど？」
慶　太「ちょっと頼まれごと」
早乙女「？」
慶　太「（手紙を渡し）うちの専務の鷹野さんから。監査役の会計士さんが引退して、公認会計士さん探してるんだって」
早乙女「なんで俺に」
慶　太「俺が早乙女さんと一緒にテニスしたの知って、頼んでこいって。今どん底だから安くしてくれるかもしれないしって。俺は反対したんだけど、ま、仕方なく」
早乙女「舐められたもんだな」
慶　太「……玲子さんのこと振ったんだって？」
早乙女「……」
慶　太「惜しいことしたね」
早乙女「玲子のこと好きなのか？」
慶　太「そう見える？」
早乙女「俺の裏切りに、君の方が、怒っていたから」
慶　太「……。うん。そうか。そうなんだな」
早乙女「え？」
慶　太「……好きなんだな」
早乙女「……」
慶　太「言ってみようかな。だって付き合ったら、めっちゃ楽しそうだよね？　うん。言ってみるわ。ありがとう！」

去っていく慶太。

早乙女「……」

早乙女、傘を見つめる。
雨の中、うなだれていた早乙女に、玲子が貸してくれた傘。

早乙女「（戸惑い）……」

49 鎌倉・慶太の部屋（夜）

玲子、猿彦を持ってきた。
と、テーブルの上に置かれているおこづかい帳。

玲　子「放ったらかしにして」
めくってみると、最初は投げやりでむちゃくちゃだった書き込みが、ちゃんとされるようになり、最後のページには、『イカめし400円』
伊豆への交通費などもきちんと書き込まれている。

玲　子「（微笑み）……」
と、玲子、気づく。部屋の隅に置かれた豆皿。

玲　子「（手に取り）？」
サ　チ「（来て）あら、それ、猿君の手作り？」
玲　子「の、ようですけど。これは、猿？」
サ　チ「（笑って）みたいね。代わりにプレゼントするって」
玲　子「代わり？　なにの？」
サ　チ「玲子が欲しがってたあの豆皿よ。猿君、探しても見つからなくて、自分で作るって、ひかりちゃんに教えてもらって」
玲　子「……」
サ　チ「きっと失敗して隠したのね。可愛いんだから」
玲　子「……」
風鈴の音。
サ　チ「風が涼しくなってきたわね。夏も終わりね」
玲　子「……」

50 玲子の部屋（夜）

玲子、豆皿用に作ったコースターに、慶太が作った豆皿を置いてみる。

玲　子「……」

×　　　×　　　×

玲子、布団に入って考えている。

玲　子「……」
富彦の声「静かなる暁、このことわりを思ひつづけて、みづから心に問ひて曰く」
玲　子「……」
富彦の声「世をのがれて、山林にまじはるは、心を修めて、道を行はんとなり」

×　　　×　　　×

朝。鐘の音。

玲子、パッと起き上がると、部屋の掃除を始める。

51 鎌倉・ケーキショップ（日替わり、朝）

行列に並んでいる慶太。嬉しそうに。

52 玲子の部屋（朝）

玲子、隅々まで掃除をし、部屋を整えた。
窓を開け、すべての襖(ふすま)を開けると、気持ちの良い風が吹き込んでくる。

玲　子「……」
そこに、
慶　太「おはよー！　ただいま！」
玲　子「……」
慶　太「はい、玲子さんの好きなくるみクッキー」
玲　子「ありがとうございます」
慶　太「あのね、玲子さん、俺、玲子さんに言いたいことがあって」
玲子、その場に正座をする。
慶　太「え、そんなかしこまらなくても」
玲　子「ここに、お迎えしようと思って」
慶　太「お迎え？」
玲　子「猿渡さんを」
慶　太「え？」
玲　子「どうやら、ほころびを繕っているうちに、愛着が湧いてしまったようです」
慶　太「……」
玲　子「ですから……」
慶　太「あ、ちょっと待って！　その続きは俺が言う！　言わせてよー。あのね、俺ね、玲子さんと付き合」
玲　子「結婚しようと思います。猿渡さんと」
慶　太「え？　けっ……こん？」
玲子、三つ指をついて、頭を下げる。
玲　子「よろしくお願いいたします」
慶　太「……」
玲　子「……」
慶　太「いや、怖い怖い怖い怖い怖い!!!」

第5話

その人と、未来を描けますか？

4話のリフレイン

伊豆の海岸。玲子の父親に会いに行った玲子と慶太。

×　　×　　×

玲子、慶太が玲子のために手作りした豆皿を見つめる。

×　　×　　×

早乙女と話す慶太。

慶　太「……。うん。そうか。そうなんだな」
早乙女「え？」
慶　太「俺……好きなんだな」
早乙女「……」
慶　太「言ってみようかな。だって付き合ったら、めっちゃ楽しそうだよね？　うん。言ってみるわ。ありがとう！」

1　玲子の家・縁側（4話の続き）

慶　太「あのね、玲子さん、俺、玲子さんに言いたいことがあって」

玲子、その場に正座をする。

慶　太「え、そんなかしこまらなくても」
玲　子「ここに、お迎えしようと思って」
慶　太「お迎え？」
玲　子「猿渡さんを」
慶　太「え？」
玲　子「どうやら、ほころびを繕っているうちに、愛着が湧いてしまったみたいです」
慶　太「……」
玲　子「ですから……」
慶　太「あ、ちょっと待って！　その続きは俺が言う！　言わせてよー。あのね、俺ね、玲子さんと付き合」
玲　子「結婚しようと思います。猿渡さんと」
慶　太「え？　けっ……こん？」

玲子、三つ指をついて、頭を下げる。

玲　子「よろしくお願いいたします」
慶　太「……」
玲　子「……」
慶　太「いや、怖い怖い怖い怖い!!!」
玲　子「……」
慶　太「……。（冗談めかし）って、またまたー！」
玲　子「……」
慶　太「……」

と、物音。気づくと、サチが見ている。

慶　太「ママ……」

慶太、救いを求めるようにサチを見る。

慶　太「なんか、ほら、玲子さんが」

サ　チ「うん。聞いてた。猿君と結婚？」

慶　太「うん、なんか、ほら、言ってあげて」

玲　子「そういうことでもいい？　お母さん」

サ　チ「結婚だなんていくらなんでもいきなりそんな……」

慶　太「だよね？　ね？　ね？」

サチ、両手で大きなマルを作る。

サ　チ「全然ありっ」

慶　太「!!」

2　玲子の家（深夜）

富彦の声「もし、夜しづかなれば、窓の月に故人をしのび、猿の声に袖（そで）をうるほす」

玲子、外に顔を出し、穏やかに微笑（ほほえ）みながら、月を見ている。

3　鎌倉・寺（日替わり）

小川の近くを玲子、穏やかに微笑みながら、散歩している。

富彦の声「草むらの蛍は、遠く槇（まき）の島の篝火（かがりび）にまがひ」

4　玲子の家・縁側（夜明け前）

玲子、縁側で外の雨を見ている。

富彦の声「暁の雨は、おのづから木の葉吹く嵐に似たり」

パジャマ姿で猿彦を抱え、トイレに起きた慶太、玲子の姿にビクッとして、見つからないように部屋に戻る。

5　モンキーパス・営業部（日替わり）

打ち合わせブースで話している慶太と純。

純　「結婚⁉」

純　「なっ、何がどうしたらそんな話になるんですか⁉」

慶　太「だから俺だってよくわかんないよっ」

純「ちょっ、順を追って、ちゃんと話してくださいっ」

慶太「だーかーらー、こないだ玲子さんのお父さんに会いに行ったり色々一緒にいるうちに、あ、なんか好きかも、って思って、付き合おうって言いに行ったのね。でも、それ言う前に玲子さんからプロポーズされたの」

純「玲子さんから……」

慶太「それもね、結婚しようと思います。ってもう、決定事項みたいな感じでさ、有無を言わさずって感じでさ」

純「玲子さんからプロポーズ……」

慶太「まあ俺のこと好きなのはわかるんだけど、一秒も付き合ってないのにいきなり結婚だよ？　おかしいよね？　ね、ね、おかしいよね？　これが世に言う交際ゼロ日婚ってやつ？　ね、ガッキー、聞いてる？」

純「（ショック）」

慶太「だよね、びっくりだよね、俺も顎(あご)地面に落ちるかと思ったわ」

純「……あの、それで猿渡さんは何て返事を」

慶太「なんて？　いや、別に何にも言ってないけど」

純「言ってない？」

慶太「だって……なんか、断るのも悪いし。だからって掘り下げたら怖いし」

純「怖いって……玲子さんのこと、好きじゃないんですか？」

慶太「いや、好きだよ、好きは好きだけど……」

純「本気じゃないってことですね」

慶太「え？」

純「ただ付き合ってちょっとイチャイチャしたかっただけで、運命の人とは思えないってことですね」

慶太「いや、そんなことは言ってないじゃん」

純「だって、運命の人と出会ったら、結婚考えってておかしくないでしょ？」

慶太「え、まさかのあっち寄り⁉」

純「僕だったら（と言いかけ）」

慶太「……」

純「……」

慶太「え、何、何」

純「もういいです！」

純、去っていく。

慶太「ちょっとガッキー、何怒ってんの？　もっと俺に肩入れしてよ！」

6　ランチスペース

玲子、お弁当の包みを２つ広げる。

玲子、慶太、おそろいのお弁当を前に、

玲　子「いただきます」

慶　太「……いただきまーす……」

玲　子「嫌でしたか？」

慶　太「えっ」

玲　子「お弁当」

慶　太「う、ううん、嬉(うれ)しいよ、玲子さんの手作り」

玲　子「いえ。料理はあまり得意ではないので、母が作ったおかずを詰めただけです」

慶　太「ああ、そうなんだ、でもありがとう（と、食べる）」

玲　子「結婚するとなれば将来のライフプランも立てなくちゃいけませんし」

慶　太「（むせる）」

玲　子「ある程度の貯蓄も必要となりますし、そのためには、残り物のおかずを利用したお弁当はちょうど良きかと」

慶　太「あの、ちょっと待って玲子さん、あのね」

玲　子「任せてください。私、計画を立てるのは得意なので」

玲子、ノートを取り出す。

開くと、テープでページが足されて年表のようになっている。

慶　太「なにこの長いの？」

玲　子「平均寿命を全うするまでの夫婦の人生にかかるであろうお金をシミュレーションしてみました」

玲子と慶太の年齢を横軸に、ライフプランが詳細に書かれている。

玲　子「やるやらないの選択肢はありますが、まず結婚式の費用ですね。続いて、夫婦の住居費、生活費、子供ができれば学費も」

慶　太「子供って！　あのちょっと待って、玲子さん」

玲　子「ファミリーカー購入費、いざという時の病気や怪我に備えての保険、家の修繕費」

慶　太「あのね、玲子さん」

玲　子「親の介護費、私たちの定年以降の老後資金」

慶　太「玲子さん」

玲　子「孫ができたらお小遣い。私たちの老人ホーム入居費、そして、それぞれの葬式代」

慶　太「アーーー!!!!!」

玲　子「！」

慶太、両手で自分の耳を塞ぎ、目をつぶって、

慶太「もうやめて、それしまって、しまって、お願いだから！」

玲子「（ノートを閉じ）……大丈夫ですか？」

慶太「……無理なの。そういうの」

玲子「無理」

慶太「怖いの。お化けよりゾンビより」

玲子「怖い？」

慶太「だから、無理なの！　そういう、将来の計画とか！」

玲子「え？」

慶太「なんかギュギュ～って前からも横からも上からも壁が迫ってくる気持ちになんの！」

玲子「……なぜ？」

慶太「だって、未来なんか決めちゃったら、人生、何にも面白くないじゃん!?　不自由でしょ!?」

玲子「不自由……猿渡さん、何か誤解しているようですが、これはあくまでプランですよ。もちろん人生いつなんどき何が起こるかわかりませんが、備えていれば、有事の時に心乱されずに済みます」

慶太「そもそも、プラン立てる前に結婚自体が」

玲子「……結婚、が？」

慶太「……その、さ。ほら……そう。どうすんの、結婚してからやっぱこの人やだなとかなったら？　それで離婚とかさ、困るでしょ？」

玲子「……それは確かに困りますね」

慶太「でしょ!?　だからこそ！　そんなリスクに備えるために、例えばよ？　まずは付き合ってみてから」

玲子「ダメです」

慶太「いや即答って」

玲子「猿渡さんは私が好きですか？」

慶太「え……（照れ）うん。好きだよ」

玲子「私も猿渡さんを好きです」

慶太「ふっ、（照れ）ありがとう」

玲子「ならば結婚した方が良いですよね」

慶太「だからそこよ！　そこが飛躍してんのよ！」

玲子「（首をかしげる）」

慶太「玲子さん……本当に俺と、結婚する気？」

玲子「はい」

慶太「揺るがないね」

玲子「揺るぎません」

慶太「……」

その最後の会話を聞いていたのは、芽衣子

と美月。

美　月「聞きました？　今の」

芽衣子「うん、聞いた。……結婚？　九鬼さんと猿渡くんが？」

一方、歩いてきた早乙女、玲子と慶太の様子を目にする。

早乙女「……」

7　モンキーパス・会議室

早乙女「失礼します」

早乙女、入ってくる。

早乙女「公認会計士の早乙女健と申します」

鷹　野「お会いできまして光栄です。専務の鷹野と申します。この会社で長年、金庫番をしておりましてね、早乙女先生に、是非ともお力添え頂きたいと思っております」

鷹野、微笑む。不穏な予感。

8　カフェ

まりあ、純とランチを食べている。

まりあ「あの子が慶太にプロポーズ!?　それで慶太は？」

純　「かなり逃げ腰でしたけど」

まりあ「でしょうね。私に散々復縁せまってきた時も、結婚ってワードが出た瞬間あっという間に引いてったし」

純　「どこまで卑怯（ひきょう）なんだ……」

まりあ「縛られるの嫌いだからね。自由でいなきゃ死んじゃうって、ガキなの、ガキ」

純　「じゃあ、二人の結婚はないと思っていいんですね？」

まりあ「でもさ……やばさで言ったら、慶太より九鬼さんのほうが上行ってない？」

純　「え？」

まりあ「放置したら、なんか、あの子のペースに、押し切られる気もする……」

純　「ダメですよそんなの！　どうにかして、止めてあげないと」

まりあ「どうにか……」

まりあ、テーブルに置かれたくまのキャラクター『Ｂａｍｕ－ｋｕ』の企画書を見る。

9　モンキーパス・経理部

慶太「ただいま、戻りまし……」
　　慶太、疲れ果てた様子で、
　　クラッカーを鳴らす猪ノ口、美月。
慶太「うぉ！　何⁉」
白兎「おめでとう！」
猪ノ口「おめでとう！」
美月「おめでとうございまーす！」
慶太「⁉」
美月「ごめんなさい、ちょっと耳に入っちゃって」
白兎「驚いたよ！　二人、結婚するんだって⁉」
慶太「はあ⁉」
猪ノ口「いや、一周回ってお似合いだよ」
慶太「いや、だからそれは！」
玲子「ありがとうございます」
慶太「！」
芽衣子「本当に結婚するんだ」
慶太「いや（と、言いかけるが）」
玲子「はい」
芽衣子「そう……部でお祝いしなきゃね！」
玲子「いえ、どうかお気遣いなく」
慶太「……。企画部、行ってきます！」
玲子「（微笑み）お仕事、頑張ってくださいね」
慶太「……」

10　同・廊下

　　歩いてきた慶太。
　　猿之助を抱いた富彦、慶太に気づく。
　　慶太、一人、頭を抱え、
慶太「アーーー‼‼」
富彦「⁉」
　　慶太、宇宙大戦モノのおもちゃのディスプレイを前に、
慶太「俺の自由が侵略されている……」
富彦「……？」

11　同・経理部

　　玲子、伝票を処理しながら穏やかに微笑んでいる。
　　傍らに、ライフプランを書き込んでいたノート。

タイトル『おカネの切れ目が恋のはじまり』⑤

12 モンキーパス・企画部

鶴　屋「復刻版『Ｂａｍｕ－ｋｕ』のデザイン、上がってきましたー！」
　鶴屋のタブレットに一同が群がる。
慶　太「おおー、いい！　むちゃくちゃ、いい！」
　純、まりあと目配せ。企画書を手に、
純　「ご提案がございます！」

13 玲子の家・居間（夕）

　夕飯を食べている玲子、慶太。
慶　太「あのさ、サチさん、これって、鎌倉野菜？」
サ　チ「そうよー、みんなこの辺で育った子たち。美味しいでしょ」
慶　太「うちの会社でこういう企画があってさ」
　純の企画書を差し出す慶太。
玲　子「（読む）Ｂａｍｕ－ｋｕのしあわせレシピ……」
サ　チ「（読む）×鎌倉野菜……」
慶　太「このＢａｍｕ－ｋｕって20年前のキャラを復刻させようってプロジェクトなんだけど、日本全国のご当地ものの食材を使った親子で作れるレシピサイトを作ろうって話になってて」
サ　チ「あら、素敵」
慶　太「でしょ？　俺発案者。そしたらガッキーがさ、試しに鎌倉野菜でパイロット版作ってみたらどうかって。よかったら、知り合いの農家さんとか」
サ　チ「するする！　紹介しちゃう！」
慶　太「ありがと！　んで、料理も作りたいから今度の土日」
サ　チ「うち自由に使って！」
慶　太「もーママー！　話わかるー！」
玲　子「（企画書を読み込んでいて）私も力にならせてください。猿渡さんの企画が初めて通ったんですから。応援したいです」
慶　太「……（嬉しい）でさ、デザートはもちろんバウムクーヘンにしたいんだけど、鎌倉ならではのバウムクーヘンって、何かアイデアあるかなあ」
サ　チ「鎌倉ならではのバウムクーヘンねえ」
玲　子「難しいですね……そもそも」
　玲子、Ｂａｍｕ－ｋｕのイラストに描かれ

たバウムクーヘンを見つめ、

玲子「バウムクーヘンって昔から気になるんですよね。ほころびが」

慶太「バウムクーヘンのほころび？」

玲子「この真ん中の穴のスペース、無駄ですよね」

慶太「はー？　穴があるからバウムクーヘンなんじゃん！」

玲子「でもこれがあるせいで、パッケージの面積も増えますし、なんとも効率が悪い……」

サチ「その穴になんか入れちゃえば？」

慶太「え？」

玲子

サチ「せっかくスペース空いてるんだし。ほら、ロールケーキの真ん中に生クリーム入ってるみたいな感じで」

玲子「それは……いいアイデアかもしれない」

慶太「何かって何を」

玲子「……（ひとしきり悩んだ挙句）羊羹（ようかん）？」

慶太「却下！」

玲子「！」

慶太「でもなるほどねー、ジャムとかクリームでディップしてもいいし、チーズケーキとか固めて入れてもいいよね。バウムクーヘンの穴に何を入れるか、よし、それ課題！」

玲子「はいっ！」

ノートを開き、真剣にメモをする玲子。

そんな玲子の様子に微笑む慶太。

サチ「（玲子と慶太が微笑ましく）……」

その傍ら、テレビで流れているバラエティ番組。

テレビのMC芸人『では、憧（あこが）れのあの人と、ご対面でーす！』

テレビに男性のシルエット。

ゲスト女芸人1『え？　誰？　誰!?』

MC『早乙女、クリス、健さんでーす！』

バラの花束を持った早乙女が登場。

女芸人1『えーーーーー!!!』

玲子

慶太「!!」

サチ

女芸人2『いや、この人今テレビでたらあかん人ですやんっ！』

MC『早乙女さん、ユイぽんに言いたいことがあるんですよね』

早乙女、女芸人に近づき、壁ドンして、

早乙女『傷ついた僕のハートを癒（いや）してほしい……』

女芸人1『ひーっっ!!!』
慶　太「そっち行ったか……」
サ　チ「盛り上がってるわね……」
　　サチ、慶太、玲子の様子を気にする。
玲　子「早乙女さん……」
女芸人1『でも結婚してるんですよね!?』
M　C『えー、マネージャーさんからのタレコミです』
　　カメラ、セット外にいる瑠璃を一瞬映す。
M　C『早乙女さん、今回の件で、奥様に愛想を尽かされまして、バツイチになられたそうです。で、いいんですよね？』
瑠　璃『早乙女、独身です！』
一　同『えーっっっ！』
玲　子「……」
慶　太「(玲子の様子を気にする)」
サ　チ
　　玲子、早乙女の姿に、ホッとしたように微笑む。
玲　子「お元気になられたんですね。よかった……」

14 玲子の部屋（夜）

　　玲子、大きめの消しゴムを彫刻刀で彫り、丸いスタンプのようなものを自作した。
玲　子「よし」
　　玲子、ノートにスタンプを次々押していく。
玲　子「……」

15 鎌倉・畑（日替わり）

　　つなぎ姿で野菜を収穫する玲子、慶太、純、まりあ。
　　指導しているひかり。
ひかり「これがシシトウ、こっちがトマト、ズッキーニは今が旬！　オリーブオイルで焼いて、塩ふって食べたら最高！」
慶　太「さすが八百屋の娘！」
玲　子「勉強になります」
ひかり「野菜のことならなんでも聞いて！」
　　純、まりあ、仲の良さそうな二人を横目で見て、
まりあ「……それで？」

玲　子「？」
慶　太「！」
まりあ「二人、結婚するって？」
ひかり「え⁉　そうなの⁉」
玲　子「はい」
純　「……」
まりあ「二人がいいならいいけど、心配だな」
玲　子「え？」
まりあ「違いすぎるでしょ、金銭感覚」
　まりあ、野菜を掘りながら、
まりあ「付き合うだけならいいけど、結婚って生活だもんね。お互い、ストレス溜め込みそうじゃない？」
純　「確かに、家庭の破綻にお金の問題は大いに関係があると思います」
まりあ「(玲子に) 大丈夫？　慶太の浪費癖。私はそこがひっかかって、別れちゃったから」
玲　子「歩み寄れると思います」
純　「！」
玲　子「それに、猿渡さん、進化してるんですよ。毎日おこづかい帳をつけてくれていますし、今月なんてなんと、初の、黒字の可能性があるんです（と、嬉しそうに）」
慶　太「……」
純　「……」
まりあ「……」

×　　×　　×

　野菜がたくさん入ったカゴを運ぶまりあ。
　と、慶太が横からカゴを持ってやる。
まりあ「……本気なの？」
慶　太「もぉー、みんなして結婚、結婚言わないでよ、俺だってパニクってんだから」
まりあ「やっぱ逃げ腰じゃん」
慶　太「そりゃあさあ」
まりあ「でも、はっきり断らないってことは、好きは、好きなんだ」
慶　太「……うん」
まりあ「……ふーん」
慶　太「ごめん」
まりあ「何が？」
慶　太「いや……」
　慶太、野菜を運んでいく。
まりあ「……」
　まりあ、スマホを取り出す。

×　　×　　×

一方、抜けないカブに悪戦苦闘する玲子。

純　「手伝いますよ」

玲子「ガッキーさん、ありがとうございます」

二人で引っ張るが、抜けない。

純　「手強いですね」

玲子「手強いです。昔こんな絵本がありましたね」

純　「僕も持ってました！　うんとこしょ、でしたっけ？」

玲子「それです！　どっこいしょ」

純　「(視線を合わせ)……」

玲子「(力を合わせて茎を引っ張り)うんとこしょ！　どっこいしょっ！」

と、茎がちぎれて、二人、尻餅をつく。

純　「だ、大丈夫ですか？」

と、玲子、笑い出す。

玲子「絵本のようにはいきませんね」

純　「そうですね……」

純、言いつつ、玲子の笑顔を見つめ……

純　「……考え直した方が」

玲子「え？」

純　「いえ、あの……玲子さん、すごく純粋な人だから、猿渡さんにキスされてどうかしちゃっただけだと思うんです！　だから、結婚なんて」

玲子「……」

純　「す、すいません、立ち入ったことを……」

玲子「ご心配ありがとうございます。でも、大丈夫ですから」

玲子、カブを掘り続ける。

純　「……」

16　猿渡家・外観

17　同・リビング

富彦と菜々子が昼食をとっている。

富　彦「ごちそうさま。美味しかったよ」

菜々子「何が？　どんな風に美味しかったの？」

富　彦「んん……鴨がね、弾力があって」

菜々子「鴨」

富　彦「……それと、スープも」

菜々子「スープ」

富　彦「……いや、一番は、サラダの」

菜々子「サラダ。の？」

富　彦「ドレッシングが絶妙で」

菜々子「……」
富　彦「ドレッシングというよりは、だ。このエビは
　　また新鮮な」
菜々子「野菜」
富　彦「はい」
菜々子「鎌倉野菜。せっかくお取り寄せしたのに、作
　　りがいがないんだから！」
　　菜々子、皿を下げる。
富　彦「……ごちそうさま」
　　富彦、近づいてきた猿之助を撫でる。
菜々子「（スマホが鳴り）はいもしもし！　まりあち
　　ゃん？」

18　玲子の家・廊下～リビング（夜）

　　玲子、お茶と水羊羹が載ったお盆を持って
　　くる。
　　と、慶太、まりあ、純が収穫した野菜を前
　　にレシピやサイトのデザインを検討してい
　　る。
　　玲子、生き生きとしている慶太の様子を見
　　る。
玲　子「……」
慶　太「（気づき）……」
　　玲子、お盆を置き、そっと去っていく。

19　同・庭（夜）

慶　太「玲子さん」
　　慶太、玲子を追いかけて出てきて、
慶　太「ありがとう」
玲　子「いえ。企画部のお仕事って、文化祭の準備み
　　たいですね」
慶　太「文化祭、あー確かに」
玲　子「縁がなかったものですから、見ているだけで
　　新鮮です。猿渡さんが生き生きしているのも、
　　嬉しいですし」
慶　太「そう？（照れ）玲子さんだって文化祭、あっ
　　たでしょ？」
玲　子「お化け屋敷の時も、スピリチュアル占いの館
　　の時も、ミュージカルの時も私は一人で会計係
　　だったので」
慶　太「なんか目に浮かぶな、それ。俺はゾンビ役で
　　占い師役で、歌って踊って主役兼演出家だった
　　な」
玲　子「目に浮かびます。全然違いますね」

慶　太「だね（と、笑い）その頃の玲子さんにも会ってみたかったな」
玲　子「私も会ってみたかったです。その頃の猿渡さんに」
慶　太「……」
　玲子、そっと慶太の袖をつかむ。
玲　子「違くても、きっと、大丈夫ですよね」
慶　太「……」
玲　子「おやすみなさい」
慶　太「おやすみ……」
　去っていく玲子。
慶　太「……」
　そんな様子を見ていた純。
純　「……」
　純、どこかに電話をかける。

20　東京・車の中（夜）

　撮影の仕事を終えた早乙女、車に乗り込みながら、
早乙女「俺あれ、本当に大丈夫だった?」
瑠　璃「プロデューサーも絶賛でした」
早乙女「芸人さんと熱湯風呂（ぶろ）って、もう会計士関係ないような」
瑠　璃「早乙女健の第2章、ネットでも話題になってます。次はBTOテレビのロケ、フェラーリを経費で落とす会計士として登場してほしいと。フェラーリは手配済みですので」
早乙女「よくわかんないけどもう、なんでもやるよ……」
　早乙女、ふう、と息を吐きながら、企画書に目を通す。
　と、スマホに純から着信。
早乙女「板垣くん?」

21　鎌倉・実景（日替わり、朝）

　ゴーンと鐘が鳴る。

22　玲子の家・台所（朝）

　まりあ、あくびをしながら来ると、玲子が野菜を洗っている。
まりあ「……おはよう」
玲　子「おはようございます」
まりあ「早いね」

玲　子「お手伝いできるのはこのくらいなので」
まりあ、玲子の隣で野菜の下ごしらえを始める。
まりあ「そもそもなんだけどさあ。九鬼さん、私に慶太を薦めてなかったっけ？」
玲　子「え？」
まりあ「婚約者より慶太の方が私のそのままを見てるって。それで私、結婚をやめたんだけど」
玲　子「……」
まりあ「なのに、いつのまにか横から入ってきて、慶太にプロポーズなんて、結構ひどいことしてると思わない？」
玲　子「……確かにそうですね。まりあさんのこと、すっかり頭から抜け落ちていました」
まりあ「だから」
玲　子「ですが」
まりあ「ですが？」
玲　子「猿渡さん、一人しかいませんし、どうしたらいいんでしょう？」
まりあ「はい？」
玲　子「（混乱し）半分に分けるわけにもいきませんし、かといって二倍に増やすわけにも。やはりお譲り。いや、お譲りするわけには。どうしましょう。一体、どうしたら」
まりあ「ちょっとそれ、洗いすぎ！（と、野菜を取る）」
玲　子「……すみません」
まりあ「……私はね。別にいいの。慶太が幸せなら。でも、本当に慶太、幸せなのかな」
玲　子「え？」
まりあ「ちゃんと確認した？　慶太が本当に結婚したいか」
玲　子「え……」
まりあ「あいつあれで優しいから、あなたに気をつかってはっきり言えないだけかも」
玲　子「……！」
チャイムが鳴る。
サチの声「ちょっと猿君、出て～」

23　同・玄関（朝）

慶　太「はーい」
猿彦を持った慶太、寝癖でボサボサの頭で玄関を開けると、
菜々子「おはよう」
慶　太「は⁉　また来たの？」
菜々子「こちらで楽しい催しやってるって、聞いて」

慶　太「催し？　なにそれ」
と、猿彦が何かに反応してバタバタと両手を動かす。
菜々子「ね？　パパ（と、振り返ると）」
猿之助を抱いた富彦、無理やり連れてこられた様子。
慶　太「はあ⁉」

24　同・リビング

純、緊張気味に富彦にお茶を出す。
純「あ、あの、どうぞ」
富　彦「いや、我々にはお気を遣わず」
サ　チ「（お茶菓子を出し）ごゆっくりしていってくださいね」
富　彦「突然押しかけて申し訳ありません」
サ　チ「いえいえ（小声で慶太に）猿君、お父様も素敵ね！」
菜々子「今日はね、パパとＢａｍｕ－ｋｕレシピの試食係に来たのよ」
慶　太「試食？　わざわざ？」
菜々子「慶ちゃんの初めての企画部のお仕事だもの。でもただいただくだけじゃつまらないし……そうだ！　2チームに分かれてお料理対決なんてどうかしら？」
富　彦「母さん、あんまり口出しは」
まりあ「それすっごく面白いですね！」
菜々子「でしょでしょ？　じゃあ、慶太とまりあちゃんの『まりあちゃんチーム』と。えーと、経理部の」
玲　子「九鬼です」
菜々子「九鬼さんとそっちの子の『経理チーム』ね」
純「僕、経理部じゃないんですけど」
菜々子「はい、お料理始め！　アレ・キュイジーヌ‼」

25　同・台所

エプロンをしたまりあ、素早く野菜を刻む。
慶　太「おお、すげっ（玲子を見ると）」
割烹着を着た玲子、真剣な眼差しで恐ろしくゆっくりと野菜を切っている。
純「だ、大丈夫ですか？　僕やりましょうか？」
玲　子「いえ……今……話しかけ……ないでください」

×　　　×　　　×

手際のいいまりあ。次々に料理を完成させていく。
一方、恐ろしくゆっくりと慎重に料理をする玲子。

26　同・リビング

まりあが作った料理が並ぶ。

まりあ「お待たせしましたー！　鎌倉野菜のバーニャカウダ、ポタージュスープ、ゴロゴロ野菜のオーブン焼き、パスタに、お肉と合わせたメインの5品です」
菜々子「まあ、美味しそう！」
まりあ「全部ご家庭で簡単に作れるレシピなんですよ（取り分けて）どうぞ」
菜々子「（食べて）んんーっ、お店で食べる味ね！」
サチ「ほんと。美味しい」
富彦「いや、この短時間に、すごいな。親子で作れる、というのもいい」
菜々子「やっぱりまりあちゃん、理想のお嫁さんだわー、ねえ、慶ちゃん」
慶太「え」
菜々子「女性ばかりが包丁を持つ時代じゃないとはいえ、食事は健康の源ですよねえ。世の中が沈みがちな時は特に。ねえ？（とサチに）」
サチ「え、ええ」

×　　×　　×

玲子の声「お待たせいたしました」
玲子、お皿を運んでくる。
お皿をテーブルの上に置く玲子。
お皿の上に、小さな立方体が5つ並んでいる。
玲子「鎌倉野菜のサイコロ切り、5種、です」
一同「……」
菜々子「これは……これは何？」
玲子「鎌倉野菜をサイコロ状にカットしました。ただ、それだけです」
一同「……」
玲子「荒塩でお召し上がりください」
慶太「……あの、玲子さん、これだけ？　他のメニューは？」
玲子「ありません。ただ、これだけです」
菜々子「2時間かけて？」
純「でもその分、とても丁寧なカットを施されていました！」
菜々子「……」

菜々子、一つを口に入れる。

玲　子「……いかがでしょうか？」

菜々子「……」

菜々子、箸(はし)を置く。

慶　太「……」

純「素材そのものの良さは出ているかと思います！」

慶　太「うん、今、ガッキーがいいこと言った！」

菜々子「……」

富　彦「どれ。私も一つ、いただこうかな」

菜々子「慶ちゃん。あなた、このお嬢さんと、結婚するの？」

慶　太「！」

富　彦「……」

純「……」

まりあ「……」

サ　チ「……」

玲　子「……」

慶　太「……。（冗談めかして）何よそれー、母さんのとこまで情報回ってんの？」

菜々子「するの？　結婚」

慶　太「……」

玲　子「……」

慶　太「えっと……」

菜々子「するの？　しないの？」

玲　子「（慶太を見る）……」

慶　太「……」

猿　彦「……」

猿之助「……」

玲　子「……」

慶　太「……」

富　彦「（立ち上がり）そろそろおいとましよう。ごちそうさまでした」

サ　チ「いえいえ」

富彦、猿之助を抱き上げ、一瞬、慶太を見る。

慶　太「……」

富　彦「……。行くぞ」

菜々子「そうね！　あまり若い人のお邪魔をしてもだし。慶ちゃん、お母さん、そういうことなら安心したわ。いつまでもご迷惑おかけしてないで、早くうちに帰ってらっしゃい」

慶　太「……」

玲　子「……」

菜々子「じゃあね、まりあちゃん、今度お芝居でも一緒に！　お邪魔しましたー！」

去っていく富彦と菜々子。

慶　太「……」

純　「（玲子を見つめ）……」

玲　子「……」

慶　太「……。（いたたまれず）あ！　料理の写真撮るの忘れてた！」

サ　チ「あら」

慶　太「なんだよもー！　母さんたちがいきなり来たりするからさー！　作り直しじゃん！」

純　「なんでですか」

慶　太「え？」

純　「どうしてご両親の前ではっきり言ってあげないんですか？」

慶　太「は？」

純　「玲子さんの方から、結婚したい、違う二人でも歩み寄って、あなたと一緒にいたいって、そう言ってるのに、本気なのに……どうしてちゃんと応えてあげないんですか？」

慶　太「だから、それは」

純　「男らしくないんですよ。保留にするくらいなら断れよ」

慶　太「へ？」

純　「自由でいたいなら勝手にそうしろよ。覚悟がないなら、とっととこの家出て、自分の家帰れよ！　迷惑なんだよ！」

慶　太「ちょ、何そんなに熱くなってんのよ、ガッキー」

純　「好きだからだよ‼」

慶　太「はい？」

純　「玲子さんが、好きだからだよ！」

玲　子「え？」

慶　太「……」

玲　子「……」

純　「……。帰ります。お邪魔しました」

出ていく純。

まりあ「……私も帰りまーす。デザートまでできなかったけど、あと任せたわ」

去っていくまりあ。

慶　太「……」

玲　子「……」

27　スーパー（夕）

慶太、デザート作りのために、フルーツなどを買い出しに来た。

慶　太「（思い出し）……」

　　　×　　　×　　　×

菜々子の前で、はっきり結婚すると言えなかった時の、玲子の表情。

　　　×　　　×　　　×

慶　太「……。アーーーッ‼」

慶太、自分に苛立ち、そのストレスから、材料を大量にカゴに入れていく。

28　玲子の家・台所（夕）

レシピを見ながらサイトに載せる料理を作るサチ。
それを写真に収める玲子。

サ　チ「これでオッケーね」
玲　子「うん」
サ　チ「あとはバウムクーヘンか」
玲　子「お母さん」
サ　チ「うん？」
玲　子「私、ちょっと、先走りすぎたのかな……」
サ　チ「……お母さんも嬉しくて一緒に先走っちゃったから、おそろい」
玲　子「……」

ピンポーンとチャイムの音。

29　同・玄関（夕）

玲　子「はーい」

と、そこに現れたのは、息を切らした早乙女。

早乙女「玲子」
玲　子「早乙女さん……」

30　寺の近くの道（夜）

慶太、大量買いした食料を両手に提げ、重そうに歩いている。

慶　太「ん？」

境内のベンチに並んで座っているのは、玲子と早乙女。

慶　太「えっ？」
早乙女「やめてくれよ。結婚するなんて」
玲　子「え？」
慶　太「……」
玲　子「どうしてですか？」
早乙女「今の玲子、やけになってるだけだ」
玲　子「……やけになっている？」

早乙女「あの時、俺が、玲子の告白を断ったことがそうさせてるなら、俺……今度はちゃんと玲子と向き合うから」
玲　子「……」
早乙女「幼馴染でも妹でもなく……玲子のこと、ちゃんと女性として見るから」
玲　子「……」
早乙女「玲子との将来、ちゃんと考えていきたい。二人で」
玲　子「！」
慶　太「……」
玲　子「……今更です」
早乙女「今更かもしれないけど……放っておけない」
早乙女、玲子を抱きしめる。
玲　子「！」
慶　太「！」

31　玲子の家・台所（夜）

玲　子「……」
慶　太「……」
ラップの芯にクッキングペーパーを巻いたものを芯にして、出し巻き卵のような作り方で、フライパンでバウムクーヘンを作る玲子と慶太。
慶　太「玲子さん、入れすぎ、入れすぎだって！　ほら、ぐちゃぐちゃになっちゃってんじゃん！」
玲　子「猿渡さんこそ、もっと上手にくるっと巻けないんですか？」
慶　太「はあ？　俺のスキルのせいにしないでよ！　そっちが！」
玲　子「じゃあもう手出ししませんので」
慶　太「そういうこと言っちゃう？」
玲　子「……（生地を入れる）」
慶　太「だから、多いんだって！」
玲　子「もう一人でやってください」
慶　太「わかったよ！　もう頼まない」
玲　子「！」
慶　太「……」
玲　子「そもそも、こんなに材料を買ってきて」
慶　太「ちゃんと領収書もらったから。プロジェクトのために必要な経費だし」
玲　子「まさかこんな無駄な費用を会社の経費で落とすつもりですか？　チョコレートこんなに何枚も」
慶　太「全部味が違うんだって！」

玲　子「企画の予算はちゃんと把握しているんですか？　赤字になってしまっては」
慶　太「ああもうチマチマチマチマうるさいなあ！　クリエイティブのことなんてわかんないくせに！」
玲　子「あなたは計画性がなさすぎなんです！　また無駄遣いに逆戻りですか？」
慶　太「そっちこそ、結局早乙女に逆戻りかよ⁉」
玲　子「え？」
慶　太「抱きしめられて鼻の下伸ばしてデレデレしちゃってさ！」
玲　子「デレデレなんてしてません」
慶　太「してました」
玲　子「してません」
慶　太「してました」
玲　子「してました」
慶　太「してたんかいっ‼」
玲　子「仮にしてたとしても猿渡さんには関係ないじゃないですか」
慶　太「はあ？」
玲　子「猿渡さん、私と結婚したくないんですよね」
慶　太「……」
玲　子「……」

慶　太「……」
玲　子「まただんまりですか」
慶　太「！……そりゃだんまりもするよ！　玲子さん俺のこと計画性なさすぎとか言うけどさ、こっち置いてきぼりにして計画しすぎなんだよ」
玲　子「……」
慶　太「未来なんてわかんないんだからさ。その場でパッとひらめいた直感で進みたいわけ。いい波が来たら乗りたいわけ、いい球が来たら打ちたいわけ、それが、人生の醍醐(だいご)味(み)じゃないの？」
玲　子「私はそうは思いません」
慶　太「だからなんでそんな揺るがないわけ？　結婚なんて、普通もうちょっと悩むでしょ、揺らぐでしょ？　一生のことなんだから。だからみんなもびっくりして心配してんじゃん！」
玲　子「みんな？　みんなとは」
慶　太「……（苦し紛れに）よ、世の中だよ！」
玲　子「世の中？」
慶　太「……（止まらず）そうだよ、世を捨ててるから、そんなずれた感じになるんだよ！」
玲　子「……」
慶　太「……」
玲　子「……見えたんです。将来が」

慶　太「……」
玲　子「人を好きになって、将来が見えたら、プロポーズをしては、いけないのでしょうか?」
慶　太「……」
玲子、去っていく。

32　慶太の部屋（深夜）

慶太、眠れない。

慶　太「……」

慶太、布団から起き上がる。

慶　太「謝った方がいいよね?」

猿　彦「……」

慶　太「うん。わかった」

慶太、玲子に謝りに行こうとする。

と、襖の下からすっと紙が差し込まれる。

慶　太「?」

遠ざかっていく足音。

慶太、紙を開くと、

『プロポーズを撤回させていただきます。世の中を混乱させてしまい、申し訳ありませんでした』

慶　太「……」

33　モンキーパス・経理部（日替わり）

玲子、黙々と仕事をしている。
芽衣子「ジュニアは?」
玲　子「企画部です」
芽衣子「よかったね。猿渡くんがここ離れても、一緒にいられて」
玲　子「……その話は無くなりました」
芽衣子「え、そうなの!?」
玲子、淡々と仕事を続ける。

34　川べり

慶太、失敗作のバウムクーヘンを食べている。
慶　太「まっず」
富　彦「こないだは、あちらのご家族にご迷惑かけたな」
慶太の隣に座るのは、富彦。
富　彦「昔から、ママ、お前のこととなると、暴走機関車だ。ありゃあ、止まらん」
慶　太「……俺も、中途半端だったから」

富　彦「……いいお嬢さんじゃないか。まっすぐで。不器用で」
慶　太「……うん」
富　彦「好きなんだろ？」
慶　太「……うん」
慶太、バウムクーヘンを半分に割って富彦に渡す。
二人、並んでバウムクーヘンを食べる。
富　彦「バウムクーヘンってドイツ語で木のケーキっていう意味なんだよな」
慶　太「え？　そうなの？」
富　彦「そんなことも知らんのか。ほら、この層が、一年一年、増えていく木の年輪のようだろう」
慶　太「年輪……」
富　彦「何も決まってない自由な未来は、そりゃわくわくするさ。だが……本当に大事な人と、一年一年、重ねていく未来も、それ以上に楽しいもんだぞ」
慶　太「……」

35　鎌倉・玲子の部屋（夕）

会社から帰ってきた玲子。

マイバッグと方丈記を手に、どこかへ出かけていく。

36　寺（夕）

玲子、マグからほうじ茶を注ぎ、羊羹を一口。

心地よい風が吹く。

玲子の声「鈴虫の声。少し涼しい風は、もう秋の匂い。ありがとう、羊羹一切れ。ありがとう、60円」

チャリーンという心の中のお金の音。

その音が、いつもと違って、寂しく響く。

玲　子「良き……。良き……？」

玲子、方丈記に目を落とす。

鐘の音。

ひとりぼっちの玲子の背中は寂しそう。

37　玲子の部屋（夕）

慶　太「ただいま～。玲子さん？」
慶太、テーブルに置かれている玲子のノートに気づく。
慶　太「……」

慶　太「……」

ページをめくると、例のライフプランの年表。

慶　太「……」

次のページをめくると、たくさんの二重丸。

慶　太「ん？」

×　　×　　×

玲子、自作の丸いスタンプをノートに押している。

×　　×　　×

慶　太「……」

その二重丸はバウムクーヘン。

そして、バウムクーヘンの穴の中に入れるもののアイデアがたくさん書き込まれている。

『おまめ』『抹茶ゼリー』『わらび餅』『カレー？』『おでん？』

玲子らしく、ずれまくってはいるが、とても一生懸命考えられたアイデア。

慶　太「（ふと笑って）……」

と、慶太、気づく。

自分が手作りした猿柄の豆皿が、いつの間にか、窓際に飾られている。

慶　太「……」

38　寺（夕～夜）

玲子、本を読んでいる。

玲　子「（足音に気づき）……」

慶　太「何読んでるの？」

猿彦を抱いた慶太が来る。

玲　子「（本の背表紙を見せ）この本、猿が出てくるんですよ？」

慶　太「え、そうなの？」

玲　子「『もし、夜しづかなれば、窓の月に故人をしのび、猿の声に袖をうるほす。草むらの蛍は、遠く槇の島の篝火にまがひ、暁の雨は、おのづから木の葉吹く嵐に似たり』」

慶　太「……」

玲　子「静かな夜は月を見て、もう会えない人を思い出す。猿の声を聞いて涙をこぼす。まるで篝火みたいに草むらには蛍が飛び交い、夜明け前の雨は、風に舞う木の葉に似ている」

慶　太「……」

玲　子「今までは……全部一人で決めて、いつも一人で行動してきたから。自分がずれているなんて気づきもしなかったんです。でも、あなたが現れて、そのせいで、いろんな人と関わるようになって。やっぱり、猿渡さんや、みんながおっしゃるように、私はちょっと世の人から、ずれているみたいですね」

慶　太「……」

玲　子「でも……あなたが経理部からいなくなってしまうと思ったら、あなたが鎌倉の家から出て行ってしまうと思ったら、あなたが、私のそばからいなくなってしまうと思ったら、とても、とても、寂しくなって」

慶　太「……」

玲　子「だから、ずっと一緒にいたいと思いました。静かな夜も、蛍が飛ぶときも、木の葉が舞うときも」

慶　太「……」

玲　子「あなたが隣にいる未来を計画することは、私にとっては、やっぱり、幸せなんです」

慶　太「……」

玲　子「……」

慶　太「……そっか」

慶太、猿彦を放つ。

猿彦、玲子に近づく。

背中にくくりつけられているのは、小さな箱。

玲　子「?」

慶　太「開けてみて」

玲子、開けると、それはとても小さなバウムクーヘン。

玲　子「なんですか、これは」

慶　太「今焼いてきた。ミニバウムクーヘン。かわいいでしょ」

玲　子「かわいいですが、これでは、お腹いっぱいにならないですよ」

慶　太「俺、わかったの。バウムクーヘンの穴に入れるもの」

慶太、ミニバウムクーヘンを手に取ると、玲子の左手の薬指に。

玲　子「……」

慶　太「結婚しよう。玲子さん」

玲　子「……」

慶　太「二人で一緒に、時を重ねよう」

玲　子「……」

慶　太「そんでもって……ジャーン!」

慶太、自分の左手を見せる。

全部の指にバウムクーヘンがはまっている。

玲　子「……」

玲子、笑って、

玲子「子供ですか」

慶太「子供です」

玲子「小さい頃、よくやりましたね」

慶太「こうやって食べるとなんか美味しいよね（と、食べる）」

玲子「（も、薬指のバウムクーヘンを食べる）」

慶太「え、ちょっと、食べちゃうの⁉」

玲子「（笑う）……」

慶太「……」

二人、キスをする。

いつしか暮れた境内に、蛍が飛び交う。

39 モンキーパス・経理部（深夜）

誰もいない深夜の経理部。何者かが侵入し、全員のデスクの上に封書を置いていく。

×　　×　　×

日替わり。一番に出勤した玲子。

デスクに置かれた封筒を開くと、

『この会社は、重大な不正をしています』

玲子「……」

第6話

おこづかいとお誕生日

5話のリフレイン

慶太から玲子へのプロポーズ。

慶　太「結婚しよう、玲子さん」

蛍が飛び交う中、慶太、玲子、キスをする。

1　鎌倉・玲子の家・外（朝）

玲　子「行ってきます」

慶　太「ママ、行ってきまーす！」

出勤する玲子と慶太。

サチ、玄関先をホウキで掃きながら、

サ　チ「行ってらっしゃーい！」

サチ、少し待って、門の外に出てみる。

歩いていた玲子と慶太、少しずつ近づき、手をつなぐ。

サ　チ「（微笑む）」

2　同・道（朝）

玲子、慶太、手をつないで歩く。

玲子の声「いつもの朝。良き。いつもの道。良き。いつもの海。良き」

玲　子「（慶太を見る）」

慶　太「（笑って、つないだ手を大袈裟にぶんぶんと振って歩く）」

玲子の声「いつもの猿渡さん。ああ、良き」

玲子、手を離し、

玲子の声「ありがとう、猿渡さん。無料」

玲子、慶太に両手を合わせる。

慶　太「え？　どゆこと？」

チャリーンと心の中のお金の音。

3　会社近くの道（朝）

純、浮かない顔で歩いている。

純の声「最悪だ。最悪最悪最悪最悪」

×　　　×　　　×

5話

純　「玲子さんが、好きだからだよ！」

玲　子「……」

純の声「あの時の、玲子さんの顔……」

×　　　×　　　×

歩いている純。

純の声「そりゃびっくりするよな、いったいどんな顔して会ったら。いや、もういっそ開き直るしかなくない？　だって好きってバレちゃったんだし。むしろこれって大逆転のチャンスじゃない？　玲子さんだって冷静に考えればあの猿より僕の方が……」
純、気付く。
前を歩くのは、手をつないだ玲子と慶太。
純「！」
玲子「猿渡さん、そろそろ会社ですので」
慶太「えー、さみしい、離したくない（と、手を離さず）」
玲子「手はまた、帰りにつなげますから」
慶太「えー、それまで待てない（と、手を離さず）」
玲子「……実は、私も名残惜しいです」
慶太「もー、か、わ、い、いー！」
純「……」
慶太「じゃあ、3、2、1で同時に離す？」
玲子「はい」
玲子「3、2」
慶太
慶太「1！（玲子にチュッとキスをする）」
純「!!」
玲子「（照れ）……」
慶太「あ、ガッキー！」
玲子「！」
純「！　お、おはようございます」
玲子「おはようございます」
純「……」
慶太「……ちょっ、ちょっと、ガッキー、話しよ！」
純を連れていく慶太。

4　会社近くのベンチ（朝）

純「はぁ!?　結局、結婚、するんですか!?」
慶太「ごめんなさい」
純「はい？」
慶太「俺、ガッキーの気持ち、全然気づかなくて」
純「……」
慶太「でも、玲子さんだけは譲れない。だから、ガッキーの分も俺が玲子さんを幸せにするから！」
純「……」
慶太「いや、わかるよ。好きになっちゃうその気持ち。だってやっぱ、玲子さん、かわいいもん。ぷくってしたほっぺも、怒った顔も、笑った顔も、料理全然できないところも……」
純の声「僕の告白が、この世界になんの影響も与えて

慶　太「ひとつひとつが全部愛おしいんだよなあ……
　ねえ、ガッキー。あれ？　いない!?」
　　　純、虚ろな様子で去っていく。
　　　いないという事実……」

5　モンキーパス・経理部（朝）

　　　入ってきた玲子、自分のデスクへ。
　　　と、一枚の封筒が置いてある。
玲　子「？」
　　　玲子、気付く。
　　　全てのデスクに同じ封筒が。
　　　玲子、封筒を開ける。
玲　子「……！」
芽衣子「おはよー。どうかした？」
玲　子「謎の怪文書が」
　　　玲子、芽衣子に紙を渡す。
　　　　×　　　×　　　×
　　　『この会社は、重大な不正をしています』
　　　という怪文書を見つめる経理部一同。
美　月「わざわざ経理部に忍び込んで置いていったっ
　てことはお金絡みってことですよね」
猪ノ口「嫌がらせなのか、それとも、告発なのか……」
白　兎「俺は何も心当たりないよ！　とりあえずコン
　プライアンスに相談してくるから（と、出てい
　く）」
　　　一同、白兎を見る。
玲　子「……」
芽衣子「仕事しよ、ただのイタズラかも」
　　　一同、自分のデスクへ。
猪ノ口「でもなんか気持ち悪いですよね」
美　月「運気下がってないですか？　うちの部署。そ
　ういえば、九鬼さんと猿渡さんの結婚もなくな
　っちゃうし」
玲　子「その件ですが、結婚がなくなった話は、なく
　なりました」
芽衣子「え!?　ってことは……」
　　　領収書を持ってきた鶴屋、話を聞いていて、
鶴　屋「結婚？　ジュニアが？」

6　同・会議室

　　　役員会議が行われている。
早乙女「このたび、御社の社外監査役を務めさせてい
　ただくことになりました、公認会計士の早乙女
　健です」

鷹　野「皆さんご存知、テレビで今話題の先生です。うちの会計監査はスキャンダルのなきようにビシッとお願いしますよ」

一同から笑いが起こる。

鷹　野「モンキーパスは子供に夢を売る会社ですから」

富　彦「……」

×　　　×　　　×

会議終わり。

早乙女「社長。よろしくお願いいたします」

富　彦「どうぞお手柔らかに」

役員1「聞きましたよ、御子息様のご婚約」

役員2「社内、その話題で持ちきりらしいですね」

早乙女「……」

7　寺の近くの道（回想・5話の続き）

玲子の結婚の噂を聞いて、鎌倉に駆けつけた早乙女。

早乙女「今更かもしれないけど……放っておけない」

早乙女、玲子を抱きしめる。

だが、玲子、ゆっくりとその手を解く。

玲　子「もう、終わらせたんです。早乙女さんへの想いは」

早乙女「……」

玲　子「好きなんです。猿渡さんのことが。出会って日は浅いですが……それでも、好きになりました」

8　モンキーパス・廊下

早乙女「……」

早乙女、歩いている。

と、領収書を持って営業部に向かう玲子の姿。

早乙女「……」

早乙女、玲子に声はかけず、去っていく。

9　鎌倉・玲子の家（夕）

慶　太「ママ、おかわりー！」

ひかり「（ご飯を食べながら）二人、ホントに結婚するんだ。うける」

玲　子「ウケていただき、本望です。でも、まだ猿渡さんのご両親への報告が済んでいないので」

サチ、季節の炊き込みご飯をよそいながら、サチ「え?」
ひかり「え?　やばくない、それ」
慶太「こないだここ来た時、ちょろっとそんな話題になったし大丈夫なんじゃない?」
玲子「そういうわけにはいきません。ご両親にきちんと結婚のご挨拶をしなければ」
サチ「そうよ、結婚は家と家のことなんだから」
慶太「今時、『家』って。俺たちが結婚するって言ってんだから、それでいいじゃない。大人なんだし」
ひかり「よくないって。だってやばいじゃん慶太のママ。こないだもお姉さんのことガン見して監視してたし、言わずに話進めたら絶対暴れるよ、あのおばさん」

10　猿渡家・リビング（日替わり）

菜々子、嬉しそうにタブレットを見ている。

菜々子「富彦さん、次の土曜日、あけておいてね、慶ちゃんの誕生日」
富彦「ああ……しかしあいつも予定があるんじゃ（ないか?）」
菜々子「今年はどこのケーキにしようかしら」
タブレットで見るのは、洋菓子店の豪華な誕生日ケーキ。
と、チャイムが鳴る。
菜々子「誰かしら（インターホンに）はーい」

11　同・外玄関

菜々子、興奮した様子で出てくる。

菜々子「慶ーちゃーーーーん‼　お帰りなさい！　お昼食べた?　いますぐ準備するからね！　あ、昨日いただいた美味しいお肉があるの！」
慶太「母さん」
菜々子「あ、慶ちゃんが大好きなフレンチトースト焼こう！　それとも苺たっぷりのパンケーキ?」
慶太「どっちがいい?」
菜々子「え?」

慶太の後ろから顔を出したのは、玲子。

玲子「おはようございます」
菜々子「……!」
玲子「フレンチトーストが好きです」
菜々子「……」

12　同・リビング

手土産のくるみクッキーが置かれている。
富彦、菜々子と向き合う玲子、慶太。

慶　太「ってことで、俺たち結婚することにしたから」
玲　子「（頭を下げる）」
菜々子「！」
富　彦「お前、責任持って玲子さんを幸せにしないといけないぞ」
慶　太「わかってるよ」
菜々子「ママは認めません！」
富　彦「（来た、と）」
慶　太「何が気に入らないんだよ」
菜々子「早いのよ、話が早すぎるのよ、勝手に進めないで！　だって、お母さん、この……えっと経理部の」
玲　子「九鬼です」
菜々子「九鬼さんのこと、何も知らないもの」
慶　太「知ってどうすんの。俺が結婚するんであって、母さんが」
菜々子「慶ちゃんの結婚は、私の結婚です！」
慶　太「はあ⁉」
富　彦「ママ。慶太ももう大人なんだから」
慶　太「俺もう自立した大人よ？　いい加減、子離れ（してよ）」
玲　子「（遮り）いいえ。お母さまのおっしゃる通りです」
慶　太「え？」
玲　子「私もお母さまに私のことを知っていただきたいですし、猿渡さんのご家族のことをもっと知りたいです。そう思って参りました」
菜々子「……『お母さま』とか」
玲　子「つきましては」
慶　太「つきましては？」

玲子、大きなバッグから取り出すのは、手拭い、歯ブラシ、化粧水、靴下、着替え、そして、パジャマ。

慶　太
富　彦「？」
菜々子

玲子、丁寧にお辞儀をして、

玲　子「本日より、しばし、猿渡さんのお宅に、お世話になります」
菜々子「！」
富　彦「……」
慶　太「はあっ⁉」

タイトル『おカネの切れ目が恋のはじまり』⑥

13　猿渡家・外玄関

玲子、強引に慶太を送り出す。

玲　子「ということで、猿渡さんはお帰りください」
慶　太「だから、なんで⁉」
玲　子「ですから、私は猿渡さんのお宅にお世話になりますので、猿渡さんは私の家でごゆっくりと」
慶　太「だからなんでそうなるの⁉　なにそのお家交換⁉　玲子さんがうち泊まるなら俺も泊まるよ」
玲　子「いえ。ゆっくりとご両親にお話ししたいこともありますので」
慶　太「話したいことって?」
玲　子「……さようなら、猿渡さん。また会う日まで」

玲子、門を閉める。

慶　太「玲子さん!」

14　同・リビング

菜々子「あなた、正気なの⁉」
富　彦「ママも玲子さんのこと、よく知りたいんだろ?　いい機会じゃないか」
菜々子「それは」
玲　子「ありがとうございます。お言葉に甘えてお世話になります（エプロンをしながら）まずは、フレンチトーストの作り方を教えていただけますか?」
菜々子「嫌よ、絶対に嫌‼」

菜々子、台所に向かう玲子を追いかけ、

菜々子「勝手にお台所に入らないで!　お料理もろくにできないくせに!」
富　彦「（やれやれ）」

15　モンキーパス・企画部（日替わり）

慶太、まりあ、純、『Ｂａｍｕ－ｋｕ×鎌倉野菜』のレシピサイトを作りながら、

まりあ「それであの子、一人で慶太の実家に?」
慶　太「うん。有給使って潜入してる」

まりあ「よくやるわ……」

16　猿渡家

掃除をする玲子。
壺を磨く玲子。
芝刈りをする玲子。
そんな玲子を気に入らない顔で見ている菜々子。

まりあの声「あのお母さんと同居なんて、私、絶対無理！」

17　モンキーパス・企画部

慶　太「（諦めたように）もうね、いいんだ。俺驚かないよ、玲子さんが何しても。この先もずっと玲子さんが作り出すわけわかんない流れに流されて生きていくんだよきっと。結婚ってそういうことなんだよ……ね、ガッキー！」
純　「（パソコンを見せて）企画書です」
慶　太「企画書？（と、見る）」
純　「昔のBamu－kuの商品の在庫があったら、今回の復刻版発売と併せて、ダブルプレゼントキャンペーンをしてはどうかと思いまして」
まりあ「いいんじゃない？（昔の商品画像を見て）このおもちゃとか懐かしいし！　話題になると思う」
慶　太「ガッキー最高じゃん」
純　「在庫があるか問い合わせてみます（と、行く）」
慶　太「あ、じゃ俺も」
純　「結構です。あなたはどうぞマリッジハイで浮かれててください」
慶　太「え？」
純　「……僕にはもう、仕事しかありませんから」
純、去っていく。
まりあ「（どこか心配そうに）……」
慶　太「……」

18　猿渡家・庭

菜々子「やっぱり外でのお茶は気持ちがいいわねえ」
菜々子と奥様仲間の志津子、百合子、真理子、アフタヌーンティーを楽しんでいる。
玲子、お盆に大量のティーポットを載せ、
玲　子「ダージリンファーストフラッシュ、セイロンディンブラ、アールグレイ、アッサム、ウバ、ルフナ、いかがいたしましょう」
志津子「ありがとう、本当気が利くわねえ、新しいお手伝いさん」
玲　子「！（菜々子を見る）」
菜々子「（否定せずにスコーンを頬張る）」
志津子「ダージリンをいただくわ」
玲　子「はい！（慎重にお茶を注ぐ）」
百合子「今度うちでもお願いしたいわ」
真理子「うちのお片付けも手伝って欲しい！」
玲　子「（菜々子を見る）」
菜々子「（無視）」
玲　子「はい。私でよろしければ」
菜々子「そうそう！　アフタヌーンティーといえばね、あれは慶ちゃんが中2の時だったわね」
玲　子「（お手伝いしながら聞いている）」
菜々子「オックスフォードのクライストチャーチ。ハリー・ポッターの食堂に連れて行ったら慶ちゃん大喜びで、せっかくだから同じ衣装で写真を撮ったわ。とても似合ってた」

×　　×　　×

時間経過。

百合子「今Bunkamuraでやってる映画が面白いらしいの、今度みんなで行かない？」
菜々子「映画といえば、あれは慶ちゃんが小4の時だったわね。葉山(はやま)の別荘に撮影隊の方がいらして慶ちゃんに」

×　　×　　×

時間経過。

志津子「真理子さんのお嬢さん、バレエ団と契約したんですって？」
真理子「ええ、ようやく決まって」
菜々子「バレエといえばあれは慶ちゃんが5歳の時の発表会ね」
志津子
百合子「……」
真理子
玲　子「……」

×　　×　　×

玲子、片付けている。
志津子たち、帰り支度をしながら、小さく、
志津子「今日もエンドレスだったわね」
百合子「慶ちゃんトーク、独演会！」
真理子「何度も聞かされてるからもう覚えちゃったわよ」
志津子「生きがいが30こえた息子だけなんて。あわれよねえ」

玲　子「……」
菜々子「（来て）じゃあまた、近いうちに集まりましょ」
　　去っていく志津子たち。
　　笑顔で手を振る菜々子。
　　姿が消えると、素の顔になり、
菜々子「ふう、お付き合いも、気を遣うわ」
玲　子「……」
菜々子「何か？」
玲　子「いえ。あの。さっきの話、もっと聞かせていただけますか？」
菜々子「さっきの？」
玲　子「慶太さんの、お話を」
菜々子「……聞きたい？」

19　同・リビング

　　DVD『慶ちゃんの歩み　vol.12　慶ちゃん5歳』
　　慶太5歳の誕生日会の映像。
　　王冠をかぶった慶太。
　　外車の小さな車に乗って慶太、満面の笑み。
玲　子「可愛い」
菜々子「でしょ⁉　この頃は、車に夢中でね。これはね、ドイツの会社に頼んで特注でおもちゃの車にしてもらったの」
玲　子「首から提げているこのキラキラのものは？」
菜々子「気づいた？　一日パスポート」
玲　子「一日パスポート？」
菜々子「私が作ったの。毎年誕生日にはね、このパスポートをまずプレゼントして、朝から晩まで、慶ちゃんのしたいこと、なんでもさせてあげるの。どんなリクエストが来るか分からないから、毎年大変よ！」
玲　子「そこまで愛されて、猿渡さんは幸せですね」
　　　　×　　　×　　　×
　　DVD『慶ちゃんの歩み　vol.87　慶ちゃん17歳』
　　映像、高校生の慶太。
菜々子『慶ちゃん、お誕生日おめでとう！』
慶　太『あー、はいはい』
　　プレゼントとおこづかいの封筒を渡され、面倒くさそうな慶太。
菜々子『今夜は、たいよう軒、予約してるから、学校までお迎えに行くわね』
慶　太『今日無理、友達と約束あるから』

慶太、学校へ行ってしまう。

菜々子「どうして子供って、おっきくなっちゃうのかしらね……」

玲　子「……。あの、お母様。お話が」

菜々子、はっとして、

菜々子「説得しようとしてもムダよ。私、あなたのお母様になるつもりはないから」

菜々子、去って行く。

玲　子「……話せなかった」

玲子、ふうとため息をつく。

20　玲子の家・リビング（夜）

慶　太「玲子さん？　そっちはどう？」

21　猿渡家・和室（夜）

布団のそばで玲子が電話している。

玲　子「お風呂（ふろ）をいただいて、寝るところです。今日は猿渡さんのお話をたくさん聞けました」

以下、カットバック。

22　玲子の家・リビング（夜）

慶　太「俺の？　また母さんか……ねえ、玲子さん、いつ帰ってくるの」

玲　子「するべきことをしたらです」

慶　太「するべきことってなによ？」

玲　子「今日は、もう寝ますね。明日早起きする予定なので」

慶　太「えーっ」

玲　子「おやすみなさい」

慶　太「……おやすみ」

玲　子「……」

電話を切った玲子。スマホを見つめ慶太を思う。

慶　太「……」

電話を切った慶太。スマホを見つめ玲子を思う。

慶　太「ふうう……」

慶太、猿彦を抱きしめ、寝転がる。

サ　チ「どうしたの、元気ないわね」

サチ、注ぐのは、ビール。

慶　太「お」

サチ「玲子、飲まないから。鬼のいぬ間に」
慶太「いいねー（と、サチとグラスを合わせる）なんかさ、すごいよね、玲子さんて」
サチ「玲子が？」
慶太「普通さ、旦那（だんな）の実家に、一人で乗り込むとかありえないじゃん」
サチ「まあ、普通だったら死んでも嫌よね」
慶太「メンタル強いと言うか、違うな、まっすぐで、純粋なんだよな」
サチ「ふふ」
慶太「なんか俺もできることないかな……」
サチ「できること？」
慶太「あ、そういえば、玲子さんがうちの両親に話したいことあるって言ってたけど、なんだろう？」
サチ「話したいこと……あ」
慶太「え？」
サチ「猿君ごめん、私……ものすっごい大事なこと忘れてた！」
慶太「え、何なに」
サチ「お父さんのことよ！」
慶太「お父さん？」
サチ「玲子の父親が昔、罪を犯してたなんて知ったら、猿君のご両親……どうしよう、そのせいで、結婚がダメになっちゃったら」
慶太「いや、玲子さんのお父さんめっちゃいい人だし、大丈夫でしょ（と、ビールを飲む）」
サチ「軽っ」
慶太「そもそも、仮にうちの親が反対したって、俺が結婚するって言ってるんだからダメになることとなんて」
サチ「あの子がそんなほころび、見ないふりして、そのまま結婚すると思う？」
慶太「……」

23 伊豆・港（日替わり、早朝）

船から荷下ろしをしている玲子の父・保男。

慶太の声「おとうさーん‼」

慶太、満面の笑みで走り寄って来る。

保男「猿渡君⁉」
慶太「お父さん、おはようございます！」
保男「どうした？　こんな早くに」
慶太「レンタカー飛ばしてきちゃった」
保男「一人で？」
慶太「うん！」

保　男「もしかして……玲子に何かあったのか？」
慶　太「さすがお父さん！　鋭い！　あのね、お父さん、玲子さんね……」
保　男「……」
慶　太「結婚しちゃいますっ！」
保　男「結婚？……なんだ結婚か、驚かせないでくれよ……結婚？　玲子が？」
慶　太「僕と！」
保　男「君と？」
慶　太「そう、だからお父さん、今日からリアルガチに俺のパパだから」
保　男「そうか、玲子が結婚……そうか（微笑み、涙ぐむ）」
慶　太「……で！　お父さんにお願いがあって」
保　男「お願い？」

24　猿渡家・リビング（朝）

玲子、とても慎重にコーヒーを淹れている。
窓際の椅子で、富彦、方丈記を読んでいる。
富　彦「『春は藤波を見る、紫雲のごとくして西方に匂ふ。夏は郭公をきく、かたらふごとに死出の山路をちぎる』」
玲　子「『秋は日ぐらしの聲耳に満てり』」
玲子、コーヒーを富彦のそばに置く。
富　彦「……ありがとう。（暗誦して）『うつせみの世をかなしむかと聞こゆ』」
玲　子「『冬は雪をあはれぶ』」
富　彦「『つもりきゆるさま』」
玲　子「『罪障にたとへつべし』」
富　彦「……いいなあ」
玲　子「いいですね」
微笑む玲子と富彦。
そんな様子を菜々子、見つめ、
菜々子「……今日は買い物に行かなくちゃ。慶ちゃんのお誕生日プレゼントを買いに」
玲　子「お供します！」

25　街

玲子、菜々子の買い物の荷物持ち。
両手にたくさんの紙袋を提げている。
菜々子「あら！　あのジャケットもいいわね！　絶対慶ちゃんに似合うわ。慶ちゃんてば、なんでも着こなしちゃうのよねー」
玲　子「あの……お誕生日プレゼント、一体いくつ買われるんですか」
菜々子「いくつあったって、足りないわよ！　年に一度のお誕生日じゃない！」
玲　子「後でお母様にもおこづかい帳を差し上げます」
菜々子「なんですって?」

と、建物から、出て来る女性たち。

志津子「(華道展のパンフレットを手に) 素敵だった〜」
百合子「いいわねえ、こういう時間」
菜々子「……」

と、志津子たち、菜々子に気付く。

志津子「あら」
菜々子「あら」
志津子「お買い物?」
菜々子「ええ」
志津子「風月(ふうげつ)先生のいけばな展、菜々子さんもお声がけしようと思っていたんだけれど、もういらしてたかなって」
玲　子「……」
菜々子「……ええ、そうなの。私も皆さんお誘いしようと思ったんだけれど、他のお友達に誘われて初日にね。じゃ、ごめんなさいね、この後予定があって (と、行く)」
玲　子「……」
百合子「(玲子を見ている)」

26　公園

ベンチに座っている玲子、菜々子。

菜々子「苦手なのよね、女同士でつるむのって」
玲　子「……」
菜々子「小さい頃からよく陰口叩(たた)かれたわ。わがままだとか、すぐ父親がしゃしゃり出て来てずるいとか」
玲　子「すみません」
菜々子「え?」
玲　子「私、友達がいないもので、その悩み、あまり、理解して差し上げられなくて」
菜々子「あなた、友達、いないの?」
玲　子「はい」
菜々子「確かにいなそうね。けど、そうまっすぐ言われると気持ちがいいものね」
玲　子「あ、でも、最近は人付き合いが増えたような気がします。高校生のひかりちゃんとか、職場の皆さんとも。猿渡さんと会ったおかげで」

菜々子「あの子は、人類皆友達だもの」
玲　子「きっと人が好きなんですね、猿渡さんは。だから、人にも好かれるんだと思います」
菜々子「……。どこかでお茶して帰る？」
玲　子「お茶なら」
玲子、マグを取り出す。
菜々子「用意がいいのね」
玲　子「お宅のお湯をお借りしました。おやつもありますよ」
玲子、手土産のくるみクッキーを取り出す。
玲　子「召し上がる気配がなかったので」
菜々子「……一つ、いただくわ」
菜々子、玲子、くるみクッキーと温かいほうじ茶で一服。
菜々子「……おいしい」
玲　子「良き……」
菜々子「……」
秋の風が吹く。
と、菜々子のスマホが鳴る。
菜々子「!!」
慶太からの着信。菜々子、すぐに出て、
菜々子「慶ちゃん？　電話くれるなんていつぶりかしら？　今夜？　あら珍しい、もちろんよ！　お誕生日イブのお祝いね！……え？　ええ、一緒だけど（と、玲子を見る）」
玲　子「？」
菜々子「わかりました、伝えます。（玲子に）慶ちゃんが、今夜一緒に夕飯でもどうって。あなたも」
玲　子「お母様がよろしければ」
菜々子「……まあ、仕方ないわね、慶ちゃんのお誘いだもの」

27　猿渡家・リビング（夕）

お洒落(しゃれ)をした菜々子、ご機嫌に鼻歌を歌っている。
と、インターホンが鳴る。
菜々子「はーい……あら」

×　　×　　×

訪ねてきたのは、奥様仲間の百合子。
菜々子「どうしたの？」
百合子「お手伝いさん、今日はいらっしゃらないの？」
菜々子「お手伝いさん？　ああ、あの子は」
百合子「私思い出したんだけど、あの子ってもしかして」

菜々子「……」

28　レストラン（夜）

中華料理の円卓に、慶太、玲子、富彦、サチ。

玲　子「お母様は、美容室で髪をセットしてからいらっしゃるそうです」
慶　太「あ、そう」
サ　チ「（富彦に）こんな格好ですみません、まさかご両親がいらっしゃるとは」
富　彦「私もなにも聞かされていませんで……（慶太に）おい、言っとけよ」
慶　太「ふふーん、サプラーイズ！」
富　彦「なんだそのサプラーイズっていうのは」
慶　太「お、きたきた」

菜々子、来る。

菜々子「……」
サ　チ「あの、どうも」
菜々子「あら（慶太に）どういうこと」
慶　太「だから、サプライズなんだってば」
玲　子「さっきから、一体、何のサプライズを」
慶　太「だから、普通のご飯と思って来てみたら、ご両家顔合わせ！　のサプラーイズ！」
玲　子
サ　チ「……」
富　彦
菜々子「……」
慶　太「どう？　びっくりした？」
サ　チ「猿君、それダメよ、それ絶対絶対ダメ」
慶　太「なんでよ」
サ　チ「だってTシャツで、来ちゃったじゃない！」
富　彦「本当にすみません、こんな息子で。お前ってやつは」
慶　太「なんで？　いいじゃない、おめでたい席なんだから！」

玲子、用意されたもう一つの席に目をやる。

慶　太「あ、気づいちゃった？　実は、もう一人、ゲストが来ます！」
玲　子「……それって、まさか」
慶　太「玲子さんのお父さん。今朝伊豆に行って、お願いしてきた」
玲　子「……」
サ　チ「……」
玲　子「猿渡さん、ちょっと」

玲子、慶太をすみに連れて行く。

玲　子「困ります」
慶　太「え？」
玲　子「物事には、順序ってものが」
慶　太「みんなで一緒にご飯食べてお酒飲んで喋れば
　さ、絶対仲良くなれるって」
玲　子「……」
慶　太「喜んでたよ。お父さん。玲子さんが結婚する
　って聞いて。すごく」
玲　子「……」
　そんな様子を見つめている菜々子。
菜々子「……」
富　彦「（菜々子を見つめ）……」

× × ×

　30分後。保男は来ない。
玲　子「……」
慶　太「……」
サ　チ「あの、これ以上お待たせしても申し訳ありま
　せんので」
慶　太「もうちょっと！　電車間違っちゃったのかも
　しれないし」
サ　チ「でも」
菜々子「そうよね。顔なんて出せるわけがない」
サ　チ「え」
菜々子「お友達のお嬢さんが昔有名なテニススクール
　に入ってらしてね。玲子さん、あなた、有望な
　選手だったらしいわね」
玲　子「！」
菜々子「（サチに）来られるわけないですよね、そち
　らのお父様が過去にされたことを考えたら」
サ　チ「……」
富　彦「？」
慶　太「母さん」
玲　子「父のこと、きちんとお話しさせてください」
　玲子、真っ直ぐに富彦と菜々子に向かって、
玲　子「私の父は、かつて罪を犯しました。経理を担
　当していた会社のお金を、横領しました」
富　彦「……」
玲　子「それは私のためでした。テニススクールの費
　用を、私の夢を叶（かな）えるためでした。もちろん、
　それは間違ったことです。父は今、罪を償って、
　静かに暮らしています」
富　彦「……」
菜々子「……」
玲　子「その父と私を、慶太さんが15年ぶりに会わせ
　てくれました」
慶　太「……」

玲子「これまで、私は、父のことを考えないように
してきました。父のことを忘れようと、全部を、
なかったことにしようと、してきたんだと、思
います」

サチ「……」

玲子「父に会って、思ったのは……でもやっぱり、
お父さんは、私のお父さんなんだなって」

富彦「……」

慶太「……」

玲子「だから……父のことも含めて、私の家族を、
認めていただきたいんです」

サチ「……」

玲子「お話しするのが遅くなってしまって、申し訳
ありません。……どうか、許していただけませ
んか」

富彦「……」

菜々子「……」

サチ「私からもお願いします。この子にたくさん背
負わせてしまって……でも、この子のせいじゃ
ないんです。あの人も、決して悪い人じゃなく
て。私が、何も気づけなかったから……私のせ
いなんです」

玲子「お母さん……」

サチ「ですから、どうか」

菜々子「許せるわけがないでしょう?」

玲子「……」

サチ「……」

富彦「……」

菜々子「言い訳はたくさん。どこの、誰が、そんな人
と、家族になれるって」

慶太「……」

菜々子「誰が、自分の大事な息子を、そんな犯罪者
の」

富彦「黙りなさい‼」

菜々子「……!」

玲子「……」

富彦「玲子さん。話してくれてありがとう。許すと
か、許さないとか、私はそんな偉い人間ではな
い。だから、私が一つだけ、言いたいのは……
本当にこんなバカ息子でいいんでしたら、どう
か、こいつをもらってやってください。どうし
ようもないやつですが、人の痛みはわかる男で
す」

慶太「父さん」

富彦「どうか、よろしくお願いします」

富彦、頭を下げる。

慶　太「……」
玲　子「……」
サ　チ「……」
菜々子「なんなのよ……言ってるじゃない。勝手に進めないでよ！　私抜きで、そんな、勝手に！」
慶　太「あぁもううるさいなあ！　勘当だよ！」
玲　子「……」
サ　チ「……」
富　彦「……」
菜々子「勘当？」
慶　太「母さんなんか勘当だよ‼　玲子さんのお父さんのことなんにも知らないくせに‼　母さんに紹介しようと思ったのが間違いだった！」
菜々子「！　慶ちゃん、ママね」
慶　太「いい加減子離れしてくれよ！　もう俺のことは放っといてくれよ！　いつもいっつも、迷惑なんだよ‼」
菜々子「……！」
慶　太「玲子さん、サチさん、行こっ」
玲　子「猿渡さん」
慶　太「いいから！」

慶太、強引にサチと玲子を連れて行く。

菜々子「待って、慶ちゃん！」
慶　太「母さんがいるなら猿渡家の敷居は二度とまたがない！　母さんとは、金輪際、二度と会わないから‼」
菜々子「‼」

玲子、慶太に連れて行かれながら、呆然(ぼうぜん)とする菜々子を見て、

玲　子「……」

29　玲子の家・リビング（夜）

慶太、カップラーメン3つにお湯を入れる。
玲子が来る。

慶　太「サチさんは？」
玲　子「もう寝るって」
慶　太「……。（頭を下げて）ごめ」
玲　子「ごめんなさい」
慶　太「（顔を上げ）え？」
玲　子「私が猿渡さんのご両親になかなか言い出せなかったばっかりにこんなことに」
慶　太「いや違うよ、俺のせい！　俺のイメージではサプラーイズ、からのあはは－からの、食べて飲んで、皆兄弟！　って感じだったんだけど、全然違う感じになっちゃって……お父さんのこ

玲　子「猿渡さんのそのポジティブ思考、嫌いじゃありません」

慶　太「ごめん、玲子さん。でも、俺たちの気持ちさえしっかりしてれば」

玲　子「でも、このままでは猿渡さんとは、結婚できません」

慶　太「え?」

玲　子「お母様へのあの物言いはなんですか?」

慶　太「え、だって」

玲　子「お母様が子離れできないのは猿渡さんが親離れできていないからではないでしょうか」

慶　太「はあ?　俺がいつ」

玲　子「最中の下の札束。クーラーボックスの蓋に仕込まれた札束」

慶　太「!」

玲　子「お母様からのおこづかい、いつだってちゃっかり懐に入れていたではありませんか」

慶　太「いや、それはね」

玲　子「猿渡さんは、分かってないです。お母さんの気持ちを」

慶　太「……」

30　猿渡家・リビング（夜）

誕生日の日付が可愛く飾られたカレンダー。

菜々子、一人、DVDを見ている。

誕生日会、王冠をつけた慶太（5）、外車のおもちゃの車に乗ってご機嫌で、

慶　太『ママ、見て!　ドライブ行きまーす!』

菜々子の声『慶ちゃん、ママも乗せて』

慶　太『いーよ!』

菜々子「……」

富彦、来る。

菜々子、DVDを止める。

富　彦「怒鳴って悪かった」

菜々子「……」

富　彦「君があんなことを言う人じゃないってことは、俺が一番知ってる」

菜々子「……」

富　彦「どうしてそこまで反対するんだ」

菜々子「……いやなのよ、あの子は。どうしても嫌なの。だって、しっかりしてるもの」

富　彦「……」

菜々子「小さい頃はママ、ママって。でもおっきくな

ったら、もう、おこづかいをあげる時くらいしか会えないし」
富彦「……」
菜々子「慶ちゃんがあの子と結婚して、慶ちゃんがしっかりして……慶ちゃんに、おこづかいをあげる必要がなくなったら、私、慶ちゃんになにをすればいいの」
富彦「……。何もしなくていいじゃないか」
菜々子「いや」
富彦「いいんだよ」
菜々子「いやよ……」

31 玲子の部屋（夜）

玲子、ハサミで紙を切り、何かを作っている。

32 慶太の部屋（日替わり、朝）

慶太が目覚めると、封筒が置いてある。
それは玲子からのバースデーカード。
『猿渡さん、お誕生日おめでとう。
今日は一日、デートしましょう』
添えられているのは、待ち合わせの場所の地図と、玲子手作りのパスポート。
慶太「（微笑み）……」

33 遊園地の入り口

慶太「手が込んだことして。玲子さんだってサプライズ好きじゃん」
慶太、地図を見ながら、指定された待ち合わせ場所に向かう。
と、その場所で、不安げな表情で待っているのは、菜々子。
慶太「はあ⁉」
菜々子、同じパスポートと地図を持っている。
慶太に玲子から電話が来る。
慶太「玲子さん、今どこ？　どういうこと？」
玲子の声「猿渡さんが、私の父と私を繋げてくれたように、私も、笑ってる猿渡さんとお母さんを見たいんです」
慶太「……」
玲子の声「猿渡さん、最後に誕生日をお母さんと過ごしたのは、いつですか？」

慶　太「……」
玲子の声「今日は一日、お母さんに甘えてあげてください」
慶太と菜々子の目が合う。
菜々子「慶ちゃん」
菜々子、おずおずと近づいてきて、
菜々子「こないだは、ママ、ごめんね。ママ、言いすぎたし、すごく反省してるから、だから、お願い、もう会わないなんて」
慶　太「……」
慶太、ぶっきらぼうに、
慶　太「……いくよ」
歩き出す慶太。ついて行く菜々子。

34　小さな遊園地

慶　太「大人2枚」
受　付「6000円です」
菜々子、財布を開ける。
慶　太「いいから」
慶太、お金を払う。
菜々子「……」
×　　×　　×
ベンチ。距離を空けて座っている二人。
慶　太「懐かしいなー、ここ」
菜々子「慶ちゃん泣いてた。身長足りなくて、あれに乗れなくて」
慶　太「はあ〜、覚えてないわ、そんなの」
×　　×　　×
景品を取るゲームで遊ぶ慶太。
菜々子、スマホで慶太の写真を撮ろうとするが、我慢して、やめる。
慶　太「母さんもやれば？」
菜々子「え？」
慶　太「見てるだけより、やったほうが楽しいから、はい」
慶太、コインを入れてやる。
ゲームに挑戦する菜々子。
その不器用な様子に、慶太、笑う。
菜々子「（慶太の笑顔がうれしく）……」
×　　×　　×
大きなソフトクリームを食べる慶太、菜々子。

35 おもちゃ売り場

慶太、菜々子、来る。

慶　太「今でもしょっちゅうくるんだよね」
菜々子「おもちゃ、好きだものね」
慶　太「違うよ、新商品のリサーチ」
と、子供が母親におもちゃをねだっている。
子　供「ママ、これとこれ欲しい！」
母　親「今日はいいよ。誕生日だからね。でもどっちか一つ！」
子　供「ええー」
そんな様子を見て、慶太、小さなミニカーを一つ取る。
慶太、振り向き、冗談めかして、
慶　太「母さん。これ買って」
菜々子「……」
菜々子、涙ぐみ、嬉しそうに頷く。

36 道（夕）

歩いている慶太、菜々子。
菜々子「（慶太を見る）……」
慶　太「（ミニカーを観察している）」
菜々子「じゃ、お母さんこの辺で失礼するわ」
慶　太「え？　シメはたいよう軒のオムライスじゃないの？」
菜々子「それはあちらとどうぞ」
慶　太「あちら？」
菜々子、パッと振り向くと、隠れようとしたのは玲子。
玲　子「！」
慶　太「え？　玲子さん⁉　来てたの？」
菜々子「今日一日中ね」
慶　太「ええっ」
玲　子「バレていましたか……」
菜々子「尾行がまだまだ甘いわね」
菜々子、去って行く。
慶　太「（菜々子の背中を見つめ）……ありがと、玲子さん」
玲　子「（微笑み）……」

37 猿渡家（夕）

富　彦「ただいま」
富彦が帰宅すると、台所にいた菜々子、

菜々子「おかえりなさい。買っちゃった、一応」
菜々子、小さなケーキの箱を開ける。
中には、カットの三角のショートケーキが2つ。
菜々子「一緒に食べてくれる?」
富　彦「もちろん」
菜々子、富彦、微笑み、二人でケーキを食べる。

38　玲子の家（夜）

慶　太「玲子さん……これはなんですか」
玲　子「バースデーケーキになるはずだったものです」
二人の前には、無残に崩れた謎の物体が。
玲　子「ホットケーキミックスを使えば誰でも簡単に作れると聞いたのですが、おかしいですね」
慶　太「（食べて）でもこれ、味はすっごく、美味しいよ！」
玲　子「（うれしく）……あ、そうだ」
玲子、スマホを操作し始める。
慶　太「なにそれ」
玲子のスマホには、隠し撮りした慶太と菜々子のデート写真がたくさん。
玲　子「今年の誕生日のお写真と動画をお母様に（送信）」
慶　太「……。あのさ」
玲　子「はい」
慶　太「ここのところ、本当は、ずっと、ずーーっと、言いたかったんだけど」
玲　子「はい」
慶　太「玲子さん。俺、ずっと、ずーーーーっとね」
玲　子「はい」
慶太、玲子を抱きしめて、
慶　太「寂しかったよーー!!」
玲　子「！」
慶　太「会いたかったよーー!!」
玲　子「！……たった1週間ですよ」
慶　太「じゃ、1週間分こうさせてて」
玲　子「……1週間分とは長いですね」
慶　太「うん」
玲　子「ハッピーバースデーの歌でも歌いましょうか」
慶　太「歌？（微笑み）うん、歌って」
玲　子「ハッピーバースデートゥーユー♪」
慶　太「……うん？」

玲子「ハッピーバースデートゥーユー、ハアッピイバースデー♪」

玲子、スティーヴィー・ワンダーのハッピーバースデーを歌う。

玲子「ハッピーバースデートゥーユー♪」
慶太「あの、玲子さん。ハッピーバースデーの歌って言ったら、普通そっちじゃないよね」
玲子「ハッピーバースデートゥーユー、ハアッピイバースデー♪」
慶太「しかもめちゃめちゃ発音いいのね」
玲子「ハッピーバースデートゥーユー♪」
慶太「玲子さん！　うん、わかった！　もう充分、気持ちは伝わったから‼」

玲子、ようやく歌を止める。

玲子「……実は」
慶太「うん？」
玲子「私も、寂しかったです」
慶太「……」
玲子「私も、会いたかったです。ずっと。ずーーーっと」
慶太「……」
玲子「だから……1週間分」
慶太「……（微笑み）」

慶太、玲子にキスをしようとすると、買い物から帰ってきたサチが、

サチ「ただいま～」

パッと離れる二人。

サチ「あら、なにこの物体」
玲子「バースデーケーキになるはずだったものです」
サチ「無残ね」
慶太「もぉー、ママー！」
サチ「何よ」

ピンポーンとチャイムが鳴る。

サチ「はーい」

サチ、玄関の方に向かう。
玲子、慶太、視線を合わせ、

慶太「なかなか二人に……」
玲子「なれませんね……」

39　同・玄関（夜）

サチ「はーい」

サチが戸を開けると、現れたのは、

サチ「保男さん……」
保男「遅れてすまない」

サチ「……」
玲子、慶太も出てくる。
玲子「！」
慶太「お父さん」
玲子「（玲子に）結婚するんだってな。おめでとう」
保男、差し出したのは、立派な鯛。
保男「……。それじゃ」
去ろうとした保男の手首を、サチがつかむ。
保男「……！」
サチ「上がって」
保男「……」
サチ「だって。私、こんなお魚、おろせない」
涙ぐみながらも微笑むサチ、保男。
そんな二人を見て、微笑む玲子と慶太。

40　早乙女事務所（夜）

モンキーパスの会計資料を詳細に見ている早乙女。
瑠璃「他の仕事もたくさんあるのに。どうしてわざわざ引き受けたんですか？」
早乙女「……」
瑠璃「まだあの人に未練があるんですか？」
早乙女「……」
瑠璃「お先に失礼します」
早乙女、手を止める。
在庫の倉庫を管理する関係会社・シシガミファクトリーに、決算の時期に、長きにわたって多額のお金が流れている。
早乙女「これは……」

41　モンキーパス・経理部（夜）

忍び込む人影。
慶太のパソコンにパスワードを入れ、経理の情報を見ていく。
その男、純である。
純「……」

42　玲子の家・リビング（夜）

なにも知らずに、食卓を囲む玲子、慶太、サチ、保男。
あたたかな時間を過ごしていて……

第7話

経理部のプライド

6話のリフレイン

慶太と菜々子のデート。
ようやく玲子の存在を認めた菜々子。
×　×　×
鎌倉の家を訪れた保男。
九鬼家の幸せな再会。

慶太の声「はいっ、そういうわけで」

1　玲子の家・居間

玲子、慶太、ひかり、サチ、猿彦。
焼き芋(いも)にバターと塩をかけて食べている。

慶　太「無事、両家への結婚の報告も済んだことだし」
玲　子「はい」
慶　太「結婚式をします！」
慶太、大きなスケッチブックを取り出す。
玲　子「なんですか、それは」
慶　太「え？　結婚式って言ったら、ウェディングパーリーよ！」
ひかり「じゃなくてそのでかいスケッチブック」
慶　太「あ、玲子さん真似して俺もちゃんとプラン練ってみた。もちろんド派手にやりたいよね、友達千人くらい呼んで。っていうと、会場はやっぱ王道の（スケッチブックをめくり）城かなって！」
中世の城の絵が描かれている。
玲　子
ひかり「城……？」
サ　チ
慶　太「んで、登場もわーっ！　て驚かせたいじゃん。っていうとやっぱ王道の（スケッチブックをめくり）馬かなって！」
玲　子
ひかり「馬……？」
サ　チ
慶　太「そ、白馬ね！　白いの！　で、どうせ馬乗るなら、俺昔から一回着てみたかったの（スケッチブックをめくり）中世の甲冑(かっちゅう)！」
玲　子「中世の甲冑……」
慶　太「いいでしょ！　でね、でね、玲子さんの衣装は」
玲　子「いえ」
慶　太「えっ？」
玲　子「私は普段着で構いませんので、どうぞ猿渡さんは白馬と甲冑でご入場ください」
慶　太「はあ？　それじゃ俺だけ馬鹿みたいじゃん！」

玲　子「馬鹿みたいという認識はあるのですね」
慶　太「ちょっ、なに今の言い方！　意地悪じゃない？」
玲　子「意地悪をするつもりはないのですが、猿渡さん、冷静に考えてみてください。千人を収容する中世の城、そこまでの交通費宿泊費、白馬と甲冑のレンタル料、一体、いくらかかるのか」
慶　太「はあ？」
玲　子「見積もりは取っているのですか？」
慶　太「見積もり？　そんなもん採算度外視でしょ！」
玲　子「採算、度外視……」
慶　太「(玲子の表情に一瞬ひるむが) だって……一生に一度のことじゃん！」
玲　子「一生にたった一度のことのために散財しては、その後の生活に支障が出ます。(ノートの年表を開き) そもそも夫婦のライフプランを考えると、第一子誕生までは貯蓄の第一期ゴールデンタイムですので」
慶　太「あー!!」
玲　子「またそれですか」
慶　太「夢がないよね、夢が!!」
ひかり「ちょっと落ち着きなよ」
サ　チ「玲子も。せっかく猿君、考えてくれたんだし、とりあえず、最後まで聞いてあげたら？」
玲　子「すみません、つい。で、白馬と甲冑で登場した続きは？」
慶　太「……(猿彦を抱き) もういい」
ひかり「あーあ、すねちゃった」
玲　子「猿渡さん。そんなこと言わずに」
サ　チ「猿君のプラン、聞きたいな！」
慶　太「……だって、玲子さん、俺との結婚式より、貯蓄の方が大事なんでしょ」
玲　子「え？」
慶　太「まあ、今時？　結婚式なんて、別にマストじゃないもんね。やらないって選択肢もあるしね」
玲　子「……やりたいです」
慶　太「！」
玲　子「猿渡さんとの一生に一度の結婚式。きっと、一生の思い出になると思うので」
慶　太「……(リングファイルを取り出し)それでね！引き出物はやっぱりおもちゃにしたいなって。オリジナルデザインであたたかみのある」
玲　子「いいですね」
ひかり「(微笑(ほほえ)んで視線を合わせ)」
サ　チ
慶　太「ジャーン！」
開いたファイルには、慶太の手書きのデザ

インで、
慶　太「一家に2台！　家庭用猿型縁結びロボット
『レーコ&ケータ』!!　どうこれ？　これどう？」
玲　子「引き出物に、ロボットを、開発？」
サ　チ「猿君、それこそいくらかかるのよ……」
ひかり「慶太のおもちゃ、日の目見ないはずだわ
……」
慶　太「はあっ？」
庭先、雀がチュンチュンと鳴く声。

2　モンキーパス社内（モンタージュ）

経理部一同のデスクに置かれた怪文書。
『この会社は重大な不正をしています』
富彦の声「もしおのづから身かずならずして」
×　　×　　×
鷹野に怪文書を提出する白兎。
富彦の声「権門（けんもん）のかたはらに居るものは」
×　　×　　×
経理部。黙々と働く一同。
富彦の声「深く悦ぶことあれども、大にたのしぶにあたはず」
芽衣子の華麗な電卓捌（さば）き。
玲　子「（電卓の音を聞いている）」
電卓の扱いも少し慣れてきた慶太。
富彦の声「なげきある時も聲（こえ）をあげて泣くことなし」
慶太、猪ノ口に計算した書類を見せる。
猪ノ口、チェックして、オーケーを出す。
×　　×　　×
早乙女、モンキーパスの会計書類を見ている。
富彦の声「進退やすからず」
×　　×　　×
モンキーパス廊下。純、歩いてくる。
富彦と鷹野が歩いてくる。
道を譲り、小さく頭を下げる純。
純　「（鷹野をチラリと見て）……」
富彦の声「たちゐにつけて恐れをのゝくさま」
×　　×　　×
深夜のモンキーパス経理部。
忍び込んだ純、慶太のパソコンにログインする。
富彦の声「たとへば」
×　　×　　×
富彦の声「雀の鷹の巣に近づけるがごとし」
鷹野、怪文書を冷めた目で見つめ、シュレ

ッダーにかける。

3 モンキーパス・会議室

重役会議が行われている。

鷹　野「上期の決算、前年度比35パーセント減と厳しい数字、出てるけど。クリスマス商戦に向けて、何かサプライズ、用意してるのか？　営業部長」

営業部長・羽鳥、

羽　鳥「はいっ、進めております復刻版Ｂａｍｕ―ｋｕの企画ですが、ニュースリリースの反応が大変よろしく、第一弾は予約で完売となりました」

富　彦「……それはよかった」

鷹　野「(富彦に) 慶太君、お手柄ですね (一同に) 久々、ヒットの予感だな、素晴らしい」

鷹野が拍手すると、一同も拍手。

羽　鳥「つきましては、一点、ご提案がございます」

富　彦「？」

4 同・廊下

慶太、袋を手に不安げに歩いてくる。

5 同・社長室

富彦、背を向け、窓の外を見ている。

慶　太「失礼しまー……す」

慶　太「……」

慶太、様子を窺うように近づき、

慶　太「社長がお呼びと……あ、これ、おやつね。(机に一つずつ置き) マロン味のマカロン、マロングラッセ、栗羊羹、栗饅頭、栗きんとん。……で、僕、また何かしちゃいましたっけ？」

富　彦「お前、異動だ」

慶　太「え？」

富　彦「(振り向き) 企画開発部に異動」

慶　太「……」

富　彦「営業部と企画部から提案があった。お前に、来季の新商品の開発を任せたいと」

慶　太「え、それって……つまり……」

富　彦「Ｂａｍｕ―ｋｕは、お前が考えたおもちゃじゃないだろう。今度はお前の、オリジナルの企画で勝負してみろ」

慶　太「俺……俺の企画で……おもちゃを作れるってこと？」

富　彦「そういうことになるな」

慶　太「……。わかりました。では、そういうことで」

慶太、去っていく。閉まるドア。

慶太の声「やったーーーーーーーーーー!!!!」

慶太、ドアの外でガッツポーズ。

×　×　×

×　×　×

富　彦「……子供か」

富彦、苦笑して、猿之助を抱く。

6　外のランチスペース

お揃いのお弁当を広げている玲子と慶太。

玲　子「猿渡さん、ようやく自分のおもちゃを作れるんですね」

慶　太「うん」

玲　子「猿渡さんの夢ノート、この時のためにあったんですね」

慶　太「うん。異動で玲子さん達と離れちゃうのは寂しいけど」

玲　子「（首を振り）よかったです。猿渡さんの夢が叶（かな）って。本当に……」

慶太、気付く。玲子、涙ぐんでいる。

慶　太「……玲子さんのおかげだよ。本当に」

玲　子「いえ」

慶　太「……はいっ（と、立ち上がり、両手を広げる）」

玲　子「！　はいっ！（と、立ち上がり、両手を広げる）」

玲子、慶太、ハグをして、

慶　太「やったーーーーーーー!!」

玲　子「やりましたね！　猿渡さん!!」

そんな様子を冷めた目で見つめているのは、純。

玲　子

慶　太「（気づかず）……」

タイトル『おカネの切れ目が恋のはじまり』⑦

7　玲子の家・リビング（夜）

サチ、大量に料理を盛り付ける。

サ　チ「皆さーん、お腹いっぱい食べてねー！」

経理部一同「はーい！」

経理部一同による慶太のお別れ会。
テーブルには大量の料理。

玲　子「お母さん、何なの、このかつてないほどの大盤振る舞いは」
サ　チ「だって、玲子が職場の皆さん連れてくるなんて、初めてじゃない！」
白　兎「いやー、企画開発部ご栄転、本当におめでとう、猿渡君！」
慶　太「ありがとうございます、部長！　じゃ、1500円で」
白　兎「は？」
慶　太「今日、俺幹事ですから！　みなさーん飲み放題食べ放題時間無制限、破格のひとり1500円、徴収しまーす！」
芽衣子「まさか猿渡君が幹事するようになるとはね」
美　月「自分のお別れ会ですよ」
慶　太「いやー、そのくらいは皆さんに俺の成長見せたいなって」
猪ノ口「ささやかすぎる成長ですね」
慶　太「（ヘッドロックして）なんて？」
猪ノ口「もうこれで検算中に話しかけられて邪魔されることがないと思うと、安心します！」
慶　太「はー、そういうこと言っちゃう？」
芽衣子「ま、好きな部署で好きな仕事できるなんて最高じゃない」
美　月「確かに。華のある部署ですもんね、企画開発部って。うちらのイメージなんか、地味で暗くて堅くて」
猪ノ口「きちんと仕事すればするほど嫌われますからね」
慶　太「えー」
玲　子「……私は尊敬してますが。皆さんの『きちんと感』」
芽衣子
美　月「えっ」
猪ノ口
玲　子「例えば鴨志田さん」
芽衣子「え、私？」
玲　子「電卓捌きはもはや伝統工芸職人の域ですし」
芽衣子「いや、別にそこまでじゃ（と、照れ）」
玲　子「鮎川さんの領収書から社員の性格を分析する目の鋭さには毎度驚かされますし、猪ノ口さんの不正な領収書を見抜く目はベテラン刑事並みです」
美　月「（照れ）いやいや、普通に領収書ってキャラ出るし」

猪ノ口「会社の金平気で私用に使うやつ、許せないだけですよ」
玲　子「白兎部長はそんなみんなを適度に見守ってくださり」
白　兎「俺だけざっくりしてない？」
慶　太「つまり、玲子さんが言いたいのは、みんながプライド持って仕事してる姿がかっこいい、ってことだよね」
玲　子「はい」
サ　チ「(微笑み)」
慶　太「(微笑み) じゃ、はいっ！　俺も言いたいことあります！」
白　兎「お！　じゃ、主役からのスピーチ！」
慶太、立ち上がり、
慶　太「えーとですね。経理部に異動させられたときは、『えー、まじで』って。暗いし怖いし寒いしまるで監獄に入れられたような」
猪ノ口「そこまで言いますか」
慶　太「だけど、皆さんと出会って。玲子さんと出会って」
玲　子「……」
慶　太「ちょっとだけ、お金のことがわかりました。経理部の仕事がわかりました。みんなは全部知ってる。俺たちが知らないことを」
×　×　×
仕事をしている経理部一同。
真剣に数字と向き合うその姿。
×　×　×
慶太の声「どこに強みがあるか。どこにほころびがあるか。どこに最大のチャンスが眠っているか」
慶　太「全部知ってて、たとえ嫌われようと、正義を尽くす。それって、ヒーローじゃんって。めちゃくちゃかっこいい、スーパーヒーローじゃん！　って」
白　兎「……」
芽衣子「……」
美　月「……」
猪ノ口「……」
玲　子「(微笑み) ……」
慶　太「なので、僕は企画部に行っても、皆さんとお別れをするつもりはありません。毎日、たくさんの領収書を、経理部に持ち込もうと思います！」

白　兎
芽衣子
美　月「は？」
猪ノ口
慶　太
玲　子「猿渡さん、それだけはやめてください」
慶　太「短い間ですが、お世話になりました!!」
一同、拍手を送る。

×　　×　　×

酔っぱらった一同。縁側で涼んでいる。
白　兎「じゃ、お先なー。ごちそうさまでした！（と、帰っていく）」
サ　チ「あ、よかったら、これお土産に！」
サチ、玄関先まで送っていく。
美　月「……あの、ちょっと皆さん、いいですか？」
玲　子「どうかしましたか、鮎川さん」
美　月「営業部の板垣さんのことでちょっと」
慶　太「ガッキー？」
美　月「私、見ちゃったんです」
芽衣子「見たって、何を」
美　月「板垣さんが、夜に誰もいない経理部のオフィスに忍び込んで」

×　　×　　×

深夜の経理部。慶太のパソコンを操作している純。
それを物陰から見ている美月。
美月の声「猿渡さんのパソコンから経理部のデータにアクセスしているのを」

×　　×　　×

玲　子「え？」
慶　太「俺のパソコンから？　なんでそんな」
芽衣子「だって……パスワードは？」
慶　太「営業の時からずっと同じだけど」

×　　×　　×

営業部時代。パスワードを打つ慶太。
『sarusarusaru』

×　　×　　×

猪ノ口「ザルですね。板垣はそれ知ってたんでしょう」
玲　子「でも、ガッキーさんは経理部のデータにアクセスして何を」
美　月「それはわかんないですけど、絶対、板垣さんが犯人ですよ」
玲　子「犯人？」
慶　太
美　月「あの嫌がらせの怪文書！　私たちのデスクに置いてあった！」

×　　×　　×

怪文書。
『この会社は、重大な不正をしています』
×　　×　　×
美　月「それ探るために張ってたんですから！」
芽衣子「え、張ってたの？」
美　月「だって、悔しいじゃないですか。経理部がまるで不正しているみたいな言われようで」
玲　子「……確かに気になりますね。そのほころび」
慶　太「玲子さん？」
玲　子「このままにはできませんね。経理部のプライドにかけて」
美　月
芽衣子「（うなずく）」
猪ノ口
慶　太「……」

8　モンキーパス　実景（日替わり、朝）

9　モンキーパス・企画部

純、Ｂａｍｕ－ｋｕプロジェクトコーナーで、パソコン作業をしている。

まりあ「何見てんの、難しい顔して」
純「（パソコンを隠すようにして）お疲れ様です」
まりあ「やったね、Ｂａｍｕ－ｋｕ第一弾、予約完売」
純「まりあさんの会社とのコラボが話題になりましたから」
鶴　屋「（通りすがりに）板垣、ダブルプレゼントキャンペーン、初代Ｂａｍｕ－ｋｕの在庫、見つかったのか？」
純「ああ、いま、探してます」
鶴　屋「時間かかりすぎじゃね？　頼むわ－（と、去る）」
純「……」
まりあ「……大丈夫？」
純「え？」
まりあ「愚痴なら聞くよ。そっちの奢りで」
純「……大丈夫です」
羽　鳥「板垣、ちょっと」
純「はい」
純、席を立ち、羽鳥部長のもとへ。
と、近くのテーブルの下から慶太が顔を出す。
まりあ「うわっ！……何やってんの？」
慶　太「のぞき見返し！」

慶太、純のパソコンにロックがかかる前に、滑り込んでキーボードを押す。

まりあ「ちょっと、それ不正アクセスじゃないの」

慶　太「あいつと違ってパスワード打ってないもん」

慶太、純が見ていた資料を見る。

『シシガミファクトリー』の文字。

10 同・経理部

玲　子「(スマホに) シシガミファクトリー。はい、承知しました。(電話を切り) 板垣さんはシシガミファクトリーとモンキーパスとの取引について、かなり過去まで遡(さかのぼ)って調べていた模様です」

猪ノ口「シシガミ……聞いたことあります?」

玲　子「いえ」

芽衣子「先代の頃から40年以上取引のある工場よ」

芽衣子、すぐにデータを出す。

美　月「さすが芽衣子さん」

玲　子「手分けして取引の内容を調べてみましょう」

猪ノ口「よし」

芽衣子「いいけど、ただこれは……」

玲　子「何か問題でも?」

芽衣子「『鷹野案件』」

猪ノ口「うわー」

玲　子「……なるほど」

美　月「鷹野案件? ってなんですか?」

猪ノ口「鷹野専務管轄の仕事」

11 同・社長室

富彦と鷹野が打ち合わせをしている。

その傍ら、棚に飾られている写真。

先代社長・慶一郎の隣に写る鷹野の姿。

猪ノ口の声「先代の右腕だった人で、社長ですら意見を言えないっていう噂」

12 同・経理部

芽衣子「血の気が多くて、私たちが何か問い合わせようもんなら、即怒鳴り込んでくる。つまりはアンタッチャブル」

猪ノ口「触らぬ神に祟(たた)りなし」

玲　子「祟られても触ってみせようホトトギス」

芽衣子

猪ノ口「はあ?」

美　月

玲　子「調べてみましょう。隠密に」

13　シシガミファクトリー

玲子、美月、やってきた。

美　月「年間の取引額にしては、小さな工場ですね」
玲　子「そうですね」
美　月「なんのおもちゃ作ってるんでしたっけ？」
玲　子「資料では魔女ロボシリーズとなっていますが（と、覗く）」
美　月「こんな古い工場で？（覗く）」

玲子、手元の会計資料を見ながら、

玲　子「気になるのは、おもちゃの製造委託費に加えて、モンキーパスからシシガミファクトリーに支払われている多額の『管理費』……この、謎の、管理費とは一体……」
工場長「お姉さんたち、何か用？」
玲　子「……」
美　月「私たち、モンキーパスの魔女ロボシリーズのコレクターで！」
玲　子「そうです」
工場長「誰に聞いてここに来たんだ？」
美　月「……」
玲　子「お忙しいところ、大変失礼いたしました！」

玲子、美月の手を引き、去っていく。

14　モンキーパス・経理部

芽衣子と猪ノ口が白兎に隠れて、お金の流れを図に書いて整理している。

猪ノ口の声「シシガミファクトリーで作られたおもちゃは」

15　おもちゃ問屋『エビサワ』

猪ノ口の声「おもちゃ問屋のエビサワへ」

外から覗く玲子と美月。
トラックが来て、

海老澤「そこ、危ないよ！」

×　　　×　　　×

海老澤「モンキーパスさんのおもちゃ？　ええ、うちで扱ってますよ」
玲　子「ちなみにどのような商品を、いかほど」
海老澤「……おたく、どなた？」

玲　子「……」
美　月「私たち、おもちゃの流通について、興味がありまして！」
海老澤「ふうん、学生さん？」
玲　子「……」
美　月「（玲子を押しのけ）はいっ！」

16　モンキーパス・経理部

芽衣子、猪ノ口、白兎に隠れながら、
猪ノ口「おもちゃ問屋のエビサワから小売店におもちゃが卸されているはずなんですが」

17　おもちゃ屋

社　員「問屋のエビサワさん？　から、モンキーパスさんのおもちゃ……うちとは取引ないですね」
玲　子「そうですか。ありがとうございます」
×　　×　　×
別のおもちゃ屋。
社　員「モンキーパスさんのおもちゃはいろんな問屋さんから仕入れさせてもらってますけど、エビサワ、聞いたことないなあ」
玲　子「そうですか、ありがとうございます」
×　　×　　×
足を使っておもちゃ屋を当たる玲子。

18　モンキーパス・経理部

芽衣子、猪ノ口、玲子と電話。
猪ノ口「おもちゃ問屋のエビサワと取引のあるおもちゃ屋が見つからない？　おかしくないですか？」
猪ノ口の持っている受話器を誰かが取り上げる。
猪ノ口「ちょっ、何を！」
芽衣子「あ……」
受話器を取り上げたのは、鷹野。

19　道

電話をしている玲子。
玲　子「おかしいですよね。もう少しあたってみようと思いま……え？……あの、どちら様で」
鷹野の声「いいから、今すぐ戻ってこいっ!!」

20　モンキーパス・経理部

鷹　野「どういうことだって聞いてるんだよ！　こそこそ嗅ぎ回るようなことしやがって！」

経理部一同、立ったまま、固まっている。

芽衣子
美　月「……」
猪ノ口
玲　子「……」
鷹　野「白兎。お前の差し金か？」
白　兎「……いえ、その」

鷹野、白兎に近づきながら、

鷹　野「経理部長さん、俺が長年世話してる取引先に、何か問題でもございましたかね？　だったら、直接おっしゃってくれませんかねえ？　逃げも隠れもいたしませんので」
白　兎「めっそうもございません！」
玲　子「私の独断です」
鷹　野「なんだと？」
玲　子「長年お付き合いのあるシシガミファクトリーとの取引内容が不明瞭でしたので、調べさせていただきました。この管理費とはどのようなお金でしょうか」
鷹　野「ああ？」
白　兎「九鬼さんっ」
玲　子「会社のお金を把握し、管理することは、経理部の仕事ですので」
鷹　野「……白兎。このお嬢ちゃん、何言っちゃってんの？」
白　兎「申し訳ございません！　私の監督不行届です！　二度とこのようなことはないように致します!!」
鷹　野「最近じゃ、いい会計ソフトが出てるようだし、経理部にこんなに人数必要ないな。それがよーくわかったよ」

鷹野、去っていく。

白　兎「鷹野専務っ」

白兎、鷹野を追いかけながら、経理部員にだけ伝わるように顔で、

白　兎「(まじで勘弁してよ!!　ほんと!!)」

二人が去り、シーンとする一同。

玲　子「……隠密に調査するつもりが、申し訳ありません」
美　月「どうするんですか、これから」
猪ノ口「どうするもこうするも。また怒らせたらどこ

に飛ばされるか、下手すりゃクビだよ。家のローンもまだあるのに……」
芽衣子「……（座り、電卓を叩き始める）」
美　月「芽衣子さん」
芽衣子「はい、仕事仕事」
美　月「（納得いかないが）……」
自分の席に戻る猪ノ口、美月。
電卓を叩き始める。
玲　子「（電卓の音を聞いていて）……」

21　玲子の家・リビング（夜）

寝巻き姿の玲子。
玲　子「……」
慶　太「ただいま〜！」
玲　子「お帰りなさい」
慶　太「あー疲れた〜。ね､見て見て玲子さん、これ！」
慶太、椅子に座るなり、リングファイルを開く。
慶　太「まだ全然、ただのアイデアだけど」
新しいおもちゃのアイデアがページいっぱいに描かれている。
玲　子「いいですね。猿渡さんらしさが、盛り盛りで」
慶　太「ほんと？　玲子さんにそう言ってもらえると嬉しいなぁ。あ、シシガミの件、何かわかったりした？」
玲　子「ああ……あの、猿渡さん。専務の鷹野さんって」
慶　太「鷹野さん？　子供の頃からよく知ってるよ。爺ちゃんが一番可愛がってた部下でさ。ちょっと怖いでしょ、あの人」
玲　子「ええ」
慶　太「でも、めっちゃいい人だよ。男気あるし。爺ちゃんも父さんもあの人には相当助けられてるみたい」
玲　子「……そうですか」
慶　太「え？　鷹野さんが、どうかした？」
玲　子「……いえ。今日たまたまお会いしたので」
慶　太「そうなんだ」
玲　子「あ、夕飯は煮込みハンバーグですよ」
慶　太「まじ？　やったー！」
慶太、台所に向かい、ハンバーグを温めながら、
慶　太「結婚したらさ、料理は9：1でいいからね、俺9で玲子さんが1ね。いっぱい美味しいもの作ってあげるね！」
玲　子「……楽しみです」

慶　太「でしょでしょ～」
玲　子「……」
　玲子、鷹野のことを慶太には伝えられず……

22　猿渡家・リビング（日替わり、朝）

菜々子「（電話に）私すごくいいこと思いついちゃったんだけど、慶ちゃんの結婚式、会場はお城がいいんじゃないかと思うの！」

23　玲子の家・リビング（朝）

サ　チ「（電話に）お城、ですか、はぁ。オーストリア？」
玲　子「お母さん、行ってきます」
サ　チ「え？　早いのね」
玲　子「猿渡さんには、先に行くって伝えて」
サ　チ「はーい（電話に）あ、すみません。え？　白馬に乗って？」
　玲子、出かけていく。

24　モンキーパス・経理部（朝）

　机一面に並べられた領収書。

　（鷹野が過去に提出したもの）

玲　子「（見つめ）……」

　玲子、領収書が貼られたファイルのページを、蛍光灯に透かして、何かを見ている様子。

玲　子「……」

　玲子、引き出しを開け、取り出すのは怪文書。

玲　子「（見つめ）……」

25　早乙女事務所（夕）

　瑠璃、帰ろうとしていると、
玲　子「早乙女さんはいらっしゃいますか？」
　玲子、仕事帰りに早乙女の事務所を訪ねた。
瑠　璃「……なんの御用ですか」
玲　子「ご相談したいことがありまして」
瑠　璃「困ったら先生を頼るんですね。今更都合が良すぎません？」

玲　子「……」

　　　玲子、気付く。中にいたのは、純。

純「玲子さん……」

玲　子「！」

×　　×　　×

　　怪文書を見つめる玲子、純、早乙女。

純「書いたのは、僕じゃありませんよ」

玲　子「ガッキーさん、教えてください。一体、何をしようとしているんですか？」

純「経理部に忍び込んだのは、シシガミファクトリーとの部外秘の取引データを見たくて。結局、ロックがかかっていて見られませんでしたけど。ことがことなので、きちんと事実を把握するまで、誰にも言えなかったんです」

玲　子「事実？」

純「……きっかけは、キャンペーンのプレゼントのために、20年前の初代Ｂａｍｕ―ｋｕの在庫がどこかにないか調べたことでした」

×　　×　　×

　　モンキーパス・管理部。ファイルを見る純。

純の声「管理部の在庫管理表によると、シシガミファクトリーの倉庫に預けていると」

×　　×　　×

玲　子「倉庫」

早乙女「20年前の商品を？」

純「通常、売れ残りのおもちゃは一定期間を超えたら廃棄する決まりですが、資料として一部残しておくものもありますので。それでシシガミファクトリーに問い合わせたのですが、そんな昔のおもちゃはない、と。まあ、その件はそれで諦めようとしたんですが、気づいたんです」

×　　×　　×

　　在庫管理ファイルを見ている純。

純の声「30年ほど前から、おもちゃの在庫が大量にシシガミファクトリーの倉庫に預けられ、一切破棄された記録がないと」

×　　×　　×

玲　子「それは……問題ですね」

早乙女「（図を書き）おもちゃ会社が商品を作り（10 0と書く）、それが売れずに過剰な在庫（70）が残ってしまう。となると、決算期にはこの70の損失を株主に報告しなくてはいけない。その損失を隠すために、売れ残りを破棄せず、正常な在庫として倉庫に保管してもらう。口止め料としての倉庫代を払ってね」

純「つまりは……損失隠し」

玲　子「毎年のあの多額の『管理費』は、倉庫代……でも、あの工場に、そんな大きな倉庫があるとは思えませんでした」
純「売れないおもちゃですからね。安く海外に流すとか、適当に処分してるんでしょう。いずれにせよ、モンキーパスが長年にわたって、収支を偽装し、損失を隠していたとしたら早乙女さん、これは」
玲　子「粉飾」
早乙女「……ああ」
玲　子「……」
純「30年前からの話ですから、先代の社長の時代に、当時経理部長だった鷹野さんがスキームを作ったんじゃないかと」
玲　子「じゃあ、今の社長は？」
純「そんな不正を知っていたら見逃すような方じゃありません。鷹野専務が会社の金庫番であることを隠れ蓑にして、不適切な会計処理を長年隠蔽していたんじゃないでしょうか」
早乙女「売れ残りを倉庫に隠すだけなら、まだ可愛いんだけどね」
玲　子
純「え？」
早乙女「モンキーパスの会計には、もっと根深い問題があるように思う」
玲　子「根深い問題、とは」
早乙女「僕なりに探っているところだ。もう少し、待ってくれ」

×　　×　　×

帰り支度をしている玲子。
早乙女「……玲子。猿渡くんに相談したほうがいいんじゃないか」
玲　子「……でも」
早乙女「一人で抱え込んじゃだめだ。ちゃんと頼れよ、一番近くにいる人に」
早乙女、玲子に差し出すのは、早乙女がどん底の時に、玲子が貸してくれた傘。
玲　子「……（受け取り）はい」
早乙女「……」

26　道（夜）

純、玲子、歩いている。
純「言えない気持ちはわかります」
玲　子「……」
純「もし、モンキーパスが本当に粉飾をしていたら、僕たちよりもっと、ショックを受けるのは……猿渡さんですよね」

玲　子「……」

純　「あの人、モンキーパスのこと、本当に、大好きだから。だから。だから……そばにいてあげてくださいね」

玲　子「……」

純　「こないだの、僕の、あれは、気にしないでください。あ、別に気にしてないかもだけど！」

玲　子「……。気にしてました」

純　「え？」

玲　子「ガッキーさんにあんな風に言っていただき、とても驚きました」

純　「で、ですよね」

玲　子「ガッキーさんにそんな風に思っていただけていたなんて、とても、ありがたい、と思いました」

純　「……」

玲　子「でも」

純　「その先は、もう大丈夫です！」

玲　子「……」

純　「その言葉で、もう、大丈夫です」

玲　子「……。……ガッキーさんは、優しいですね。いつも」

純　「……」

二人、少し無言で歩く。

純、あえて明るく、

純　「あ！　さっきの怪文書、一体、誰なんでしょう。大体、おかしいですよね、本当に告発したいなら、社長やマスコミに送るはずじゃないですか。なのに、なんでわざわざ経理部に」

玲　子「……」

純　「この不正を、経理部の方達に伝えたかった人って、一体誰なんでしょうか」

玲　子「……」

×　　×　　×

フラッシュ。

電卓の音。領収書に押される判子。

声　「ま、好きな部署で好きな仕事できるなんて最高じゃない」

×　　×　　×

玲　子「……」

玲子、立ち止まる。

純　「玲子さん？」

玲　子「ガッキーさん、すみません」

玲子、頭を下げ、走っていく。

27　モンキーパス・経理部（夜）

暗がりに人影。
缶ビールを飲みながら、鷹野の領収書を見つめている。
玲子の声「やっぱり。あなただったんですね」
部屋の明かりが点く。
人影が振り返る。それは、芽衣子だ。
芽衣子「何のこと？」
玲　子「あの文書、私たちのデスクに置いて行ったのは、鴨志田さんですよね？」
芽衣子「どうして、そう思うの？」
玲　子「電卓の音です」
芽衣子「え？」
玲　子「ずっと気になっていました。芽衣子さんの華麗な電卓捌き、軽やかなその音が、月に一度だけ、重くなることがある」
芽衣子「……」
玲　子「鷹野案件の伝票、全て処理していたのは、芽衣子さんですよね。鷹野さんの領収書を見て、ようやくその理由がわかりました。明らかに私用と思われるリサーチ費、交通費、ホテル代、規定の額を大きく超えた接待費」
玲子、鷹野の領収書を手に取り、明かりに透かす。
裏書きされた文字が透けて見える。
玲　子「裏書きのない領収書に、裏書きしていたのも鴨志田さんですよね。経理部の仕事にプライドを持っている人間なら、こんな仕事は、やりきれません」
芽衣子「……」
玲　子「経理部一筋の芽衣子さんなら、なおのこと。私が新人の頃に、経費とは客観性、収益性、必要性、その3つを満たすものと教えてくれたのは、芽衣子さんでしたから」
芽衣子「……。買いかぶってる」
玲　子「え……」
芽衣子「経理部の人間だからって、潔癖でも真面目でもない。むしろその逆。……私の実家、田舎の小さなおもちゃ屋でね、おもちゃが作りたくてこの会社に入ったの。新人研修で猿渡くんと一緒になって」

×　　　×　　　×

回想。
夜遅く残って、新人チーム課題の新商品の

企画案のおもちゃの模型を作っている芽衣子（22）。

慶　太「はいはい、おやつ買ってきましたー！」

大量に差し入れを買ってくる慶太。

慶　太「鴨しぃはメロンパンね、好きでしょ！」

芽衣子「（微笑む）」

メロンパンを食べながら、紙の余白に『メロンパンク野郎』というメロンパンとパンクロッカーが合わさったキャラを描く。

芽衣子、笑って、サングラスを書き足す。

芽衣子の声「たくさん夢語って、一緒におもちゃ作ろうねって約束して、ま、向こうはそんなこと忘れてるけど」

×　×　×

芽衣子「この会社に入った以上、当たり前に夢が叶うんだと思ってた。でも配属されたのは経理部で。正直最初は腐ってた」

玲　子「……」

芽衣子「でもね、向いてたの。経理の仕事。元々、几(き)帳面(ちょうめん)な性格だし、数字ピタッと合った瞬間は、地味に爽快(そうかい)。わかるでしょ？」

玲　子「（うなずく）」

芽衣子「私が入ったときの経理部長が鷹野だった。社長のお気に入りだったからね、その頃からザルだったよ、お金の使い方。平気で私にチケットとホテル経費で取らせて、愛人と旅行に行っちゃうんだから。でもね、ちゃんと見返りもあった」

×　×　×

回想。

経理部新人時代の芽衣子に、経理部長の鷹野、

鷹　野「いつもありがとな。鴨志田の頑張り、俺はちゃんと見てるから」

芽衣子「……」

×　×　×

芽衣子の声「あいつ、私がとても行けないような高級レストラン、『予約しておいたから、行っておいで』って」

高級レストラン。

芽衣子。

会計時に、モンキーパス宛の領収書を受け取る芽衣子。

×　×　×

芽衣子の声「誰よりも頑張ってる、自分へのご褒美だと思った」

経理部。鷹野の名前で接待費として領収書

に裏書きする芽衣子。

× × ×

玲　子「……」
芽衣子「目が醒めたのは、架空発注に気付いてから」
玲　子「架空発注？」
芽衣子「先代の社長が亡くなってから、鷹野のやりたい放題に、拍車がかかった。おもちゃ問屋のエビサワ、経営してるのは鷹野の親戚」
玲　子「！」
芽衣子「売れ残りをシシガミファクトリーの倉庫に在庫として隠しただけでなく、おもちゃの発注も架空。シシガミに支払った製造委託費の一部をエビサワを通して裏金として懐に入れて、残りをモンキーパスに戻す」
玲　子「……モンキーパスが、おもちゃを作らずに、お金を回すことで、売り上げを水増ししていたということですか」
芽衣子「おもちゃ会社がおもちゃすら作らないで……終わってるよね。最悪の粉飾。そんなことが明らかになったら、モンキーパスはおしまい。……勇気振り絞って指摘したの。そしたらあいつ」

× × ×

夜の経理部。
鷹　野「君はこの会社を潰すつもりか!!」
芽衣子「……私は、ただ……」
鷹　野「俺が会社の金を懐に入れてるだ？」
鷹野、芽衣子に近づき、急に微笑む。
鷹　野「そんなこと言ったら、君も同罪じゃない」
芽衣子「同罪？」
鷹　野「君だって、会社の金で今まで散々彼氏と飲み食いしてきたじゃない」
芽衣子「！」
鷹　野「よくそんな領収書、切れたもんだよね」
言い捨て、去っていく鷹野。
立ち尽くす芽衣子。

× × ×

経理部、現在。玲子と向き合う芽衣子。
玲　子「……」
芽衣子「それからもう、考えるのやめた。めんどくさい。仕事して給料もらって、プライベート充実してたら、それでいい」
玲　子「……そうじゃないですよね」
芽衣子「……」
玲　子「苦しかったんですよね」
芽衣子「……」

玲　子「私たちの机に置かれていたあの文書は、怪文書でも、嫌がらせでもなくて……私たちへのSOSだったんですよね？」
芽衣子「……」
玲　子「ずっと、助けて欲しかったんですよね」
芽衣子「……」

　芽衣子の顔が歪（ゆが）む。
　芽衣子、震える声で、

芽衣子「猿渡くんが、経理部に来て……新人研修の時とおんなじままで、純粋で、ばかで、おもちゃが大好きで、この会社が大好きで」
玲　子「……」
芽衣子「猿渡くんなら。猿渡くんと九鬼さんなら、この会社のほころび、繕（つくろ）ってくれるんじゃないかって……」
玲　子「……」
芽衣子「言ってたね、猿渡くん。私たちが、この会社のヒーローだって。……ヒーローじゃなくてごめん」
玲　子「……」
芽衣子「人任せで、ごめん」

　芽衣子、涙をこぼす。

玲　子「……」

　玲子、芽衣子に近づき、背中をトントン、とする。

玲　子「はい。任されました」
芽衣子「……」
玲　子「鴨志田さんは、もう、充分戦いました。続きは、私に任せてください」

28　玲子の家・居間（夜）

　玲子が帰ってくると、慶太、テーブルいっぱいに部品を並べて、おもちゃの模型を作っている。

玲　子「……」

29　玲子の部屋（深夜）

　寝巻き姿の玲子、正座して何かを考えている。

玲　子「……」

30　会社近くのランチスペース（日替わり）

　玲子、お弁当を食べながら、スマホを見て

いる。
慶太から『まだ打ち合わせ中（涙）』、スタンプ。
玲子、周囲のモンキーパスの社員たちを見つめ、

玲　子「……」

31　モンキーパス・経理部（夕）

残業をしている芽衣子。
慶太が来る。

慶　太「あ、鴨しぃ、お疲れー。これ、領収書お願いします」
芽衣子「……はい、承ります」
慶　太「玲子さんは？」
芽衣子「定時で帰ったよ」
慶　太「遅かったか！　あ、これ、おやつあげる」
慶太、袋からパンを取り出し芽衣子に渡す。
芽衣子の手には、メロンパン。
芽衣子「……」
慶　太「じゃーね（と、行こうとして、振り返り）あ、あれ、実現させなきゃね」
芽衣子「え？」
慶　太「『メロンパンク野郎』。新人研修の時に一緒に作った。鴨しぃとの夢、俺絶対かなえるから」
芽衣子「……」
慶　太「お疲れ！（と、去る）」
芽衣子「……」

32　同・社長室（夕）

ノックの音。

富　彦「はい」
声　「失礼いたします」
入ってきたのは、玲子。
富　彦「おお、どうぞ入って」
玲　子「お話が、ございます」
富　彦「どうしたんだい、あらたまって。まあ、かけて」
玲　子「……失礼いたします」
玲子、富彦と向き合って座る。
富　彦「また慶太がバカでもやらかしたのかい？」
玲　子「……。社長。モンキーパス経理部の社員として、お伝えしたいことがございます」
富　彦「……」
玲子、富彦を真っ直ぐに見つめ、口を開く。
玲　子「モンキーパスは、長年にわたって、不適切な

会計処理をしている可能性があります」
富　彦「……どういうことだ？」
玲　子「先代の社長の代から、鷹野さんが始めたことです。決算期におもちゃの売れ残りを、在庫として倉庫に保管。損失を隠していました」
富　彦「……」
玲　子「そればかりではなく、先代が亡くなってからは架空発注により、本来ないはずの売り上げまでも計上していました。これは、紛れもなく、粉飾決算です」
富　彦「……」
玲　子「これ以上、こんな不正を続けるべきではありません。そして、今までの不正は公にすべきです」
富　彦「……証拠はあるのか」
玲　子「今はありません。ですが、必ず探し出します。どうか、協力していただけませんか」
富　彦「……」
玲　子「このほころびを繕うことができるのは、社長だけです」
富　彦「……」
富彦、しばし黙った後、
富　彦「全て、鷹野の仕業だとでも？」
玲　子「……え？」
富　彦「舵（かじ）を取ったのは、先代の社長だ。そして、私がそれを引き継いだ」
玲　子「……！」
富　彦「粉飾は、私の指示だ」
玲　子「……」
富　彦「公表すれば、モンキーパスは終わる」
玲　子「……」
富　彦「妻は何も知らない」

33　猿渡家・キッチン（夕）

菜々子、ご機嫌で、料理をしている。
棚に並ぶ家族の写真。
富彦の声「もちろん、慶太も。二人にとっては、先代の義父は、自慢の父で、祖父だ」

34　モンキーパス・社長室（夕）

玲　子「……」
富　彦「義父が亡くなるときに誓ったんだ。必ずモンキーパスを立て直す、と。業績を上げれば、不健全な会計処理などせずにすむようになる。必死で結果を出そうとやってきた。やっと上向きになった時に、リーマンショックが来てね」

玲　子「……」

富　彦「それもなんとか乗り切った。そしたら、今度は……」

玲　子「……」

富　彦「この世というのは、水の泡のようだな。浮かんでは消えて、とどまることなどない……だが私は、諦めちゃいない。慶太が一人前になる頃には、胸を張って、モンキーパスをクリーンな会社にしてみせる。それが、この会社を受け継いだ社長としての最後のプライドだ」

玲　子「……」

富　彦「だから……頼む。このことは、もう少しだけ、どうか、胸にしまってくれないか」

玲　子「……」

富　彦「……頼む」

富彦、玲子に頭を下げる。

玲　子「……」

35　同・外の道（夜）

慶太、外に出てくる。

と、玲子が待っている。

慶　太「玲子さん！　え、帰ったんじゃなかったの？　俺待っててくれた？」

玲　子「はい。今日は一緒に帰れそうな気がして」

慶　太「……俺もそう思ってた！」

二人、並んで歩いていく。

玲　子「……」

玲子、自分から手をつなぐ。

慶太、嬉しそうにその手を振って歩く。

慶　太「あそうだ、明日、デートしない？」

玲　子「いいですね」

36　鎌倉（日替わり）

デートをする玲子と慶太。

服を選んだり、ランチをしたり、慶太の無駄遣いを玲子が止めたり。

37　海（夕）

並んで海を見つめる玲子と慶太。

慶　太「いつも家では一緒だけどさ、玲子さんと一日デートなんて、伊豆以来じゃない？」

玲　子「そうかもしれませんね。でも、伊豆の時はデートという認識は」
慶　太「え？　じゃ、これ、もしかして、俺と玲子さんの初デート？」
玲　子「……かもしれませんね」
慶　太「うわぁ、そうかー、どうりで！」
玲　子「え？」
慶　太「楽しかったなー。ほんとにほんとにほんとーーに、楽しかったなー」
玲　子「……」
慶　太「……あ、そうだ。あのね、玲子さん。俺……」
慶太、スケッチブックを取り出す。
慶　太「プランB、考えました！」
玲　子「プランB？」
慶　太「結婚式の。いや、こないだのプランA、自分のことばっかだったなーって反省して、二人の結婚式だもんね。だから、場所はね（スケッチブックをめくり）玲子さんち！」
玲　子「城が、家に？」
慶　太「だって、恋が始まったのも。玲子さんが衝撃のプロポーズしてくれたのも、玲子さん家だもん。俺たちの、一番の思い出の場所でしょ？」
玲　子「……（思い出し）」
×　　×　　×
回想。
庭での初めてのキス。庵（いおり）での玲子のプロポーズ。
蛍が舞う中、慶太のプロポーズ。
×　　×　　×
慶　太「んでね、衣装は（スケッチブックをめくり）玲子さんの手作り」
玲　子「私が？」
慶　太「そ。玲子さん得意のリメイクで、世界に一つだけのかっこかわいい服、まかせた！　アクセサリーはひかりに作ってもらお」
玲　子「……（思い出し）」
×　　×　　×
手作りのワンピースで鎌倉を歩いた玲子、慶太。
×　　×　　×
慶　太「フードはサチさんの手料理と、パパのお魚」
×　　×　　×
いつものサチとの食卓。伊豆の保男を訪ねた二人。
×　　×　　×

慶　太「デザートは玲子さんの好きなものいっぱいね。くるみクッキーでしょ、草餅（くさもち）でしょ、あ、バウムクーヘンはマスト！」
玲　子「……」
慶　太「好きなひと、みんな呼ぼ？　ガッキーも、まりあも、経理部のみんなも。しょうがない、早乙女も。んで、モンキーパスの歴代おもちゃ、いっぱい飾ろう。おもちゃショーみたいに。うちの父さんと母さんも喜ぶと思う」
玲　子「……」
慶　太「どう？　こんな結婚式」
玲　子「……良きです」
慶　太「ほんと？」
玲　子「良きです。良き、良き、良きです」
　玲子、言いながら、涙をこぼす。
慶　太「えー、そんな、感動しちゃった⁉　そしたら、やっぱ、プランBだな！　決定！」
玲　子「幸せです。猿渡さんといると。いつも」
　玲子、微笑み、
玲　子「猿渡さんは、私の、ヒーローですね」
慶　太「……」
　慶太、玲子にキスをする。

38　玲子の部屋（夜）

玲　子「……」
　玲子、猿の小皿を見つめる。

39　モンキーパス・経理部（日替わり、朝）

　玲子、やってきた。まだ、誰もいない。
玲　子「……」

40　同・企画部（朝）

　純、慶太に近づき、
純　「おはようございます」
慶　太「あ、ガッキー、おはよう」
純　「……あの……玲子さんから何か聞いてます？」
慶　太「え？　何が？」
純　「いえ、だったら別に」
慶　太「はあ？　何？」
　そこに、猪ノ口が駆け込んでくる。
猪ノ口「猿渡くん！　一体、どういうこと？」
慶　太「え？」

猪ノ口「九鬼さんが！」

41　同・経理部（朝）

駆け込んでくる慶太、純、猪ノ口。

慶　太「玲子さんは？」
美　月「……」
芽衣子「……」

白兎が持っているのは、退職願。

純「！」
慶　太「え……」
玲子の声「この度、一身上の都合により」

42　道

遠ざかっていく玲子の背中。

玲子の声「モンキーパスを、退職させていただきます。
九鬼玲子」

最終話

ほころびの行方、ふたりのはじまり

7話のリフレイン

粉飾の事実を伝えた玲子に、富彦、

富　彦「粉飾は、私の指示だ」
玲　子「……」
富　彦「公表すれば、モンキーパスは終わる。このことは、もう少しだけ、どうか、胸にしまってくれないか……頼む」
玲　子「……」

×　　　×　　　×

遠ざかる玲子の背中。経理部に駆け込んでくる慶太、純。

慶　太「玲子さんは？」
白兎が持っているのは、退職願。

慶　太「え……」
玲子の声「この度、一身上の都合により」

×　　　×　　　×

遠ざかる玲子の背中。

玲子の声「モンキーパスを、退職させていただきます。九鬼玲子」

1　モンキーパス・経理部

慶太、玲子が提出した退職願を手に、

慶　太「玲子さんが、モンキーパスを辞める……？……なんで？」
白　兎「猿渡くん、九鬼さんから何も聞いてないの？」
慶　太「聞いてないですよ！　今日だって朝一緒に会社来て、お昼も一緒に食べよーって、いつもと何も変わらなかったし」

慶太、玲子に電話をかける。

慶　太「つながんない！」
美　月「猿渡さんにも黙ってなんて」
純　「……」
芽衣子「……」
猪ノ口「何か心当たりないの？」
慶　太「心当たり？……心当たり……心、当たんないって!!　なんなのもう、どゆこと!?　玲子さんどこ行ったの!?」
純　「……あの！」
慶　太「え？」
純　「僕、心当たりが……」
芽衣子「私も、お話が……」

慶　太「……」

2　外のランチスペース

人目を忍んで集まっている経理部一同と、慶太、純。

純「僕も玲子さんも、モンキーパスと長年付き合いのあるシシガミファクトリーとのお金のやり取りに不審な点を発見し、早乙女さんに相談しに行きました」
白　兎「って、その件、まだ調べてたの⁉（周りを気にして）やめてって言ったじゃない、それ鷹野専務の案件なんだから」
純「（遮り）そこで浮かび上がったのが、長年にわたる売れ残りのおもちゃの損失隠しによる粉飾決算疑惑です」
白　兎
猪ノ口「⁉」
美　月
慶　太「モンキーパスが……粉飾？」
白　兎「いくらなんでもそんなバカな」
芽衣子「鷹野さんの裏帳簿を見たことがあります。先代の社長が亡くなってからは、架空発注にも手を染めていました」
純「えっ」
芽衣子「数年前に一度指摘してから証拠になりそうなものは全て隠されてしまいましたが、30年以上にわたっての粉飾決算は間違いないと思います」
猪ノ口「30年以上って、そんな……」
美　月「ヤバすぎ……」

あまりのことに、黙ってしまう一同。

慶　太「……。……このタイミングで聞いてもいいかな」
一　同「？」
慶　太「粉飾って、何」
一　同「‼」
純「そのレベルですか⁉」
慶　太「いやっ、わかるよ、なんとなくは！　結構悪めのことでしょ？」
白　兎「結構どころの騒ぎじゃない。もし本当だったら新聞の一面だよ」
慶　太「え」
芽衣子「粉飾決算、不正な会計処理によって虚偽の決算書を作ること。株主を裏切る行為ですし、企業は刑事上、民事上の責任を問われます」
慶　太「え」

猪ノ口「上場は廃止、社長たち経営陣の辞職も免れないかと」
美　月「タチが悪ければ逮捕もあり得ます」
慶　太「逮捕⁉……って、父さんが？」
純　「玲子さん、きっと、猿渡さんに言うに言えなくて、それで」
慶　太「ちょっと待って。いやいや。いやいやいや。ありえないよ。ありえないでしょ？　モンキーパスがそんな。だって、じいちゃんが立ち上げて父さんずっとが守ってきた会社だよ？」
一　同「……」
慶　太「粉飾だか、なんだか知らないけどさ、うちの会社がそんな悪いことするわけないって。誤解だって」
純　「鷹野さんが裏で手を引いて、社長は何も知らなかったんじゃ」
慶　太「……。とにかく！　モンキーパスがそんなことするはずないから！　絶対、なんかの誤解だから‼……それよりまずは、玲子さん探してくる‼」
慶太、足早に去っていく。

3　街

慶太、玲子の行きそうなところを探す。
ケーキ屋、和菓子屋、公園のベンチ……
だが、玲子の姿は無い。

4　玲子の家〜庵

サ　チ「（スマホに）猿君？　そうなの、手紙が置いてあって」
庵（いおり）に置かれた玲子の手紙。
『お母さんへ
ここちよい秋風に、突然、思い立ち、しばらし、旅に出ます。
どうかご心配なく。　玲子』
サ　チ「心配するに決まってるじゃない！」

5　早乙女事務所

純と電話している早乙女。

早乙女「玲子がいなくなった？　いや。俺のところには何も。……ああ、わかった。俺も心当たりを探してみる」
すぐに事務所を出ていく早乙女。

瑠璃「……」

6 街

純、電話を切り、玲子を探す。
と、足を止める。
そこは、玲子と二人で、ポンデケージョを食べたパン屋。

純「……」

7 お寺（夕～夜）

慶太「玲子さんっ！」
玲子を探している慶太。
日が暮れても、玲子は見つからない。

慶太「玲子さんっ！　もう、どこにいるんだよ！」

8 玲子の庵・縁側（明け方）

一睡もできなかった慶太、スマホを片手に、猿彦を抱き、体育座りで、玲子の帰りを待っている。

慶太「玲子さん、どこにいんの？　ちゃんとご飯食べたの？」

猿彦「……」

慶太「なんで俺には手紙ないの？　なんで俺に何も相談しないいんだよ……（うなだれる）」

猿彦「（うとうとと眠り始める）」

慶太「猿彦っ、寝てる場合かよ！」
鐘の音がゴーンと鳴る。

慶太「玲子さん……」

タイトル『おカネの切れ目が恋のはじまり』⑧

9 モンキーパス・ロビー（日替わり）

慶太、強張(こわば)った表情で歩いてくる。

慶太「……」

10 同・会議室

取締役会が行われている。早乙女の姿も。

鷹野「以上が9月期決算報告です。依然厳しい戦いは続いておりますが、社長のご子息発案の復刻版Ｂａｍｕ－ｋｕのおもちゃ、グッズ販売が大変好評を博しております」
富　彦「……」
鷹　野「このままの勢いで、クリスマス商戦に間に合うよう」
ドアが開く。入ってきたのは、慶太。
富　彦「！」
早乙女「……」
鷹　野「おや、噂をすれば」
富　彦「何事だ」
慶　太「出席してもよろしいですか」
富　彦「何を言ってる」
慶　太「（真っ直ぐに富彦を見る）」
富　彦「……」
鷹　野「まあ、いいじゃないですか。我が社を背負って立つ慶太くんですし。ねえ、皆さん」
取締役たち「（うなずく）」
慶　太「ありがとうございます（席につく）」
富　彦「……」
鷹　野「モンキーパスの未来は安泰ですなあ。では、続きまして」
早乙女「質問してもよろしいですか？」
早乙女、立ち上がり、
早乙女「決算書を拝見しましたが、先代からの取引先であるシシガミファクトリーとの取引について、不明確な会計がございます」
鷹　野「早乙女くん」
早乙女「（富彦に）一点目。管理費という名目で年間３億円もの金額を支払っていますが、これは、正常な在庫ではなく、売れ残りのおもちゃを倉庫に隠した損失隠しではありませんか？」
ざわつく一同。
富　彦「……」
慶　太「（富彦を見ている）」
早乙女「二点目。シシガミファクトリーに発注された40億円ものおもちゃが、おもちゃ問屋のエビサワを通して販売されていることになっていますが、エビサワと取引のある百貨店や小売店が全く見当たらないのはなぜでしょう？」
富　彦「……」
早乙女「そもそも、おもちゃなど作っておらず、売り上げを水増しするための架空発注ではありませんか？」
鷹　野「何を馬鹿なことを！　そんなわけがないだろう」

早乙女「では、シシガミファクトリーで作られたおもちゃは、一体、どこに売られているんです？」
富　彦「海外です」
慶　太「……」
富　彦「中国に年間20億円。シンガポールに年間10億円、マレーシアに5億円、タイに5億円。資料に不備があったようですね。近日中に提出いたします」
慶　太「……」
早乙女「お待ちしております」

×　×　×

取締役会が終わり、解散していく一同。
鷹野、早乙女に近づき、小さく、
鷹　野「先生、テレビのお仕事でお忙しいでしょ？どうか力まずに。ね？」
鷹野、睨（にら）みをきかせて出ていく。
早乙女「……」
早乙女、富彦の下へ向かうと、
早乙女「姿を消したそうですね。玲子さん」
富　彦「……！」
早乙女「僕は彼女のこと、よく知っています。不正を見過ごせるような人じゃない。真っ直ぐな子だから。だから……玲子の気持ちを救うためなら、僕はどんなことでもします」
富　彦「……」
慶　太「……」
早乙女、去っていく。
会議室に残ったのは、富彦と慶太。
富　彦「玲子さん、いなくなったのか？」
慶　太「経理部に退職願置いて。電話もつながらない」
富　彦「……行くぞ」
慶　太「え」
富彦、歩いていく。

11　デパート・おもちゃ売り場

歩いて行く富彦。ついていく慶太。
慶　太「……」
富彦、足を止める。
子供が嬉（うれ）しそうに見つめているのは、他社のメロンパンのぬいぐるみ。
富　彦「お前も昔、同じようなアイデアを出したな」
慶　太「え」

×　×　×

新人研修。メロンパンのキャラクターを描く慶太。

慶　太「あれ……覚えてたの？」

×　×　×

富　彦「……」

富彦、おもちゃを見て歩きながら、

富　彦「一番最初に描いたのは、画用紙からはみ出すほど長い尻尾の猿だったな。ピンクのウサギの風鈴に、空飛ぶロケット」

×　×　×

慶太が子供の頃から描いているリングノート。

様々なおもちゃのアイデア。

富彦の声「吹き矢のように飛ばす飛行機。ほっぺを赤くする帽子。授業中専用手紙ランチャー」

×　×　×

おもちゃ売り場を歩く富彦。

富　彦「ロングハイパーアーム。蚊取り線香のフリスビー」

慶　太「……」

富　彦「覚えてるよ。お前が考えたおもちゃのアイデアは。みんな」

慶　太「……」

富　彦「お前のお爺ちゃんはことあるごとに言ってた。『役に立たないものを作れ』。お前には、その才能がある。俺のようなつまらん人間にはないものを、人を笑顔にする才能を、お前は生まれた時から持ってた。そして……大人になった今でも、何一つ失っちゃいない」

慶　太「……」

富　彦「会社に入れたくなかったのは、俺のわがままだ。お前には、何も背負わせたくなかった」

慶　太「……」

富　彦「そのままで、いさせてやりたかった」

慶　太「……それって。それって、モンキーパスが、悪いことしてるってこと？　爺ちゃんや、父さんが、その、粉飾ってやつ、してるってこと？」

富　彦「玲子さんが訪ねてきた。不正な会計を正して欲しいと」

慶　太「え……」

富　彦「俺は……会社の業績が上がるまでは見逃してくれと、頭を下げた」

慶　太「……」

富　彦「玲子さんに、とんでもない重荷を背負わせてしまった」

慶　太「……してたならさ、ダメなことしてたなら、今からだってちゃんとすりゃいいじゃん！」

富　彦「いつか公表しなくてはいけない時が来るだろ

う。だが、今は時期が悪すぎる。モンキーパスを潰すわけにはいかない」

慶　太「そんなの」

富　彦「納得できないなら、会社を辞めてくれて構わない」

慶　太「！」

富　彦「会社は俺が守る。だからお前は……あのお嬢さんだけ、守ってやれ」

慶　太「……」

富　彦「……」

富彦、去っていく。

慶太、おもちゃ売り場にひとり、立ち尽くしたまま……

慶　太「……」

12　鎌倉・玲子の家・リビング

テーブルに玲子が行きそうな場所をピックアップした紙。全部の場所に×印。

慶　太「……」

ひかり「ほんと、どこ行っちゃったんだろうね、お姉さん」

サ　チ「こんなにみんなを心配させて……」

と、チャイムの音。

慶　太「！　玲子さん？」

現れたのは、純と早乙女。

慶　太「……」

×　　　×　　　×

時間経過。

心当たりの場所に電話をかけている一同。

紙に追加された玲子の古い友人の名前に×印。

早乙女「テニススクール時代の友達もダメか……」

慶　太「あー、もうっ」

純　「（紙を見ていて）……あの、僕、すごいことに気づいちゃったんですけど」

慶　太「えっ、なんか手がかりあった？」

純　「僕たちの名前です（紙に平仮名で何かを書く）」

慶　太

ひかり「名前？」

サ　チ

純　「（紙に書かれた名前を指し）猿渡慶太、さる、早乙女健、健すなわち犬（ケン）イコールいぬ、そして、僕（平仮名で書いた『いたがきじゅん』の『きじ』の部分を○で囲む）きじ。僕たち、桃太郎の家来ですよ！」

サチ「あら！　ほんと！　すごい！」
慶太「はあ？　ガッキーのきじとか無理やりじゃん！」
ひかり「それでお姉さんが鬼（と、九鬼玲子の『鬼』の文字を丸で囲み）そうか、鬼に振られた家来がここに三人」
慶太
純「!!」
早乙女
慶太「いや、俺は振られてないから！」
早乙女「（呆れ）さっきから、なんの話をしてるんだ」
慶太「そうだよ、何が犬猿キジだよ」
ひかり「桃太郎もいないしね」
慶太「こんなときに、子供みたいなこと言ってんじゃないよ！」
純「すいません」
慶太「ん？　ママ、玲子パパの苗字、なんだっけ。玲子さんの前の苗字って」
サチ「そういえば、桃田ね」
慶太「いた！」
ひかり「桃！」
慶太「……。俺、行ってみる！」
サチ「え？　どこに？」

慶太「桃太郎んとこ!!」
　慶太、部屋を飛び出していく。
ひかり「はや」
純「……追いかけなくていいんですか」
早乙女「君は？」
純「……僕らにできることって、ないんですかね。せめて……家来として」
早乙女「……」

13　伊豆・漁港

　保男、サチからの電話に、
保男「ああ。玲子からは何も。ごめんな、何度も連絡もらってるのに役に立てなくて。ああ、そしたら、すぐに連絡する。すまん、ちょっと電波が。それじゃ、また」
　保男、電話を切る。
保男「（振り向き）……で、いいのか？」
　漁師姿で頭に鉢巻を巻いた玲子、
玲子「（うなずく）」
保男「でもみんな心配」
大将「新入り！」
玲子「ハイッ」

大将「ほれ、ちゃんと運べいっ!!」
玲子「ハイッ!」
　玲子、魚の入ったケースを運んでいく。
保男「……」

14　同・市場（夕）

保男「今日は手伝い、ありがとな」
　玲子の手には、どんぶりに入った白飯。
保男「観光の皆さんに人気なんだ。父さんご馳走するから、なんでも好きなものをのっけてもらいなさい」
玲子「……では。中トロを」
保男「いいねえ」
玲子「てんこ盛りで」
保男「ん?」
　×　×　×
玲子「カニの足を。てんこ盛りで」
保男「!」
　×　×　×
玲子「北海道産生うにを。てんこ盛りで」
保男「……」
　×　×　×
　テーブルについた玲子と保男。
　てんこ盛り盛りになった海鮮どんぶり。
玲子「いただきます」
保男「……」
玲子「(一口食べて、目をつぶる)」
玲子の声「しおかぜ薫る魚市場。今日は大漁海の幸。てんこ盛り盛り盛り盛り丼。ああ、良き」
保男「お、美味しいか?」
玲子「(また食べて、目をつぶる)」
玲子の声「♪トロは中トロ、コハダアジ、アナゴ甘エビ、しめサバスズキッ、ホタテアワビに赤貝ミル貝」
保男「れ、玲子?」
玲子「(そのまま止まっている)」
玲子の声「♪カツオカンパチウニイクラッ、パパの奢りで9800円ッ、無論バイブスいと上がりけりッ、ヒュイゴー!」
保男「(揺らして) 玲子? 玲子?」
玲子「(はっとして) あ、お父さん」
保男「大丈夫か?」
玲子「え?」
保男「やっぱり、いつもとだいぶ様子が……何があったんだ?」
玲子「大丈夫。すごくおいしい。良きです」

保男「……お父さん、お茶買ってくるな」
携帯を手に立ち上がる保男。
玲子の背中を横目に表示させるのは、サチの電話番号。
保男「……（行こうとすると）」
玲子「お父さん」
保男「！」
玲子「嘘をつかせてしまって、ごめんなさい。でも……帰れないの」
保男「……」

15 同・海辺（夕）

玲子、海を見つめている。
その周囲にはタピオカミルクティーが6つ。
保男「（来て）玲子、これ全部、飲むのか？」
玲子「えっ（と、辺りを見回し）なぜ、タピオカの群れのなかに……」
保男「玲子。ちょっと、運動でもしないか？」
玲子「運動？」
保男、後ろ手に持っていたものを見せる。
それは、テニスのラケット。
玲子「……」

16 テニスコート（夕）

保男「玲子、よく言ってただろ？　学校で嫌なことがあったり、モヤモヤしたときは、ひたすらラリーをすると落ち着くって」
玲子「……」
保男「まあ、父さんじゃたいした相手にはならないだろうけど」
保男、サーブを打つ。
玲子、打ち返す。
続くラリー。
玲子「……」
玲子、思い出す。

× × × ×

慶太と行ったテニスコンペ。

× × × ×

玲子「……」

× × × ×

慶太との出会い。
失恋した時、慰めてくれたこと。
手をつないで帰った夏の道。
蛍が舞うお寺で、慶太からのプロポーズ。

玲　子「……」

×　　×　　×

富　彦「慶太は何も知らない。このことは、もう少しだけ、どうか、胸にしまってくれないか……頼む」

×　　×　　×

玲　子「……」

玲子、打つのをやめて立ち止まる。

慶太の声「玲子さん！」

玲　子「！」

息を切らした慶太、

慶　太「玲子さん、見つけたっ!!」

玲　子「……」

慶太、玲子に近づいていく。

玲　子「……」

玲子、逃げ出す。

慶　太「え？　ちょっと！」

走る玲子を追いかける慶太。

17　海近くの道（夕）

全速力で走る玲子。追いかける慶太。

慶　太「玲子さん！　待ってって！　玲子さんっ!!」

スピードをあげる玲子。

慶　太「玲子さんってば！」

引き離されていく慶太。

慶　太「玲子さんの方が、絶対速いし、俺、追いつけないんだから!!　それ以上っ、それ以上、逃げるなら！　もう、俺には、一生会えないからねっ!!」

玲　子「！」

慶　太「それでもいいの!?」

玲　子「……」

玲子、足を止める。

慶太、その場に立ち止まり、

慶　太「俺、困ってる。玲子さん何も言わないでいなくなるし。粉飾とか言われて。父さん会社辞めていいとか言うし。俺、無茶苦茶困ってる！」

玲　子「……」

慶　太「玲子さんもそうでしょ？　会社のことと、俺のことと、父さんのことと、板挟みになって、無茶苦茶、困ったんでしょ？　だからいなくなったんでしょ？」

玲　子「……」

慶　太「そういう時は！　そういう、訳わかんなくなってあーーーってなった時は、一人で逃げるんじゃなくて、俺に頼るの！」
慶太「俺も玲子さんに頼るから！　無茶苦茶、頼るから！……だから、心配くらい、させてよ！」
玲子「……！」
慶太「二人で生きてくって、そういうことでしょ？」
玲子「……」
玲子、ぎこちなく踵を返す。
玲子「……」
慶太「……」
玲子、全速力で突進してくる。
慶太「え、え、え、やだ、怖い」
玲子、思わず逃げようとする慶太にタックル。
慶太「!!」
そのまま転がる二人。
慶太「ゴホッゴホッ！　いたい!!」
玲子「……困ります」
慶太「え？」
玲子「困ります。一生会えないと」
慶太「……（微笑み）」
玲子「でも……猿渡さんに、会社のこと、お父さんのこと、伝えたくなくて……嘘つき通す自信もなくて」
慶太「うん」
玲子「逃げたりして、ごめんなさい」
慶太「うん」
玲子「一瞬でも、ここで漁師として生きていく人生を考えて、ごめんなさい」
慶太「えっ、何それ」
玲子「一緒にいます。猿渡さんと、一生」
慶太「……そういうこと！」
保男、そんな二人を見つめ、
保男「（微笑み）……」

18　ローカル線のホーム（夜）

玲子、慶太、乗り換え待ち。
ベンチに並んでイカめしを食べている。
玲子「猿渡さんのお父さん、お爺さんから会社を引き継いだときには、もうどうすることもできない状態だったんだと思います」
慶太「……」
玲子「モンキーパスを守りたいって、私に頭まで下げて」

慶　太「……。俺、何もわかってなかったんだ。あの真面目な父さんが何を抱えて、今まで、どんなに苦しんできたか。何も知らずに、能天気に生きてきて……」
玲　子「……」
慶　太「……だから……だから、俺が、ちゃんと」
玲　子「このほころび、猿渡さんと私で、少しずつ、縫い合わせていくことに、しませんか?」
慶　太「少しずつ?」
玲　子「このことを胸にしまっても、モンキーパスのために、できることは、あるはずです」
慶　太「……玲子さんは、それでいいの?」
玲　子「……（うなずく）」
慶　太「本当に?」
玲　子「……少しずつ、きっと、良い方向に、変わっていけます」
慶　太「（そんな玲子を見つめ）……ごめん。ごめん、玲子さん」
玲　子「……」
玲子、慶太の手に手を重ねる。
慶　太「……」
玲　子「……」
月が二人を照らしている。

富彦の声「そもそも一期の月影かたぶきて餘算（よさん）山のはに近し」

19　モンキーパス・社長室（夜）

月の光が差し込んでいる。
富　彦「（見つめ）『月かげは入る山の端もつらかりきたえぬひかりをみるよしもがな』」
近づいてくるのは、猿之助。
猿之助「（見つめ）……」
富　彦「（抱き上げて）そうだな。まだまだ、終われない」

20　鎌倉の実景（日替わり、朝）

夜が明けていく。

21　道（朝）

菜々子、スマホに、
菜々子「結婚式をおうちで?　ドレスは手作り?　ちょっとどういうこと?　慶ちゃんの一生に一度の晴れ舞台なのよ!」

22　玲子の家・リビング（朝）

玲子、ミシンで結婚式の衣装を縫いながら、菜々子と電話中。

玲　子「そろそろ会社に行く時間ですので、その件につきましては、後ほど！」
菜々子の声「待ちなさい、ちゃんと話を」
玲　子「（電話を切る）」

手書きの招待状を作っていた慶太。

慶　太「できた！」
玲　子「猿渡さん、そろそろ出ますすよ！」

23　モンキーパス・ロビー（朝）

歩いてきた慶太、玲子、向き合う。

慶　太「じゃあ、今日も一日」
玲　子「はい、頑張りましょう！」

玲子、慶太、それぞれの部署へ。

24　同・経理部

玲子、いつにも増して、ハイスピードで仕事をしている。
そんな様子を経理部一同、見つめ、

白　兎「九鬼さん、大丈夫そうだな」
猪ノ口「戻ってきてくれて、何よりです」
美　月「でも、あの件、どうなったんですか？　うちの粉飾（疑惑）」
白　兎「（かぶせるように）滅多なこと言うもんじゃないよ！」
猪ノ口「結局、触らぬ神に祟（たた）りなしコースですか……」
白　兎「経営陣が否定してるんだから。長いものには巻かれるのが一番なんだって」
猪ノ口「さすがの九鬼さんでも、そういう選択か」
芽衣子「……」
玲　子「巻かれるつもりは、毛頭ございません」
白　兎「え⁉」
猪ノ口
玲　子「こちら、自分なりに作ってみました」

玲子、分厚い企画書を差し出す。
芽衣子たち、覗（のぞ）き込み、

芽衣子「モンキーパス『清ら化計画』？」
美　月「なんですか、清ら化って」
玲　子「猿渡さんと約束したんです。モンキーパスのために、できることをしようと。私は経理面での徹底した経費の削減」

25　同・企画部

鶴屋と新商品のブレストをしている慶太。

玲子の声「猿渡さんは、売り上げアップにつながるヒット商品の開発を」

26　同・経理部

企画書をめくる芽衣子。

様々な経費削減のアイデア。

玲　子「チリも積もれば山となる。私たち経理部でこそ、できることがあります。目標は5年。5年でこの会社の会計を清らかにしましょう」

白　兎
芽衣子
猪ノ口「……」
美　月
玲　子「みなさん、協力していただけませんか?」
芽衣子「……当たり前でしょ!」
猪ノ口「ガツンと結果出してやりましょうよ!」
白　兎「おい、くれぐれもまた余計なことは」
美　月「部長は黙ってお茶でも飲んでてください!」
芽衣子「私ずっと思ってたんだけど、営業と企画部の接待費、なんとか削減できないかな」

玲子の企画書について、前向きな意見を出し合う一同。

玲　子「(微笑み)……」

27　会社近くのランチスペース

純とまりあがランチを食べている。

まりあ「あの二人にしては、大人の選択したよね」
純　「二人がそう決めたなら、僕はもう何も。早乙女さんが取締役会で指摘したことで、鷹野さんも今までのような無茶はできないだろうし」
まりあ「で、これ、行く?」

まりあ、手にしているのは結婚式の招待状。

純も招待状を持っていて、

純　「行かないのもなんだし、行きますよ」
まりあ「もう吹っ切れたんだ」
純　「まあ。まりあさんは?」
まりあ「……私、とことんお金持ちには縁がないみたい」

純「え？」
まりあ「うちの田舎、離島でさ。仕事なくて親ほとんど働いてなくて、うち、窓割れても段ボールで塞いでちゃんと直せないくらい、貧乏だった」
純「……」
まりあ「おばあちゃんがね、私だけは、お金持ちと結婚できるようにって、お守りに」
まりあ、財布から出すのは、聖徳太子の一万円札。
まりあ「ほら、私の苗字、せいとくって、聖徳太子と同じ字だから」
純「……嘘でしょ」
まりあ「え？」
純「いや、僕の苗字、板垣じゃないですか。で、おじいちゃんが、コツコツお金が貯まるようにって」
純、財布から取り出したのは、板垣退助の百円札。
まりあ
純「……」

28 玲子の家・リビング（夕）

慶太、何か丸いもののデザインを考えている。
慶太「うーん……」
ひかり「できたよ！　これがお姉さんのネックレスで、こっちが慶太と猿彦のネクタイ」
慶太「うぉー、めっちゃいいじゃん！　ありがと、ひかり」
サチ「（お品書きを見せ）パーティのお料理のメニュー、こんな感じでいい？」
慶太「ママ最高！　玲子さんに見せてくる！」

29 同・庭〜庵（夕）

慶太、やってくる。

と、玲子、真剣に『5年目標　清ら化計画』を更新中。

慶太「（見つめ）……玲子さん」

玲子「はい、どうしました？」

慶太「あの。話あって。結婚式近いのに、申し訳ないんだけど、新商品のリサーチに、海外のおもちゃショー、見に行きたいんだ」
玲子「海外に？」
慶太「うん。1週間くらい。いいかな？」
玲子「結婚式の準備は任せてください。いいアイデアが見つかるといいですね」
慶太「うん」
玲子「ただし、経費で行かれるなら飛行機は格安航空券で」
慶太「えー」
玲子「もちろんエコノミークラスで」
慶太「い、いーよ、自腹で行くから！　半分は自分の勉強のためだし！」
玲子「猿渡さん」
慶太「わかりました！　家計のためにも、格安航空券探して、エコノミークラスで行きます!!」

30 道（日替わり）

慶太、カートを引いて出発。
振り返り、笑顔で玲子に手を振る。

慶太「行ってきまーす！」
玲子「お気をつけて。……よし。私も頑張らねば」

31 モンキーパス（日替わりしながら）

打ち合わせ室。会議終わり。

鶴屋「昼飯いくかー」
すっと入ってきて消し忘れた電気を消す玲子。

鶴屋「!?　びっくりした！」
玲子「鶴屋さんお話が（資料を見せ）ご自身が接待費使用額ダントツトップの座に輝いていることに関して、いかがお考えでしょうか？」

×　×　×

こまめに電気を消す玲子。

×　×　×

使われていない機器のコンセントを抜く玲子。

32 玲子の家・リビング（日替わり・明け方）

結婚式当日。
リビングと庭にはパーティの飾り付けがされている。
玲子、ミシンで結婚式のドレスを縫ってい

る。

玲　子「で、き、た……」

　玲子、気が抜けたように突っ伏す。

　パジャマ姿のサチ、お茶を持ってきて、

サ　チ「お疲れさま」

玲　子「ありがとう」

サ　チ「ドレス、素敵ね」

玲　子「ありがとう」

サ　チ「玲子。無理してない？」

玲　子「……（首を振る）」

サ　チ「……」

玲　子「ちょっとだけ、肩が凝ったかも」

サ　チ「（玲子の肩を揉み）あら、本当、カチカチ。やだ、頭も」

玲　子「（頭を揉まれ）お母さん。私、大丈夫だから」

サ　チ「そう」

　と、そこに、

慶　太「たっだいまー！」

　慶太が帰宅。

サ　チ「ずいぶんのんびりした新郎ですこと」

慶　太「（家の様子を見て）うぉ！　すご！」

玲　子「まだ半分も終わってないですよ」

慶　太「（時計を見て）やばっ！」

×　×　×

　料理を盛り付けるサチ、手伝うひかり。

　おもちゃを飾り付ける慶太。

　やたら慎重に、くるみクッキーやバウムクーヘンを並べる玲子。

×　×　×

　玲子にメイクをするひかり。

×　×　×

　玲子が作った衣装に着替えた慶太。

慶　太「玲子さーん、俺、どう？　俺？」

　庭に出ると、

ひかり「じゃーん！」

　玲子の花嫁姿。

慶　太「……（微笑む）」

玲　子「（照れつつ、微笑む）」

33　同・リビング〜庭

　パーティが始まっている。

　集まったお客たち。

　各自、自由に料理を食べたりおしゃべりをしたり。

芽衣子「あー！　九鬼さん！　きれい！」

美月「おめでとうございます！」
白兎玲子「ありがとうございます。くるみクッキーをどうぞ。草餅もどうぞ。バウムクーヘンもどうぞ」
芽衣子「いやいや、適当にやるからそんな気を遣わないで」
玲子「お皿を持ってきますね」
玲子、キッチンに来て、
玲子「お母さん、お皿……」
サチの隣で魚を捌（さば）いている保男。
玲子「（微笑み）……」
ひかり、料理を取り分けた皿を渡しながら、
ひかり「あれー、犬とキジ、遅くないっすか？」
まりあ「犬とキジ？」
ひかり「お姉さんのしもべ二匹。やっぱ見たくないのかな、お姉さんの幸せ」
まりあ「ああ……男は繊細だねー」
その近くで、
鶴屋「（猪ノ口に）どうよ、経理部は」
猪ノ口「充実してますよ、あなたと仕事してた頃よりずっと」
鶴屋「またまた〜、戻りたいくせに！」
芽衣子、飾られているおもちゃを興味深く見て
芽衣子「これ全部モンキーパスのおもちゃ？」
慶太「そう。全部俺のお気に入り。いいでしょ？」
慶太、気付く。
富彦と菜々子が来ている。
菜々子「慶ちゃん、おめでとう！」
菜々子、近づいてきた猿彦の胸ポケットに、分厚いご祝儀袋を入れる。
慶太「（富彦に）……来ないかと思った」
富彦「母さんの支度に時間がかかってな」
菜々子「だってえ、帯が気に入らなかったんだもん。こっちにして正解でしょ？」
富彦「お前と玲子さんらしい結婚式じゃないか」
慶太「……うん」
菜々子「ま、プレパーティとしてはこれはこれでありね。本番はちゃんとゴージャスにやりましょ」
慶太「何言ってんの母さん、これが本番だよ」
菜々子「慶ちゃん、ママね、どうしても慶ちゃんの白いタキシード姿が見たいの！　エメラルドの海バックに写真も撮りたいし！」
そんな様子を見ている玲子。
富彦と目が合う。
玲子「……」

富　彦「……おめでとう」
玲　子「ありがとうございます」
慶　太「……」

×　　×　　×

庭。モンキーパスのキャラクターの猿が描かれたウェディングケーキに入刀をする玲子と慶太。
ケーキを食べさせ合う二人の幸せそうな姿に、一同、拍手をする。

サ　チ「……」
保　男「……」
菜々子「……」
富　彦「……」

34　街

早乙女、慶太に電話をかけて、
早乙女「こんなタイミングになってしまってすまない。今からになりそうだ」

35　玲子の家・庭

慶太、早乙女と電話をしていて、
慶　太「そう……わかりました」
慶太、電話を切り、
慶　太「……」
玲　子「猿渡さん？」
慶　太「ああ、早乙女さん、間に合わなくてごめんって」
玲　子「お忙しいでしょうから。そろそろお開きですので、ご挨拶(あいさつ)を」
慶　太「うん」
慶太、集まった一同に、締めのご挨拶。
慶　太「あの。本日は、こんなにたくさんの方達に、僕と玲子さんのために集まっていただき、本当にありがとうございました」
一　同「（拍手）」
慶　太「僕は、ラスベガスで家族カードを約777万円使い込んでしまい、経理部に異動になりました」
一　同「（笑い）」
慶　太「そこで玲子さんと出会って、恋をして、結婚することになりました」
玲　子「……」
保　男「……」
サ　チ
慶　太「玲子さんは僕のほころびを一生懸命繕おうと

してくれました。それで、多分僕も、玲子さんのほころびを。繕えたかどうかはさておき、玲子さんが教えてくれたのは、ものも、人も、繕うごとに愛着が増すんだってこと。大切な人を、ていねいに、大切にするだけで、すごく幸せな気持ちになれるんだっていうこと」

玲　子「……」

慶　太「そんな玲子さんに、そんな玲子さんに……僕は……」

玲　子「?」

慶　太「俺は……玲子さんに、大きなほころびを見ないふりしろなんて、そんなこと、言えない。そんなこと、させられない」

玲　子「!」

富　彦「……」

慶　太「だから俺が、俺の家族のほころびを、ちゃんと、繕わなくちゃって」

36　モンキーパス・鷹野の部屋

鷹野、帳簿を見ている。
ドアが開き、入ってくるのは、男たち。

金融庁職員「金融庁のものです。内部告発がありました」

刑　事「裁判所の捜索令状です」

書類を集めていく刑事達。

鷹　野「おい、何を証拠にそんな」

早乙女「証拠なら、あります」

早乙女、入ってきて、資料を見せる。

早乙女「先日、海外へのおもちゃの販売実績の資料をいただきましたね。虚偽の資料を」

鷹　野「!」

一緒に入ってきた純、

早乙女「猿渡さんが現地に飛んで調べたんです。すべての会社が、うちのおもちゃなど一切販売していないダミー会社でした」

鷹　野「猿渡?……まさか、告発したのは」

37　早乙女事務所（回想）

海外から帰ってきた慶太。
早乙女、純と共に、モンキーパスを告発するための資料を作っていく。慶太、苦渋の表情で。

慶　太「……」

慶太の声「俺が」

38 玲子の家・庭

慶　太「俺が……」
　涙ぐみ、富彦を見つめる慶太。
富　彦「……」
菜々子「……？」
玲　子「……」
　玲子、慶太の袖を握り、
玲　子「猿渡さん、やめて」
　慶太、その手を握って、優しく外す。
慶　太「玲子さん、もう無理しなくていいよ」
玲　子「……」
　慶太、富彦を真っ直ぐに見つめ、
慶　太「やっぱりダメだよ、父さん。子供を笑顔にする会社が……ずるをしちゃダメだ」
富　彦「……」
玲　子「……」
　慶太、内ポケットから取り出すのは、おこづかい帳。
慶　太「見てよこれ。今月なんて黒字だよ、初めての」
富　彦「……」
慶　太「こんな俺でも変われたんだ。だから、モンキーパスも変われる。この会社を愛してくれてる、この人たちもいる」
白　兎「……」
芽衣子「……」
猪ノ口「……」
美　月「……」
まりあ「……」
慶　太「だから……もう大丈夫だから。安心していいから」
富　彦「……」
玲　子「……」
　そこに入ってくる金融庁の職員と刑事たち。
富　彦「……」
　富彦、自ら男たちのもとへ向かう。
菜々子「富彦さん？」
富　彦「……」
慶　太「……父さんっ!!」
　慶太、思わず、富彦を追いかける。
　富彦、慶太の前で足を止めると、
富　彦「それでいい」
慶　太「……」
　富彦、男たちと消えていく。
慶　太「……うっ」

崩れ落ち、涙をこぼす慶太。
玲子、慶太を抱きしめる。

玲子「……。大丈夫。大丈夫ですから」

39　季節の実景

40　早乙女事務所（1ヶ月後）

早乙女がタブレットでモンキーパス関連の記事を見ている。
『モンキーパス粉飾』
『上場廃止』『経営陣総辞職』
社長の富彦と専務の鷹野が逮捕されたという記事も。

瑠璃「どうなってしまうんですかね、モンキーパス」
早乙女「しばらくは厳しい戦いが続くだろうね」
瑠璃「今後も協力するつもりですか、九鬼玲子さんのために」
早乙女「ああ」
瑠璃「報われなくても？」
早乙女「どうやら俺は、いつも、一歩遅いらしい」
瑠璃「そういうタイミングの悪い男が好きな女もいます」
早乙女「……牛島さんさ。このあと時間あったら、ご飯でも」
瑠璃「あ、これ、新しい名刺です」
早乙女「あ、ああ（と、見て）は？」

名刺には、『牛島・早乙女事務所』と書いてある。

瑠璃「ようやく取れたんです。公認会計士の資格。今後は共同経営者としてよろしくお願いいたします」
早乙女「！」

41　鎌倉・実景（明け方）

ゴーンと鐘の音。

富彦の声「ゆく川の流れは絶えずして、しかももとの水にあらず」

42　モンキーパス（明け方）

人のいない社長室に朝日が差し込み、写真立てを照らす。ぽつんと猿之助。

富彦の声「淀(よど)みに浮ぶうたかたは、かつ消えかつ結びて久しくとどまることなし」

43　玲子の家（明け方）

朝日が差し込んでいる。

富彦の声「世の中にある人とすみかと、またかくのごとし」

44　海沿いの道（朝）

玲子が一人、ウォーキングをしている。

玲子の声「あしたに死し、ゆふべに生るるならひ、ただ水の泡にぞ似たりける。知らず、生れ死ぬる人、いづかたより來（きた）りて、いづかたへか去る」

玲　子「……」

45　玲子の家・リビング（朝）

玲子の声「又知らず、かりのやどり、誰が爲に心を悩まし、何によりてか目をよろこばしむる」

朝食を食べている玲子、目の前には観光客。

サ　チ「（テレビを見て）あら、お得ね、この」

玲　子「お母さん。骨盤矯正の健康グッズはもう4つもあるから」

サ　チ「いくつあってもいいじゃない！　骨盤は大事よ！」

玲　子「ご馳走様。行ってきます」

46　モンキーパス・経理部

伝票の処理をしている玲子。
そんな様子を一同、見つめ

猪ノ口「どうなっちゃうんでしょうかねえ、うちの会社」

美　月「新しい社長も決まってないし」

芽衣子「それよりも猿渡くんと九鬼さんじゃない？」

猪ノ口

美　月「え？」

白　兎

芽衣子「猿渡くん、結婚式の後、実家帰ったらしいよ」

白　兎「まあ、あんなことになったら、お母様のことも心配だろうしな」

芽衣子「二人の結婚、結局どうなったのかなって」

美　月「九鬼さん、指輪してないですよね」

猪ノ口「まさか、猿渡くんとの結婚自体リセット？」

芽衣子「そして、やっと私の出番か」

美　月「ないですないです」

玲　子「（黙々と作業）」

47　同・社長室前の廊下～社長室

猿彦を抱えた慶太、歩いて来る。
中に入ると、

慶　太「猿之助ー、猿彦連れてきたよ。寂しかっただろ？」
菜々子「寂しくなんかないわよ」
猿之助を膝に抱いた菜々子、社長の椅子に座っている。
慶　太「母さん⁉　何やってんの？」
菜々子「母さんじゃありません、会社では社長と呼んで」
慶　太「社長？」
菜々子「取締役会で承認されました。私がここで、会社を守って、富彦さんが帰ってくるのを待ちます」
慶　太「……（微笑み）俺も待つよ。一緒に」
菜々子「言っておくけど私、厳しいわよ」

48　屋台バル～道（夕）

純、テーブルでお会計をしている。

まりあ「ごちそうさま。今までいろいろありがとね」
純　「こちらこそ。うちの会社が落ち着いたらぜひまたコラボ企画、させてください。あ……よかったら、これ」
純が差し出したのは、くまモチーフのチャーム。
まりあ「……」
純　「た、たまたま見つけて、Ｂａｍｕ－ｋｕつながりで、お礼にって思ったんですけど、でも、やっぱ、さすがに子供っぽいですよね、ははは、すみません、誰かにあげちゃってください」
まりあ「ううん。最近は、イルカよりこっちの方が好きかな」
純　「……」
まりあ、チャームをバッグにつけて、
まりあ「行こうか」
純　「はいっ」
二人、歩き出す。
まりあ「どうなるんだろうね、慶太とあの子」

純　「どうなんでしょうね」
まりあ「……」
純　「……」
純の声「それはさておき。この恋」
まりあの声「投資すべきか否か」
純の声「かけつけスパークリング3杯飲んじゃうんだもんな。それだけで、1200円かける3の3600円。これまで散々貢がれてきただろうし、かかるよなぁ、洋服代、コスメ代。老後2000万を一緒に貯める相手としては」
まりあの声「お腹いっぱいとか言って、タパスしか頼まないってどういうこと？　もしかしてケチ？　浪費する男は嫌だけど、ケチはもっと嫌、ケチだけは絶対絶対無理」
純の声「でも」
まりあの声「でも」
純、まりあ、目を上げてチラッと相手を見る。
純の声「かわいいな」
まりあの声「かわいい」
純　「……」
まりあ「……」
二人の距離、少しだけ近づいて、歩いていく。

49　鎌倉・寺（薄暮）

玲子、一人、お茶をたてている。
玲子「……」
そこに、足音。
顔を上げると、
慶太「玲子さん」
玲子「猿渡さん」
慶太「なんか、久しぶりだね」
玲子「はい。おうちのほうは」
慶太「母さん？　うん、大丈夫そう」
玲子「よかった。……お茶を」
玲子、お茶を出す。
慶太「いいね、お茶」
玲子「お菓子もありますよ」
玲子、豆皿に載った練り切りを出す。
その豆皿は慶太が手作りしたもの。
慶太「あ、これ」
玲子「思えば、勝手に頂いてしまいました」
慶太「それで、こっちは？」
もう一つの豆皿。

慶太のものより更に不出来で。

玲子「私もひかりさんに教わって、作りました。こっちが猿渡さんのお皿ですよ」

慶太「(笑って)ありがとう、玲子さん」

二人、お茶を飲み、お菓子を一口。

玲子「……良き」

慶太「……良き」

玲子「ありがとう、季節の練り切り、110円」

慶太「110円? 110円でこの幸せはお得だね!」

慶太、ポケットから取り出すのは、おこづかい帳。

『けいたとれいこの家計簿』と書かれている。

110円×2と書き込む慶太。

玲子「(微笑む)」

慶太「あ、そうだ。玲子さん、これ見て」

慶太、バッグからリングファイルを取り出す。

慶太「やっと固まってきたんだ、新しいおもちゃのアイデア」

慶太、リングノートを開く。

描かれているのは新キャラクターのおもちゃ。

玲子「『世捨てザル』?」

慶太「そ。世を捨てて、四畳半の庵でマイペースに生きてんの。そうやって一人が好きなようでいて、本当はめちゃくちゃ面倒見が良くて、人のトラブルに首を突っ込む猿」

玲子「厄介なお猿さんですね……はっ、もしかしてこのお猿さんは」

慶太「そう!」

玲子「猿渡さんがモデルですか?」

慶太「いや、なんでそうなんのよ! 話聞いてた⁉」

玲子、嬉しそうに、世捨てザルのおもちゃ案を見ていく。

慶太「(そんな様子を微笑んで見つめ)玲子さん」

玲子「え?」

慶太「遅くなってごめん」

慶太、ポケットから取り出すのは、指輪。

玲子「これは……」

慶太「結婚指輪。デザインこだわってたら式に間に合わなくて」

猿の尻尾が指輪になっているデザイン。

玲子「……」

慶太「はい、手、出して」

玲　子「では、猿渡さんも」
　　慶太、玲子の指に指輪をはめてやる。
　　玲子、慶太の指に指輪をはめる。
慶　太「二人だけの結婚式だね」
玲　子「そうですね」
慶　太「もろもろすっ飛ばして、誓いますっ!!　ふつつか者ですが、今後ともよろしくお願いいたします!!」
玲　子「（笑って）末長く、よろしくお願いします」
慶　太「そんでもって、スリー、トゥー、ワン」
玲　子「スリー、トゥー、ワン？」
慶　太「アクション！」
玲　子「？」
　　次の瞬間、寺がまばゆい光に照らされる。
玲　子「⁉　な、なんですか、これは」
慶　太「サプラーイズ！」
　　色とりどりのゴージャスな電飾で、寺全体がライトアップされている。
玲　子「……⁉」
慶　太「からのー！」
玲　子「からの？」
慶　太「スリー、トゥー、ワン！」
　　慶太が指した空に、大きな花火が上がる。

玲　子「……」
慶　太「たーまやー!!」
玲　子「……」
　　呆然（ぼうぜん）としている玲子。
慶　太「どう？　どう？」
玲　子「これは……猿渡さんが？」
慶　太「そ。指輪渡すならド派手にやりたいなって。いやー、仕込むの大変だった！　半休取ったもん！」
玲　子「……」
慶　太「これからさ、二人で、あの日出せなかった結婚届、出しに行こう！　おじいちゃんとおばあちゃんになるまで、毎年、今日が俺たちの結婚記念日」
玲　子「……」
慶　太「……玲子さん？　やめてよ、泣かないで」
玲　子「……猿渡さん。いくら使ったんですか？」
慶　太「うん？」
玲　子「このライトアップと花火に、いくら使ったんですかと聞いているんです」
慶　太「……。俺と、玲子さんの、結婚記念日だよ⁉　採算なんて度外視でしょ!!」
玲　子「度外視していい採算などありません！」

慶太「あーーーまた始まった！　これだよ！」
玲子「そもそもお寺をなんだと思ってるんですか！」
慶太「寺だってキラキラにしてもらって喜んでるって!!　それに、花火だってほんとはばばばーんって百発くらいブチ上げたかったのに、たった一発に我慢したんだよ!?」
玲子「せっかく手作りの結婚式をしたのに、なぜこんなことで、散財を……」
慶太「こんなこと？　散財？　散財って言った今？　一生記憶に残る二人の思い出だよ？　プライスレスでしょ!!」
玲子「猿渡さん。やはり私に、あなたのほころびを繕うのは無理だったようです」
慶太「え？」
玲子「……離婚です」
慶太「え!?　ちょっと待って！　いや、まだ結婚してないけど！」
玲子「離婚ですっ！」
慶太「玲子さん!!」
ゴーンと鐘の音。

特別版第4話

過去への旅

3話のリフレイン

玲子、早乙女に告白するも、想いは届かず。

×　　×　　×

号泣する玲子を励ます慶太。

慶　太「さよならしたならさ、きっと新しい、いい出会いがあるよ」

玲　子「うううううううう」

稲妻が光り、カミナリが落ちる。

慶　太「うぉ！」

慶太、びっくりして玲子を抱きしめる。

玲　子「！」

慶　太「おお〜、落ちたな」

慶太、気づくと、玲子の顔がすぐ近くにある。

玲　子「……え？」

慶太、無意識にチュッとキスをする。

慶　太「ん？（あれ、今俺何した？）」

玲　子「え？」

慶　太「ん？」

玲　子「え？」

慶　太「ん？」

玲　子「……」

慶　太「……」

1　鎌倉の風景（早朝）

ゴーンと鐘が鳴る。

富彦の声「静かなる暁、このことわりを思ひつづけて、みづから心に問ひて曰く」

2　玲子の家・庵・外観（早朝）

富彦の声「世をのがれて、山林にまじはるは、心を修めて、道を行はむとなり」

3　玲子の部屋（早朝）

玲子、布団に入っている。

富彦の声「しかるを、汝、姿は聖人にて、心は濁りに染めり」

玲子、目はバッチリと開いていて、

玲　子「……」

4　慶太の部屋（朝）

眠れなかった様子の慶太。

慶　太「……」
サチの声「ごはんよー！」

5　玲子の家・居間（朝）

玲子、朝食を食べている。
目の前の椅子に慶太はいない。

玲　子「……」
サ　チ「（玲子の髪を触って）ほんと思い切ったわねえ……でも、似合ってる！　短いの、中学生以来ね」
テレビの司会者『さぁ！　続いては朝マネーのコーナー。公認会計士の山田くーん！』
玲　子「⁉」
会計士『はい、本日からお世話になります！　公認会計士の山田です』
司会者『爽（さわ）やかですねー！　えー、うちの番組、いろいろありまして。山田君は大丈夫？　何か隠してることない？』
会計士『ないですないです（笑）』

玲子、テレビを消す。
ひかり、縁側からやってきた。

ひかり「おはよーございまーす！」
玲　子「ひかりさん、おはようございます」
ひかり「差し入れ（と、梨を差し出し）慶太は？」
玲　子「！……まだ起きていないようですが」
サ　チ「ううん、猿君、もう出かけたわよ」
玲　子「え？」
サ　チ「6時過ぎぐらいかな？　ちょっと行ってきまーすって」
ひかり「そんな早くに？」
サ　チ「いつもはお寝坊なのに珍しいわよね」
玲　子「……」

と、縁側の方からガタッと物音。

玲　子「！」

おずおずと、玲子のいる方を覗（のぞ）いているのは、猿彦。

玲　子「……」

×　　×　　×

食後、梨を食べてお茶をする玲子、ひかり、サチ。
いつも慶太がいる位置に、猿彦。

玲　子「……」

サチ「（玲子に）猿君から何か聞いてる？」
玲子「えっ、いえ、何も！」
ひかり「もしかして喧嘩でもした？」
玲子「いえ、喧嘩では」
サチ「じゃあ、喧嘩じゃなくて何？」
玲子「え？」
サチ「え？」
ひかり「え？」
玲子「え？」
ひかり「なになに、慶太となにかあったの？」
玲子「何も！　いつもどおりの一日でした。昨日も。一昨日と何一つ変わらず（梨を食べる）」
サチ「……」
ひかり「……」
玲子「……行ってきます」
玲子、出かけていく。
そんな玲子を猿彦、見つめている。
猿彦「……」

6 モンキーパス・外観

7 同・経理部

玲子、いつも通り、テキパキと伝票処理。
玲子「……」
その後ろで、美月たち、こそこそと、
美月「髪、切りましたね」
芽衣子「入社してきてからずっと同じだったのに、ここにきて」
猪ノ口「九鬼さんが自分のスタイル崩すなんて、何かあったんですかね」
純「（玲子の髪型を見てショック）」
純、躊躇いつつも、領収書を持って近づき、
純「（玲子の様子を気にしつつ）玲子さん」
玲子「（作業）」
純「……あの、玲子さん」
玲子「（作業）」
純「玲子さん……その髪型、に、似合ってます！」
玲子「……」
純「あ、あの、（とても遠慮がちに肩を叩く）」
玲子「（気付き）ガッキーさん」
純「あの」
玲子「お預かりします」

純　「あ、はい、（領収書を差し出し）お願いします。あの、猿渡さんは」

玲　子「無断欠勤です（仕事を続ける）」

純　「はあ？　ったく、テキトーなんだから。なんかミスでもやらかしたんですか？　それで気まずくてとか」

玲　子「（判子を押す。だが、ずれて、テーブルに）」

純　「！　だ、大丈夫ですか？」

玲　子「大丈夫です。いつも通りです」

純　「そうですか……」

白　兎「九鬼さん、ちょっと」

玲　子「はい」

白　兎「この請求書の金額」

玲　子「（見て）……すみません、間違えました」

芽衣子

猪ノ口「え!?」

美　月

白　兎「やっぱり!?　俺が間違えてんのかと思った」

猪ノ口「九鬼さんが計算ミスって」

芽衣子「大丈夫なの？　体調悪いとか？」

美　月「そっか、あいつのせいですよね！　早乙女クリス健の」

芽衣子「（美月を突く）」

玲　子「すぐにやり直します」

純、玲子を心配そうに見ながら、去る。

8　市場食堂・朝潮丸

海側のテーブル席に座って、給料袋から一万円札を5枚抜き出し、現金書留の袋に入れる桃田保男（57）の背中。ペンで書く宛名は、『九鬼玲子様』と。

声　「桃ちゃん！」

保　男「はい！　今行きます！」

9　モンキーパス・経理部（夕）

鶴屋、差し入れのおやつを配りながら、

鶴　屋「お疲れー。あれ？　どうしたの、空気淀（よど）んでない？」

猪ノ口「誰が逆空気清浄機ですか」

鶴　屋「言ってないじゃん。どうしたの？」

猪ノ口「別に。いつも仕事の邪魔する人が会社サボって来てないだけです」

玲　子「（淡々と仕事をしている）」

美　月「いても全然仕事してくれないけど、いないと何気に欲してる自分がいます。猿渡さんの明るさ」
猪ノ口「確かに。毎日抱きつかれるのに慣れてしまった自分が。今日は物足りなさすら感じてます」
玲　子「(仕事をしている)」
芽衣子「変わらないよね、猿渡くん。新人研修の時からあのテンション」
美　月「え、芽衣子さん、猿渡さんと同期なんですか」
芽衣子「一緒におもちゃ作ろうねって夢語ってさぁ……でも配属されたのは経理部。ま、今はプライド持ってやってるけどね」
猪ノ口「(鶴屋に領収書を返し) はい。これ、受け取れません」
鶴　屋「はあ⁉　ちょっ、なんで⁉」
猪ノ口「これガールズバーでしょ」
鶴　屋「いやそれ接待で」
終業のベル。玲子、荷物をまとめ始める。
芽衣子「いつの時代に生きてんの？　そもそも鶴屋さん、接待費使いすぎ！　社内ダントツ一位だから」
美　月「タクシー代も！　自転車乗ったらどうですか?」
猪ノ口「(もらったおやつを食べながら) もちろんこれも経費で落ちませんから」
鶴　屋「はぁ？　何この集中砲火！　ちょっ、頼むわ！」
猪ノ口
美　月「落ちません！」
芽衣子
玲子、立ち上がり、
玲　子「お疲れ様でした。失礼します」
経理部が揉めている中、去っていく玲子。

10　玲子の家・リビング（夕）

玲　子「ただいま～」
伝言ボードにメモ。
『同窓会に行ってきます』
玲　子「あ、同窓会……」
『お泊まりなので、猿君と二人きりで仲良くね！
P.S　カレー、あっためて食べてね。母』
玲　子「二人きり……？」
と、物音。
玲子、落ち着かず、その場をうろうろする。
玲　子「！」
慶太と思いきや、猿彦である。

玲　子「……猿彦さん、ちょっとお話が」

猿　彦「（寄ってくる）」

玲　子「あ……あなたのご主人は、一体、何を考えているんでしょうか？　その……私に、突然、キ……（すごく小さく）ス……をするなんて」

猿　彦「……」

玲　子「いなくなったのは……そのせいなんでしょうか？」

猿　彦「……」

玲　子「……わけがわからないんです……昨日は、早乙女さんにふられ……髪を切り……雷がゴロゴロピカッと……ゴロピカ？」

玲子、思いだす。

×　　×　　×

慶　太「恋は毎日誰にでもできるけどさ、結婚って、生涯この人一人を大切にする、そういう運命にゴロゴロピッカーンって稲妻みたいに打たれてするもんでしょ」

玲　子「稲妻……よくわかりませんね」

×　　×　　×

玲　子「運命……？」

猿　彦「……」

玲　子「……。ご飯にしましょう！」

11　同・台所（夕）

玲子、カレーの鍋（なべ）をコンロに置く。慣れない様子で火をつけようとするが、なかなか点火しない。

何回か繰り返すと、突然、ボッ！　と火がつく。

玲　子「!!……よし。ご飯は（電気釜（がま）を開け）炊けてる。お漬物……ぬか漬け、ぬか漬け……」

玲子、ぬか漬けを探し、シンクの下の扉を開ける。

玲　子「あった」

大きな壺（つぼ）を取り出す玲子。

ふたを開ける。と、

玲　子「……！」

中に入っていたのは、大量の現金書留。

宛名は『九鬼玲子様』。差出人は『田中三郎』。

玲　子「……」

12　早乙女事務所（夕）

早乙女、真っ白になったスケジュールを見ている。パソコン作業をしている瑠璃に、

早乙女「牛島さん。きちんと退職金は出すから、新しい仕事が見つかったらいつでも」
瑠　璃「大丈夫です。秘策がありますので」
早乙女「秘策？　秘策って」
瑠　璃「私、辞めませんから。……今日のところは失礼します」

帰っていく瑠璃。

早乙女「（ため息）」

早乙女の視線の先には、玲子の傘。

早乙女「……」

×　　×　　×

早乙女「君が昔、憧(あこが)れてくれてた俺は、もうどこにもいない」
玲　子「それでも私は、早乙女さんが好きなんです。早乙女さんは私が一番辛(つら)い時にそばにいてくれたから。だから……そばにいたいです。そばにいちゃ、だめですか？」

玲子、震える手で、早乙女の腕をぎゅっと握る。

×　　×　　×

玲　子「今がどん底でも、きっと浮き上がれます。それに、完璧(かんぺき)な早乙女さんより、少しぐらいほころびがあった方が、人間らしくて素敵だと思いますよ」

×　　×　　×

早乙女「……」
慶太の声「あんた、最低だよ」

×　　×　　×

慶　太「周りの女、全員、泣かせてるじゃん。そんな男、ダサすぎるでしょ。あんたに玲子さんはもったいない」

×　　×　　×

早乙女「……」

早乙女、傘を手にして、出かけていく。

13　玲子の家・リビング（夜）

玲子、テーブルの上の何かを前に真剣な顔で考え込んでいる。
玄関から物音。

玲　子「！」

玲子、動揺しつつも振り返りながら、
玲　子「か、会社にも来ず、一体、どこに」
早乙女「お邪魔します」
玲　子「！　さ」
早乙女「髪、切ったんだ」
玲　子「はい……」
早乙女「……」
玲　子「あの……どうしたんですか？」
早乙女「傘を返しに」
玲　子「ああ……」
玲子、傘を受け取る。
だが、早乙女、その手を離さず、
早乙女「勝手かもしれないけど……玲子を傷つけたくなかった」
玲　子「……」
早乙女「勝手だと思うけど、玲子が大丈夫か心配で」
玲　子「……」
早乙女「勝手だけど、玲子の気持ち、嬉しかった。それは、本当だから」
玲　子「……」
玲子、笑みを作り、
玲　子「早乙女さん、私、もう大丈夫です。お気遣い、ありがとうございます」
早乙女「……」
早乙女、傘から手を離す。
早乙女「彼は？」
玲　子「彼？」
早乙女「猿渡君。ここに居候してるんだろ？」
玲　子「……今朝から、どこかへ行ったまま」
と、猿彦、早乙女に近づいてきて、コツンと当たる。
早乙女「（猿彦を抱き上げ）……自由なやつだな」
玲　子「お茶、いれますね。おかけください」
早乙女「ああ……」
早乙女、椅子に座ろうとして、気づく。
テーブルに並んでいるのは、大量の現金書留。
早乙女「玲子、これ」
玲　子「ああ……私宛の現金書留が台所のぬか漬けの壺を装った壺の中から見つかりまして」
早乙女「こんなに？」
玲　子「毎月5万円を10年間。静岡県伊豆市山田の田中三郎さんから」
早乙女「お母さんが隠してたってこと？　田中三郎さんって……」
玲　子「知りません。聞いたこともありません。調べたところ、伊豆に山田という地名は無いもようです」
早乙女「……10年前……玲子が高校生の頃からだよな」
玲　子「……」
早乙女「これって、つまり……」
玲　子「その先は言わないでください」
早乙女「……」
玲子、早乙女にお茶を出すと、リュックに現金書留を詰めていく。
玲　子「明日、返しに行ってきます」
早乙女「え？」
玲　子「見ず知らずの田中三郎さんに、お金をもらういわれはありませんから」
早乙女「……玲子。だったら俺も一緒に」
玲　子「大丈夫です」
早乙女「……」
玲　子「あの時そばにいてくれた。それだけで、じゅうぶんですから」
早乙女「……そうか」
猿彦、そんな二人を見ている。
猿　彦「……」

14　玲子の部屋（夜）

玲子、猿のおもちゃを見つめている。
玲　子「……」

15　実景（朝、日替わり）

16　慶太の部屋（朝）

玲子、襖（ふすま）を開ける。慶太はいない。
玲　子「……」

17　玲子の家・リビング（朝）

現金の入ったリュックをかつぐ玲子。
玲　子「行ってきます」
玲子、出かけようとすると、猿彦が追ってきて、玲子にコツンと当たる。
玲　子「ん？　あ、猿彦さん、行ってきます。お留守番していてくださいね」
玲子、玄関のほうに向かうと、また猿彦が

追ってきて、玲子にコツンと当たる。

玲子「ひとりぼっちはさみしいですか？　でも、ひとりの、のびのび感もなかなかのものですよ。お留守番お願いしますね」

玲子、猿彦を部屋の方に戻し、また出かける。

ふりをして、バッと振り返る。

やはり、追ってきた猿彦、玲子に当たる。

玲子「猿彦さん。あなたご主人とすこし性格似てますよね。お願いですから、私の言うことを聞いて」

猿彦「（鳴き声）」

玲子「……え？」

猿彦「（鳴き声）」

玲子「もしや、お供してくれるのですか？」

猿彦「……」

玲子「……」

18　玲子の家の前の道（朝）

リュックを背負った玲子、猿彦を抱いて、歩いてくる。と、

純「おはようございます！」

玲子「ガッキーさん」

純「あの、おやすみなんで、ちょっと鎌倉ぶらぶらしようかな、と。そしたら、そういえば、玲子さんの民宿この辺だったなあって。玲子さんと猿渡さん、いるかなあ、って」

玲子「猿渡さんはお帰りになっていません」

純「え？　あ、そうなんですか」

玲子「ガッキーさん、お早いんですね」

純「あ、そうなんです、朝型で。最近歳のせいか4時には目が覚めちゃって」

玲子「せっかく寄ってくださったのに申し訳ないのですが、私、これから出かける予定がありまして」

純「え、それ、ちなみに、どちらに？」

玲子「伊豆へ」

純「お一人、で、ですか？」

玲子「一人と一匹で。では、失礼します」

玲子、歩いていく。

純「……あ、あの！」

19　ローカル線

海沿いを走る電車の景観。

並んで座っている玲子、純。

×　　×　　×

玲　子「ガッキーさんも、伊豆にご予定がおありとは」
純　「鎌倉から伊豆へ、っていうのが、僕の定番の散歩コースなんです」
玲　子「……」
純　「……」

二人、しばし、沈黙。

玲　子「(何かを考えている)」
純　「(玲子を見つめ)……あの。もしかして……傷心旅行ですか?」
玲　子「傷、心?」
純　「早乙女さんのこと。あの、ショックはいかばかりかと思います。こういう時はパーッと発散した方が。ぼ、僕で良ければ、暴飲暴食、付き合いますよ!　いつもはちゃんと節約してるんだし、たまには人間、そんな日があってもいいじゃないですか!」
玲　子「ガッキーさん、すみません」
純　「あ、ですよね。やっぱりひとりでいたいですよね。こういう時は」
玲　子「考えていたのは、そのことではありませんでした」
純　「え?……じゃ、どのこと……」
玲　子「……。例えばの話をしていいですか?」
純　「例えば……どうぞ」
玲　子「例えば、ガッキーさんが、女性にキ……」
純　「き……?」
玲　子「キ……ス……をするとしたら」
純　「!」
玲　子「それは、どんな時ですか?」
純　「……それは……その女性のことが、とても、好きな時です」
玲　子「!」

純、玲子にアピールするように、

純　「好きな子にしか、絶対、絶対、しませんし」
玲　子「……」
純　「少なくとも、僕はそうです」
玲　子「そうですか……」
純　「ま、猿渡さんとかは分かりませんけど」
玲　子「えっ」
純　「ほら、あの人、ノリと本能だけで生きてるじゃないですか?　思考回路が猿並というか。ちょっと可愛いって思ったら誰にでもすぐ手出しますよ、ああいうタイプは」
猿　彦「(純に攻撃)」

純　「あいたっ、何?」
玲　子「大変参考になりました（お辞儀）」
　　電車が駅に停まる。
アナウンス「時間調整のため、3分間停止いたします」
純　「……。あの。今の話ってもしや」
玲　子「……」
純　「玲子さんと猿渡さんのことじゃ（ないですよね?）」
玲　子「ガッキーさん!」
純　「はいっ!」
玲　子「向かいのホームにイカめしが売っています!」
純　「あ、ほんとですね。……え?　で?」
玲　子「私、イカめしには目がないんです。急げば、買えるかもしれない」
純　「ええっ、でも停車時間3分ですよ?」
玲　子「それは重々わかっています。これを逃したら次が1時間後なことも」
純　「そうですよ、伊豆につけば、美味しい海鮮丼が待ってますよ!」
玲　子「ですよね。そうですよね……」
純　「……」
玲　子「……」
　　玲子、突然、電車を飛び降りる。
純　「ええっ!　玲子さん!」
玲　子「どうかガッキーさんはそのまま!　私、脚には、自信がありますので!!」
　　玲子、猿彦を抱いて猛ダッシュ。

20　駅

　　階段を駆け上がり、走る玲子。
　　向かいのホームに降りると、
玲　子「イカめしを2つ!」
イカめし屋「はーい、2つで800円」
玲　子「（財布を出し）えっと800（百円玉で出そうとする）」
　　純、電車からハラハラと見ている。
純　「玲子さん早く!」
玲　子「あ、これ十円玉だった」
純　「玲子さん!」
イカめし屋「はい、ありがとね〜」
　　イカめしを受け取ると、走って戻る玲子。
　　発車のベルが鳴る。
純　「玲子さんっ、急いで!」
　　だが、ドアが閉まり、発車する電車。

遠ざかっていく純。

純「……」

玲子「……（純に手を振る）ガッキーさん、どうか良い旅を」

玲子、猿彦を見る。

玲子「……仕方ありませんね。次の電車を待ちましょう」

21 東京・カフェ

まりあ、スマホを見ている。
慶太とのトーク画面。
まりあの打った『今日、あいてる?』のメッセージ、まりあ、送信すべきか悩み、消す。

まりあ「そっちが誘ってこいって」

まりあ、思い出す。

×　　×　　×

慶太を結婚相手として後輩女子に紹介したまりあ。

×　　×　　×

まりあ「結婚ってワード出た瞬間、逃げるとか、子供すぎでしょ……」

×　　×　　×

バーで甘えてきた慶太。
テニスの時、まりあの料理を食べた慶太の優しい笑顔。

×　　×　　×

まりあ、イルカのブレスレットを見つめ、

まりあ「まずったかなあ……」

まりあ、ちょっと切ない。

まりあ「……いや」

まりあ、何かを思いついた。

22 猿渡家・外観

23 同・リビング

富彦と菜々子が昼食をとっている。

菜々子「富彦さん、来週の土曜日、あけておいてね、慶ちゃんのお誕生日」

富彦「ああ……しかしあいつも予定があるんじゃないか」

菜々子「今年はどこのケーキにしようかしら（と、タブレットを見る）」

富　彦「……ごちそうさま。美味しかったよ」
菜々子「何が？　どんな風に美味しかったの？」
富　彦「んん……鴨がね、弾力があって」
菜々子「鴨」
富　彦「……それと、スープも」
菜々子「スープ」
富　彦「……いや、一番は、サラダの」
菜々子「サラダ。の？」
富　彦「ドレッシングが絶妙で」
菜々子「……」
富　彦「ドレッシングというよりは、だ。このエビはまた新鮮な」
菜々子「野菜」
富　彦「はい」
菜々子「鎌倉野菜。せっかくお取り寄せしたのに、作りがいがないんだから！」
菜々子、皿を下げる。
富　彦「……ごちそうさま」
富彦、近づいてきた猿之助を撫でる。
菜々子「（スマホが鳴り）はいもしもし、あら！　あらあら！　まりあちゃん!?　もちろん、もちろん覚えてるわよ！　私もずっと会いたかったの!!……え？　慶ちゃんが？……鎌倉に？」
富　彦「……」

24　駅のホーム

イカめしを食べている玲子。
玲　子「……良き」
玲子の声「プリプリのイカと甘めのタレ、だしが染み込んだもち米ご飯が織りなす海辺のハーモニー。ああ、良き。ありがとう、ありがとう、ぶらりイカめし途中下車の旅。ありがとう、４００円」
チャリーンという心の中の音。
お金に感謝をする玲子。
玲　子「猿彦さん。イカめし、これで４００円ってとてもお得だと思いませんか？」
猿　彦「……」
玲　子「だって、一箱にイカ4匹も入っているんですよ。ひとイカ１００円ですよ」
猿　彦「……」
玲　子「わかりませんよね……あなたのご主人様はイカリングたった4切れのシーフードカレーに１６８０円も支払ってましたし。でも……」
猿彦の前に置いてある未開封のイカめし。
玲　子「とても美味しかったから、お土産にしてあげましょうね」

猿彦「……」

25　伊豆下田・駅

純、玲子を待っている。

と、駅から出てきたおばあちゃんが財布を落とし、小銭が転がる。

おばあちゃん「あら。あらあらあら」

純「！　大丈夫ですか？」

純、拾うのを手伝う。

おばあちゃん「ごめんなさいねえ」

純「いえいえ」

その後ろ、駅から出てきた玲子、気づかず、通り過ぎていく。

26　郵便局

玲子、現金書留の封筒に押された判子と、郵便局の名前を確かめる。

27　街

玲子、聞き込みをしている。

街の人1「田中三郎さんねえ」

街の人2「田中三郎……聞いたことないねえ」

玲子「じゃあ、桃田保男という人は？」

街の人3「その人も知らないねえ、ごめんねえ」

街の人4「桃田保男……知らないなあ。写真とかないの？」

玲子「写真……は、ありません。ありがとうございました」

×　　　×　　　×

玲子、ひとりになると、財布から写真を取り出す。

誕生日ケーキを前に中学生の玲子、サチ、父の保男で写った幸せそうな写真。

玲子「……。もう、帰ろうか」

猿彦「……」

玲子「……」

玲子、写真を財布にしまい、

玲子「よし。干物でも買って、帰りましょう」

28　漁協直売所

玲子、お土産を見ている。

店　主「はい、お嬢ちゃん、アワビどうぞ！」
玲　子「(試食) とても美味しいです」
店　主「あたりまえよ！　こいつは銀座(ぎんざ)の鮨屋(すし)でも置いてないよー」
玲　子「アジの干物をください」
店　主「(あまりにはっきりした言い草に) あ、はい。……うちは、干物ったって、一級品よっ。(夫に) ねえ、桃ちゃんが今朝届けてくれたのあったでしょ？」
玲　子「桃、ちゃん」
店　主「アジの干物、何匹持ってく？」
玲　子「あの、桃ちゃん、というのは……」
店　主「はい？」
玲　子「……」

玲子、財布から写真を差し出す。

店　主「……えー！　これ、桃ちゃんじゃない、だいぶ若いけど」
玲　子「！」

×　　　×　　　×

店主の声「桃ちゃんなら、市場食堂の朝潮丸(あさしおまる)にいるよ」

アジの干物とイカめしを持った玲子、猿彦と歩いている。

玲　子「……」

玲子、足を止める。
と、猿彦、玲子を置いて先に進んで、玲子を振り返り、

猿　彦「(行こうよ)」
玲　子「……」

玲子、もう一度歩き出し、猿彦に並ぶ。

玲　子「……」

玲子、また足を止める。
と、猿彦、玲子を置いて先に進んで、玲子を振り返り、

猿　彦「(行こうよ)」
玲　子「……」

ガラス越しに朝潮丸が見える。
玲子、歩き出し、猿彦を抱きかかえ、踵(きびす)を返す。と、

純　「玲子さんっ！」

純、汗だくで入ってきた。

純　「よかった……やっと、見つけた」

純、しゃがみこんで、倒れんばかりに、息

をつく。

玲　子「見つけた？　ガッキーさん、どうして」

純　「いえ、あの、その、散歩の途中で……いえ。ごめんなさい。玲子さんが心配で、探してました」

玲　子「……。ごめんなさい」

純　「え？」

玲　子「イカめしに目がないのは本当なのですが、さっきは……電車に間に合わないかもしれないの織り込み済みで、わざと買いに行ったんです」

純　「え……」

玲　子「目的地に着くのが、こわくて」

猿　彦「……」

純　「……。玲子さん、今日は伊豆に、何をしに……」

玲　子「……あれ以来、会っていない、父に会いにきました」

純　「『あれ以来』？」

×　　×　　×

港、業務が終わり閑散とした市場。パレットの上に座り、

玲　子「……。……中学の時、父が逮捕されたんです」

純　「！」

玲　子「私のせいで」

純　「……」

玲　子「……私、昔、猿渡さんみたいだったんです」

純　「え？」

29　道（回想）

中学生の玲子、アイスを2個持って食べながら下校。

腕に下げたコンビニの袋にはお菓子がたくさん。

家の前、車で待っていた保男が手を挙げる。

玲子の声「テニススクールへの送り迎えは毎日父がしてくれて」

30　テニスコート（回想）

テニスの練習をしている玲子。見つめる保男。

玲子の声「子供の頃から、レッスンや、合宿や、大会の遠征でお金がかかったけれど、父は応援してくれた」

31 玲子の部屋（回想）

たくさんの洋服やおもちゃ、ゲーム、漫画などで埋まった玲子の部屋。
玲子、鏡の前で一人ファッションショー。

玲子の声「なんでもやらせてくれたし、なんでも買ってくれた」

玲子、雑誌の欲しいものにマルをつける。
保男、玲子が丸をつけた商品を買ってきて、玲子にプレゼントする。

玲子の声「私はそれを当然のことと思って、いつも父におねだりをしていました」

32 港

玲　子「中2の時に、アメリカにテニス留学を勧められた時も、父が辞書を片手に全ての手続きをしてくれて。でも、その夏、出発直前に、父が逮捕されたんです」

33 東京・玲子の家の前の道（回想）

アイスを食べながら帰宅する玲子。

玲　子「！」

家の中から、警察官に両脇を抱えられ、出てきたのは、保男。呆然（ぼうぜん）としたサチの姿。

玲子の声「会社で経理の仕事を任されていた父は、長年にわたって横領をしていました。お金はそこから出ていた」

保男と玲子の目が合う。
保男、目をそらし、うずくまるように、警察車両に乗り込む。

玲　子「……」

34 玲子の部屋（回想）

何も無くなった玲子の部屋。
昔、保男がくれた猿のおもちゃが隅に転がっている。
玲子、拾って、動かそうとする。
おもちゃ、きちんと動かない。

玲子の声「家も家財道具も全て売って、母が親戚（しんせき）一同に頭を下げてお金を借りて、なんとかお金を返すことができました」

35 港

玲子「父は離婚届を置いて、行方が分からなくなりました。私と母は、母方の祖母が住んでいた、あの鎌倉の家に」

純「……」

玲子「私が望んだから。私が、あれも、これもと望んだから、父は罪を犯してしまった。私が、父の人生を壊してしまったから。だから……会いたくて、会いたくないんです」

純「……。無理して会わなくてもいいと思います」

玲子「……」

純「こうして、お父さんが住む街まで来た。今日は、それだけでもいいじゃないですか」

玲子「……」

純、立ち上がり、玲子に手を差し出して、

純「帰りましょ？」

玲子「……」

玲子、立ち上がろうとして、

玲子「あれ？」

純「ん？」

玲子「猿彦さんは？」

純「え？　あれ？」

玲子、気づく。

猿彦が、離れ、遠くに行っている。

玲子「！　猿彦さんっ」

猿彦、玲子に手を振り、機嫌よく鳴く。

玲子「……」

猿彦、さらに先に進む。

玲子「猿彦さんっ!!」

玲子、猿彦に向かって走る。

玲子「猿彦さんっ！」

純「(イカめしと干物を手に後を追う)」

玲子、ようやく猿彦をキャッチして、

玲子「猿彦さんっ！　どうして、あなたはそうやってっ……」

純「……」

玲子「……」

と、玲子の目の前。食堂で、汗を垂らし一生懸命に働くのは保男。玲子、目を離せない。

玲子「……」

食事の済んだ客の食器を下げようとした時、

　　　玲子と目が合う。
保　男「……」
玲　子「……」
　　　ようやく追いついた純、
玲　子「……」
保　男「……」
　　　保男、逃げ出す。
玲　子「！」
純　「ええっ」
　　　保男、椅子にひっかかり転ぶが、それでも逃げる。
　　　玲子、純に猿彦を渡し、
純　「！」
玲　子「お父さんっ！」

36　海

　　　玲子、保男を追いかける。
玲　子「お父さんっ！　お父さんっ!!」
保　男「……」
玲　子「お父さんっ！　待って！」
保　男「……」
玲　子「お父さん！　もう行かないでっ！」
保　男「……！」
　　　玲子の声に、保男、立ち止まり、息を切らして、座り込む。
玲　子「……」
保　男「……」
玲　子「……」
保　男「……玲子」
　　　保男、土下座をする。
保　男「すまない、申し訳ない」
玲　子「……」
　　　玲子、保男の正面に座り、
玲　子「やめて」
　　　土産物と猿彦を抱いた純、
純　「(追いつき)……」
保　男「……テニススクールで才能があるって、そう言われて……お前の才能を伸ばしてやりたかった。金のせいなんかで諦めさせたくなかった。それで……魔が差した」
玲　子「……」
保　男「バカだった。守ってやらなきゃいけなかったのに、父さんが潰した。お前の夢を潰した。お前の人生を、壊してしまった」
玲　子「……」

保男、頭を下げたまま動かない。

玲子、そんな父を見つめ、

玲　子「欲しくなかったよ。私、お父さんに悪いことさせてまで、好きなことなんかしたくなかったよ……これだけで、充分だった」

玲子、ポケットから取り出すのは、猿のおもちゃ。

保　男「……」

玲　子「覚えてる？　大会で負けて泣いてた私に、お父さんが買ってくれた。壊れてたんだけどね、自分で直したの」

37　鎌倉・庵（回想）

引っ越してきたばかりの玲子。

何もない部屋。

猿のおもちゃを自分で直し始める。

玲子の声「これを繕うことから、私の人生は、もう一度、始まったの」

38　海

玲子、猿のおもちゃを動かしてみせる。

空振りする猿。

保　男「……」

玲　子「お父さん、私ね、このおもちゃの会社に就職したの。経理部でお金を扱う仕事をしてる。それでね、今、幸せなの」

保　男「……」

玲　子「お金はそんなになくても、毎日、けっこう幸せ。毎日、けっこう楽しく生きてる」

保　男「……」

猿彦、純をつつく。

純　「ん」

猿　彦「（純を見つめる）……」

純　「（猿彦を見つめ）……」

純、しゃがんで、保男に、

純　「そう。そうです。僕、こんなにお金を幸せに使う人、見たことないです」

玲　子「……」

純　「180円のかけ蕎麦、あんなに美味しそうに食べる人、初めて見たし」

×　　×　　×

かけ蕎麦を食べた玲子、純、慶太。

×　　×　　×

純　「パン屋のイートインのポンデケージョ3つずつ

で、すごく幸せな気持ちになれることも玲子さんのおかげで知ったし、……それにこないだ」

×　　×　　×

テニス。玲子に撃破される純と慶太。

純の声「玲子さん、テニス」

×　　×　　×

純「もう、めっちゃくちゃ、楽しそうにやってましたよ！」

玲子「……」

保男「……。いまでも、テニスを……？」

玲子「うん。お父さん。私、もう大丈夫だから。もう大人だから。これからは、お金は自分のために使って。お父さんはお父さんの人生を生きて」

保男「……」

涙をこぼす保男の背中をなでる玲子。

保男に近づく猿彦。

保男「……」

保男、猿彦を抱き上げ、

保男「君は……」

猿彦「……」

保男「君は、何だ？」

玲子「ご紹介が遅れました。こちら、猿……彦さんです」

純「……」

純、微笑（ほほえ）んで玲子を見るが、

純「……」

39　玲子の家・リビング（夕）

サチ、お菓子をたくさん出しながら、

サチ「ごめんなさいね、そろそろ帰ってくるとは思うんですけど」

座っているのは、富彦と菜々子。

猿之助も来ている。

サチ「（猿之助に）ごめんね、猿彦ちゃんまでお留守で。（富彦に）あ、いっそ、ビールでも行っちゃいます？」

菜々子「いっそ、いただこうかしら」

富彦「いや、どうかもうお気を遣わず」

サチ「いったいどこ行っちゃったのかしら？　玲子と猿君」

富彦「ちょっと寄らせていただいただけですから。母さん、ご迷惑だからそろそろ帰ろう」

菜々子「何言ってるのよ、慶ちゃんを連れて帰らなきゃ。こちらにいつまでもお世話になってるわけにもいかないじゃない」

サチ「いえ、うちは部屋も余ってますし。あ、よかったら、猿君のお部屋、見ていかれます？」

40　慶太の部屋（夕）

富彦、来る。

富彦「整理整頓という言葉を知らんのか」
目に入るのは、リングノート。富彦、手に取る。

菜々子「（来て）慶ちゃんの宝物ね」
富彦、菜々子に手渡す。

菜々子「（開いて）やっぱりセンスが溢れてるわ！あら、懐かしい、これ」

富彦「（ノートを見ずとも）一番最初に描いたのは、画用紙からはみ出すほど長い尻尾の猿だったな。ピンクのウサギの風鈴に、空飛ぶロケット」
菜々子が開いていく慶太のリングノート。

富彦「吹き矢のように飛ばす飛行機。ほっぺを赤くする帽子。授業中専用手紙ランチャー。ロングハイパーアームに蚊取り線香のフリスビー」

菜々子「……全部覚えてるくせに。いつも厳しくして」

富彦「あいつは俺とは違う。君のお父さんはことあるごとに言ってたな、『役に立たないものを作れ』って」

菜々子「そうね」

富彦「あいつには、その才能がある。俺のようなつまらん人間にはないものを……人を笑顔にする才能を、生まれた時から持ってた。そして、呆れるが……大人になっても何一つ失っちゃいない」

菜々子「それ、そのまま慶ちゃんに言ってあげればいいのに」

富彦「言うなよ、調子に乗るから。それと、俺は絶対に継がせるつもりはないぞ」

菜々子「またそうやって意地悪言って」

富彦「あいつは責任など背負わん方が、輝ける。……あいつは、あいつのままでいい」

菜々子「……」

富彦「……帰るぞ」
富彦、部屋を去っていく。
菜々子、富彦がいなくなったのを確認すると、胸から、分厚いおこづかい袋を取り出す。
慶太のジャケットの胸ポケットにおこづかい袋を入れる菜々子。ポケットをとんとんとして、

菜々子「慶ちゃん。ママはいつだって、慶ちゃんの一
　番のファンだからね」

41 電車の中（夕）

帰ってきた玲子、純、猿彦。

純「あれ。結局、お父さんにお金……」
玲子「返せませんでした。なんだか言い出せなくて。
　あとで母と話してみます」
玲子、猿彦をしっかりと抱いて座っている。
純、そんな玲子の様子を見つめ……
純「……猿渡さん、いい加減、帰ってきましたかね」
玲子「どうでしょうね……元々、住む部屋が見つか
　るまでとおっしゃっていたので」
純「……」
玲子「新たな居候先でも見つけたのかもしれません
　ね……」
純、どこか寂しげな玲子を見つめ、
純「……ほんと迷惑な人だけど。一緒に働いてた
　時から、迷惑かけられどおしだけど、でも……
　なんか、嫌いになれないんですよね、あの人って」
玲子「……」
純「すぐにヘラっと笑って、ひょっこり帰ってき
　ますから。だから……大丈夫ですよ」
玲子「……」
純「……」
純、気づく。猿彦が見ている。
猿彦「……」
純「……（猿彦の頭をポンとして）また遊ぼうな」

42 鎌倉・参道（夕）

純、一人、歩いている。
純「ふう……」
純、立ち止まり、涙ぐむ。
純「（ぐすん）」
声「え？　もしかして、泣いてる？」
向かいから来たのは、まりあ。
お嬢様ファッション。
純「いえ。何の花粉だろ、これ……どうしたんで
　すか？」
まりあ「慶太のママに気に入られてるんだよね、私。
　だから……外堀から埋める作戦？」
純「……間違ってると思いますよ、その作戦。そ
　の服も似合ってないし」
まりあ「は？」

純「それに若干、遅いかも」
まりあ「どういうこと？」
純「いえ……あの。よかったら、今から暴飲暴食、付き合ってくれませんか？　僕、奢りますんで」
まりあ「はあ？」
　と、まりあのスマホに電話。『慶太ママ』
まりあ「はぁーい、お母さま？　まりあでーす。え？　慶太さん、留守？　そうなんですか、じゃあ、また日を改めて……え？　今から？　慶太さん抜きで？　お食事……お母さまと二人で……そうですね……（気がすすまず、純を見る）」
純「（何かを察知し）じゃあ、僕は（逃げようとする）」
まりあ「（純の首根っこを摑み）ええ、ぜひ！　あの、今、慶太さんの後輩とばったり会っちゃいまして、もしよろしかったらご一緒しても……嬉しい！」
　純、まりあに引っ張られていく。

43　別の道（夕）

　猿彦を抱き、一人、歩いてくる玲子。
玲子「ひかりさん？」
　ひかり、改装中のカフェを覗き込んでいる。
玲子「何してるんですか？」
ひかり「観察」
玲子「観察？」
ひかり「あれ」
　ぼさぼさの髪で無精髭のさえない男・和夫が、壁に絵を描いている。
ひかり「赤ちゃんの時に離婚して家出てった実の父。ウケるからたまに観察してる」
玲子「なるほど」
ひかり「ねえ。養育費払わないってことはさ、愛がないってことだよね」
玲子「……お金と愛の相関関係は、私にはまだ、わかりかねます。ですが……もし、ひかりさんが傷つけられたら、私と猿彦さんが、全力で守ります」
ひかり「……そっか」
　ひかり、中に入っていく。
ひかり「ちわーす！」
　ひかり、刷毛を取り、勝手に横で絵を描き始める。
和夫「ちょっ、なになに」
　ひかり、和夫の隣で絵を描いていく。

和夫、戸惑った表情でひかりを見ている。

玲　子「(見つめ)……」

猿　彦「(見つめ)……」

44　お寺近くの道(夕)

玲子、歩いてくる。

と、歩いてきたのは、富彦。

富　彦「(玲子に気付き)おお」

玲　子「(頭を下げる)」

富　彦「学生時代の親友に、線香をあげにね」

玲　子「それって……ひかりちゃんのお爺様にですか」

富　彦「ああ、ひかりちゃんを知っているのかい?」

玲　子「……。あの、その件についてですが」

45　お寺(夕)

玲子、富彦、座っている。

富　彦「ひかりちゃんが私の隠し子だ?　いったいどこがどうなったらそんなことになるんだ……」

玲　子「猿渡さん、勘違いしておいでなので、誤解を解いた方が良きかと思いまして」

富　彦「どういう思考回路をしてるんだあいつは!　親をなんだと思って……全く、呆れるにもほどがある」

富彦の膝に抱かれた猿彦、

猿　彦「(申し訳ない……)」

玲　子「ですが、猿渡さんとひかりちゃん、本当の兄妹のように仲良しですので、怪我の功名というか」

富　彦「大怪我じゃ済まんよ、そんな話が妻の耳に入った日には……。……申し訳ない。九鬼さんにはご迷惑のかけどおしで」

玲　子「え?」

富　彦「うちのバカ息子が、経理部でお世話になっているばかりでなく、お宅にまでご厄介になっているとは」

玲　子「いえ……。……母が」

富　彦「うん?」

玲　子「母が、楽しそうなんです。猿渡さんが来てから、ずっと。思えば、私、いつも自分のことばかりで、母を笑顔にすることなんて、考えたこともなくて……猿渡さんがいるだけで、母は、毎日、笑っています」

富　彦「……」

玲　子「迷惑では……ないです」

富彦「……あいつは、君が好きなんだな」
玲子「え?」
富彦「君に懐いてる」
玲子「……何もかも、噛み合いませんが」
富彦「私と妻もそうさ。何から何まで噛み合わない。だが、彼女といると楽しい」
玲子「……」
富彦「あいつにも、そんな誰かが隣にいてくれたらなぁ……」

46 玲子の家・居間(夜)

猿之助とじゃれあってる猿彦。

サチ「猿之助くん、猿君パパが好きなだけ猿彦ちゃんと遊んでおいでって。それとも、二人ともうちの子になっちゃう?」
玲子「お母さん」
玲子、サチの前に、大量の現金書留を出す。
サチ「バレましたか」
玲子「バレました。お母さん、どうして黙ってたの」
サチ「だって。知ったら玲子、お父さんからのお金はもういらない、返しに行くって言うでしょ?」
玲子「うん」
サチ「お父さん、玲子への仕送りをやめたら、生きがい失っちゃうんじゃないかって。もし、お金を送ることがお父さんの生きる意味になるなら……生きてて欲しいって、そう思ってた」
玲子「……」
サチ「でもお父さん。玲子と会えたなら、きっともう大丈夫ね」
玲子「お母さんは、会いたくないの? お父さんに」
サチ「……お母さん、何にも気づいてあげられなかったから」
猿彦、サチにコツン、と当たる。
猿彦「(サチを見る)……」
サチ「(ありがと、大丈夫よ、と言うように猿彦を撫でる)……ま、もう昔のことよ、別れたんだしね! お金のこと、黙ってたのはごめんね。玲子が結婚するときに渡そうと思ってたの」
玲子「それに関して、一つ、気になることが」
サチ「え?」
玲子「お母さん、結構、使い込んでるよね?」
サチ「え?」
玲子「空の封筒がちらほら」
サチ「だってー! 何かと入用の時ってあるじゃない!」

47 慶太の部屋（夜）

パジャマ姿の玲子、やってきた。
テーブルの上、置かれているおこづかい帳。

玲　子「……」

めくってみると、最初に食べたかけ蕎麦の値段。

玲　子「……」

玲子と過ごした時間のお金の書き込みが、慶太なりに、ちゃんとされている。
はじめてすぐに赤字になったこと。
アロハシャツを買ったこと。

玲　子「……」

と、玲子、気づく。部屋の隅に置かれた豆皿。

玲　子「（手に取り）？」
サ　チ「（来て）あら、それ、猿君の手作り？」
玲　子「の、ようだけど。これは……猿？」
サ　チ「（笑って）みたいね。代わりにプレゼントするって」
玲　子「代わり？　なにの？」
サ　チ「玲子が欲しがってたあの豆皿よ。猿君、探しても見つからなくて、自分で作るって、ひかりちゃんに教えてもらって」
玲　子「……」
サ　チ「きっと失敗して隠したのね。可愛いんだから」
玲　子「……」

風鈴の音。

サ　チ「風が涼しくなってきたわね。夏も終わりね」
玲　子「……」

48 玲子の部屋（夜）

玲子、豆皿用に作ったコースターに、慶太が作った豆皿を置いてみる。

玲　子「……」

猿彦が母屋の縁側から玲子を見つめている。

玲　子「……」

49 玲子の家・縁側（夜）

猿彦が縁側にいる。
玲子、歩いてきて、隣に座る。

玲　子「猿彦さん。どうしてあの人のことがこんなに気になるのでしょうか？」

猿　彦「……」
玲　子「思えばあの人は……出会った時から、果てしなく迷惑で」

×　　×　　×

（回想）玲子の前で豆皿を雑に買う慶太。
経理部に異動してきた慶太。
玲子の家に押しかけてきた慶太。

×　　×　　×

（回想2話）
慶　太「世捨て人に前時代的って言われる俺、何時代の人？」
玲　子「いいから、もう放っておいてくださいっ！」

×　　×　　×

猿彦と縁側にいる玲子。
玲　子「この上なく、ほころびだらけで」

×　　×　　×

（回想）
お弁当とコーヒーを大量に買う慶太。
おこづかい帳の赤字。アロハを買う慶太。
母からのおこづかいを懐に入れる慶太。
早乙女の講義で居眠りする慶太。

×　　×　　×

（回想1話）。
慶　太「何してんの？」
玲　子「金つぎです」
慶　太「きんつぎ？」
玲　子「お茶碗の欠けを直してるんです。昔の人は食器が欠けてもこうして直して大事に使ったんですよ」
慶　太「でも、手間かかりそうだし、新しいの買ったほうが早くない？」
玲　子「そうですね、新しいものと出会う楽しみもあるけど、使い続ける喜びもあると思うんです。ものって繕うほどに、愛着が湧くものだと思うので」
慶　太「繕う……」

×　　×　　×

（回想）
玲　子「ほころびだらけなんですよ、あなたの生き方は！　何もかも！　私が繕ってみせます」

×　　×　　×

猿彦と縁側にいる玲子。
玲　子「でも……思えば、あの人はいつも……」

×　　×　　×

（回想）
慶　太「しょうがないなあ！　俺が一肌脱いであげ

る！」

×　×　×

慶　太「……（微笑み）よかったじゃん。15年の片思い、初めて報われて。早乙女さんが運命の人だといいね」
玲　子「（照れつつ）はい」

×　×　×

猿彦と縁側にいる玲子。
玲　子「いつも……」

×　×　×

（回想）
玲　子「またすぐに買い食いして」
慶　太「（食べて）夏はアイスだねー」

×　×　×

慶　太「このお姉ちゃん、今度初デートなんだって」
ひかり「えー、そうなんだ」
慶　太「だからさ、このワンピに似合うアクセサリー、選んであげてよ」

×　×　×

猿彦と縁側にいる玲子。
玲　子「いつも……優しかった……」

×　×　×

（回想）
日傘で帰る玲子と慶太。
慶太、日傘を持つ。

×　×　×

玲　子「だって、だって、好きだったんだもん！　じ、人生の半分以上、大好きだったんだもん!!」
慶　太「……うん」
玲　子「もうだめだ……立ち直れない……人生終わった……ううう……」
慶　太「……いや。これからだって。さよならしたならさ、きっと新しい、いい出会いがあるよ。ほら、こないだ、新しいイアリングお迎えしたみたいに」
玲　子「うううううう」
慶太、玲子の背中をポンポンとする。
慶　太「おーおー、よしよし」

×　×　×

猿彦と縁側にいる玲子。
玲　子「隣にいる時は気づかなかったけど……隣にいないと……」
猿　彦「……」
玲子、猿彦を抱く。
玲　子「正直腹も立ちますよ。心配するじゃないですか。また、お金、使いすぎて、１円もなくなって、どこかで一人、帰れないんじゃないか、とか。伊豆でお父さんに会ったこと、話したいのに、とか。……どうしてでしょう。私。どうしてか……ちょっと、さみしい、みたいです」

猿　彦「……」
玲　子「……会いたい、みたいです。あの人に」
猿　彦「……」
玲　子「つまり。それって……猿渡さんの、ほころびを繕っているうちに、そのうちに、私は……」
猿　彦「（うたた寝）」
玲　子「……そうですね……今日は長旅で、すこし疲れましたね……」
　玲子、そのままの姿勢で、うたた寝を始める。

×　　　×　　　×

　玲子の庵(いおり)。

　豆皿と方丈記が並んでいる。

富彦の声「静かな夜は月を見る。猿の声を聞いて涙をこぼす」

×　　　×　　　×

　庭。蛍が舞い始める。

　猿彦を抱き、縁側に横になって眠っている玲子。

　蛍が一匹、玲子のところにやってくる。

富彦の声「まるで篝火(かがりび)みたいに草むらには蛍が飛び交い、夜明け前の雨は、風に舞う木の葉に似ている」

　小雨。風に舞う木の葉の音。

　そして、夜が明ける。

　猿彦、目を開き、動き出す。

　猿彦、玄関の方に向かっていく。

　戸が開く音。足音。

　目を覚まし、起き上がった玲子。

　外は爽やかに晴れていて、朝の光がきらめき、気持ちの良い風が吹き込んでくる。

　玲子、玄関の方を振り向き、そこにいる人を見て、
玲　子「……（微笑む）」

あとがき

「清貧」の玲子さんと「浪費」の慶太を、どんな関係性で描いていけばよいか考えていたある時、ふっと降りてきた「ほころび」という言葉が、この物語を大きく包んでくれることになりました。

ほころびだらけの主人公たちが、お互いのほころびを繕おうとするうちに、なんだか愛着がわいてしまう。そんなささやかでかわいらしいお話になったらいいな、と思いました。

お金の問題が人になかなか相談できないように、小さなほころびも、ひとり抱え込んでしまえば、時には心に大きな傷を作ります。

ほころびに気づいたらそれを繕うことばかり考えてしまうけれど、もしかしたら、ほころびを繕うことよりもありがたいのは、ほころびごとやさしく笑ってくれる誰かがそばにいてくれることかもしれません。

ふたりで歩き始めたばかりの玲子さんと慶太、そして、ほころびだらけの登場人物たちには、まだまだいろんな出来事が起こりそうです。

観てくださった方たちの心の中で、この物語がやさしく続いていってくれればと願います。

大島里美

本書は火曜ドラマ「おカネの切れ目が恋のはじまり」の
脚本を書籍化したものです。

出版協力／TBSテレビ　メディアビジネス局　ライセンス事業部
装丁／原田郁麻

大島里美（おおしま　さとみ）
栃木県出身。早稲田大学第一文学部卒業。第16回フジテレビヤングシナリオ大賞で、佳作受賞。2005年にP&G パンテーンドラマスペシャル『音のない青空』（フジテレビ）でデビュー。代表作に『１リットルの涙』（05年・フジテレビ）、『東京タワー 〜オカンとボクと、時々、オトン』（2007年・フジテレビ）、NHK大河ドラマ『花燃ゆ』(15年)、『凪のお暇』(2019年・TBS）などがある。また12年のドラマ『恋するハエ女』（NHK）では、「第１回市川森一脚本賞」を受賞。

火曜（かよう）ドラマ
おカネの切（き）れ目（め）が恋（こい）のはじまり　シナリオブック

2020年10月20日　初版発行
2020年11月５日　３版発行

脚本／大島里美（おおしまさとみ）

発行者／青柳昌行

発行／株式会社KADOKAWA
〒102-8177　東京都千代田区富士見2-13-3
電話　0570-002-301（ナビダイヤル）

印刷所／旭印刷株式会社

製本所／本間製本株式会社

本書の無断複製（コピー、スキャン、デジタル化等）並びに
無断複製物の譲渡及び配信は、著作権法上での例外を除き禁じられています。
また、本書を代行業者などの第三者に依頼して複製する行為は、
たとえ個人や家庭内での利用であっても一切認められておりません。

●お問い合わせ
https://www.kadokawa.co.jp/（「お問い合わせ」へお進みください）
※内容によっては、お答えできない場合があります。
※サポートは日本国内のみとさせていただきます。
※Japanese text only

定価はカバーに表示してあります。

©Satomi Oshima 2020　©TBS 2020　Printed in Japan
ISBN 978-4-04-110908-3　C0093